徳間文庫

すたこらさっさっさ

松宮　宏

徳間書店

貴重な資料を提供いただだいた紀伊國屋書店さま、それにまつわる多くのアイデア、提言をいただだいた書店員のみなさま、他の書店からも参加いただだいたみなさま、深く感謝いたします。雲の上のみなさまからは直に話を聞くことができませんけれど、それぞれが築き上げられた文化あってこそ、わたしたちは「今」を引き継いでいけると思い知った次第です。さらに深く感謝いたします。

前書きの前書き

大阪梅田の物語を考えていると、ある日、こんなイメージが浮かんだ。生涯をかけて大阪を発展させた者、あるいは遊び尽くした者たちが、鬼籍《きせき》に入っては天空で酒を酌《く》み交わし、雲の上から街を覗《のぞ》き込んでいる。俗世で良いことをした者は、去った世にしるしをひとつ残すことを許されるのだが、残したしるしがどうなっているか、あーだこーだと話し合っている。そんな絵だ。

いろいろなしるしがあり、しるしとしるしはつながり、さまざまな物語が生まれる。

梅田を発展させることになる、最初のしるしを残したのは小林一三《こばやしいちぞう》である。

彼はいま阪急梅田駅のある場所が、界隈《かいわい》の氏神さまが居る綱敷天神社《つなしきてんじんしゃ》の御旅社だったことを知り「この地こそ人が集《つど》いしあわせになる」と、場所の力に信心を重ねて事業を推し進めた。

綱敷天神社御旅社は、菅原道真《すがわらのみちざね》が太宰府《だざいふ》へ左遷《させん》されるとき、咲き誇る紅梅に目を留め、艫綱《ともづな》を敷いて花を見た故事にて定められた。紅梅の樹下に小祠《こほこら》を構え「梅塚天満宮《てんまんぐう》」と号し、艫綱をご神体同様に奉祀したのである。のちに「綱敷天神社」と社号を改めたが、この紅梅こそ、梅田の梅の字の由来ともいわれている。以来、「綱敷天神社」は天神信仰の霊地と信仰され、梅田キタの氏神さまとして人びとを見守ることになった。故事を尊重するなら、最初にしるしを残したのは菅原道真なのかもしれない。

小林一三はそこに駅をつくった。線路を敷き、電車を走らせた。集う人たちのためにものを売り、食堂を作った。一三が残した偉大なる業績は、阪急という一大ターミナルを作って大阪を発展させたことだが、実は、神様がお休みになる御旅社を、人びとの生活に寄り添う便利なかたちとして、開放したことだったのである。

一三は役割を果たし、この場所に「祈り」というしるしをつけ、笑顔で天に昇った。

ふたりめは田辺茂一《たなべもいち》である。一三のしるしに導かれたひとりだ。

彼はこの地に本屋を作った。

彼の功績は、人生を遊び尽くした男だからこそできたことであるが、一三が開放した御旅社に、文化の香りを纏《まと》わせたことだ。蝶が花に添うように、人は文化の香りに引き寄せられた。

田辺も良い行《おこな》いをした人間と認められ、しるしを残した。

彼のしるしは「座敷わらし」という妖怪の姿をしていた。

人間が好きで、特に女性が好きで、五千人斬りを果たしたという田辺茂一。

彼が残した座敷わらしは、当然ながら女性に憑《つ》いた。


昭和から令和への三代を経《へ》て、大阪の変遷ははげしい。キタも五十年を経て、高層ビルが林立する街になった。映画館も百貨店もかたちを変え、かつての景色はない。

そんななか唯一《ゆいいつ》、本屋前の広場だけが、かたちを変えずに残っている。

この場所は変わらない。なぜなら、ここビッグマン広場は、祈りの上に乗っかっているからだ。

人間の力で祈りを変えることはできない。

人びとは祈りに守られながら、今日も出会い、人生を交差させていくのである。

おや、天空で話がはじまったぞ。

耳を傾けなければ。メモ、メモ。

登場人物

天空の人々

桂米朝（三代目）	落語家	平成二十七年没
桂枝雀（二代目）	落語家	平成十一年没
立川談志	落語家	平成二十三年没
田辺茂一	紀伊國屋書店創業社長	昭和五十六年没
松原治	紀伊國屋書店二代目社長	平成二十四年没
前川國男	建築家	昭和六十一年没
丹下健三	建築家	平成十七年没
西山夘三	建築家	平成六年没
岡本太郎	芸術家	平成八年没
小林一三	阪急グループ創設者	昭和三十二年没
小林米三	阪急電鉄八代目社長	昭和四十四年没
桂春団治（初代）	落語家	昭和九年没

菅原道真　平安時代の貴族　延喜三年没

地上の人々
辻内彩　書店員　梅田紀文堂書店勤務
辻内和彦　彩の父　都市計画事務所主宰　事務所は茶屋町
辻内さくら　彩の母　国語教師
辻内愛子　彩の祖母　西成萩之茶屋の喫茶店《ラブ》のママ
松丸佳代　お茶屋の女将　京都祇園お茶屋《松丸》四代目
上村篤郎　建築家　和彦の恩師　阪大名誉教授　縄文の研究家
武野麻里　彩の親友　武野製薬社長の孫娘　芦屋山手に住む
田辺嘉右衛門　実業家　紀文堂書店創業者

天空か地上か不明
座敷わらし

前書き

一

落語家の桂米朝《かつらべいちょう》と桂枝雀《しじゃく》の師弟コンビが、雲に座って酒を呑《の》んでいる。大阪梅田の上空である。阪急百貨店前の横断歩道に、多くの人が行き交う。

米朝が言った。

「信号の点々がひとつずつ減る仕組みはよう考えたもんや。いらちは待つのがつらいさかいな」

「ちょっと前までは数字が出てて、スタートダッシュ信号と言うてました。十五秒、十秒、五秒って。あと何秒とわかるから見切り発進がなくなったそうです。数字は点々表示に進化して信号の全国標準モデルになっとります。もとは大阪発祥ですわ」

信号が変わった。歩行者が素早く飛び出してゆく。

枝雀が言った。

「東京もひと多いけど、大阪は最初の一歩が早いんだそうですよ。点が一つになったら体重をつま先へじょじょに移して、変わったとたんに、ぱっと飛び出します」

「それでスタートダッシュ信号か」

「歩くんも速い。女性の平均歩行速度は秒速、大阪が一・四三、東京一・三八」

「ほお」

「パリが一・三三メートル」

「ほんまかいな」

「大阪は昔も今も、いらちの街ですわ。みんな愛宕《あたご》さんに詣《まい》らんとあきません」

「そういえば、おまえさん、結局、愛宕神社に行ったんかい。あの噺語《はなし》るのに、一回は行っとかなあかんかなと、前に話したことあったわな」

「うかがいました。でも、行ってません」

「一回も？」

「一回もです。そやから、いまだに愛宕さんが、どんなとこか知りません。師匠こそ」

「行ってないな」

米朝の目が笑った。

「いっしょですやん」

「あの噺はかしく師匠に習うたんやが、師匠曰く『行かんでもええ、行ったらやれんようになる』」

上方落語の「愛宕山」または「いらちの愛宕詣り」は、師弟ともに持ちネタである。

「愛宕山という噺は嘘ばっかりやからな。こうもり傘で崖から飛ぶとか、はじめからしまいまでぜんぶ嘘や。実際に調査なんかしたら、あり得んことばかり確認してもて、やる気が失《う》せる」

「そうかもしれませんね」

「だいたい、愛宕さんにお詣りしたとて、いらちが直るもんでもないやろ」

「昔は神さんに頼むしかなかったですから。今の時代はテクノロジーでいろいろ解決するようになりました。あと何秒と表示した電光板も、言うてみればテクノロジーの進化ですよ。テクノロジーでいらちを抑え込んでる。この先はＡＩとかで、もっと変わるかもしれません」

「神さん、お願いしますわ、という時代が懐《なつ》かしいね」

「いらちをテクノロジーで直しても、根本的な性格は変わらんと思いますがね。のんびりしとったらええことですわ」

枝雀が言った。

「しかし知らんうちに、キタはえらい変わりました。こんな忙《せわ》しい街に住んだら、のんびりなんかしてられません。大阪駅の北側なんか、長いことすっぽり空いてたのに、えらい工事ですなあ。だいたいあんな高いビル、いつ建ちましたか」

「グランフロントやないか。知らんのかい」

「そうか」

枝雀が手を打った。

「あれができたとき、師匠はまだご存命」

「おまえさんが早う逝《い》てもうたんやないか」

「そうでした。すびばせん」

枝雀はハゲ頭をつるりと撫《な》でた。米朝は言った。

「私もかぞえで九十歳まで生かしてもろうたが、さいごのほうは脳みそが溶《と》けてたんやろうな。高座なんぞぜんぜん無理やった」

「それで米朝ロボット作ってもろうたんですか」

「ロボット落語は知ってるんかい」

「ここ上がって、見させてもらいましたから」

「私のロボットは知ってて、グランフロントは知らんてか」

「そうですねん。そんとき、ずーと閻魔《えんま》さんに呼ばれまして」

「地獄へ行たんか」

「血の池の舞台で地獄八景やらされました。毎日、亡者が来ましてね、よう受けました」

「亡者に受けたてか。さすが爆笑王や」

「いえいえ、ぜんぜんあきまへん」

「なにがあかんのや」

「こっちきたら伝説の爆笑王がおられましてね、初代の春団治《はるだんじ》師匠です。おもろいというより異次元ですわ。閻魔なんか腸つかみ出して笑いますねん」

「おやまあ」

「私ね、いっかい初代さんいう方に会《お》うてみたかったんですよ。けど実現しました。いまもほら、あそこにいたはります。赤い人力車」

春団治は枝雀を見つけて手をふった。人力車は石畳を踏むように揺れながら疾走《しっそう》していった。

「知り合いになれたんかい」

「はい、末永《すえなご》う仲良うさせてもらいます」

雲が風に揺れ、切れ間の景色が阪急電車梅田駅へ移った。

駅のあるビルは二階と三階が駅で一階は紀伊國屋書店だ。地下には洋服屋や食べ物やら、いろいろある。阪急三番街という。

書店の入口横には「ビッグマン」と名の付くテレビ大画面がある。「ビッグマン前」の広場は昔から変わることのない、大阪キタでいちばんの待ち合わせ場所だ。目指す相手を見つけた人たちの声が、そこかしこで上がる。

枝雀は言った。

「しかし、まあ、大阪人三人寄ったらかしましいといいますが、ここはかしましの聖地ですな。あっちでかしましい、こっちでかしましい、かしましいとかしましいがべーっと上へ上がってここいらもかしましい」

「大阪がかしましのうてどうすんねん。元気でええがな」

そこに別の男がやって来た。薔薇《ばら》柄のジャケットに紫のシャツ、ループタイ、鉢巻きに色メガネ。立川談志《たてかわだんし》である。

「師匠、顔色がいいですね。もう、ロボットに代番させなくてよくなったんですか。くたばっちまったら元気出るなんて、妙なこった」

　談志の毒舌は死んでも変わらない。

「江戸のかしましが来よったわ」

　米朝は言った。

「これは家元。大阪まではるばる、ご苦労なこって」

「大阪は楽しいですからな。何度でも来ます。というか何を仰《おっしゃ》いますやら。私らどこへでも行けるでしょうが。くたばっちまったんだから」

　談志の向こうにはもうひとり。

「田辺亭もこっちへ来なよ」

　紀伊國屋書店を創業した人物、田辺茂一である。田辺亭と談志は呼ぶ。何が亭か。夜の街に陣取っているからそう呼んだのか、他の理由があるのか。談志も死んでしまったので、もはやわからない。死人に口なし。

　口なし？　いま訊《たず》ねてみればいいじゃないか。米朝はそんなことを思ったが、別にたいしたことでもない。

　田辺は神妙《しんみょう》な目をしている。米朝は訊ねた。

「茂一さん、今日はお静かですな。なにやら心配げなお顔色で。あいかわらず午前様でお疲れですか」

田辺は笑顔を米朝に向け、ポリポリと頭を掻《か》いた。

「そんなことはないのですがね。いや、それはありますかな」

「夜遊びもほどほどにしないと。健康に悪いでっせ」

「だからね米朝師匠。くたばったんだから、ほどほどとかないんだって。違うんだよ」

「違うとは？」

「じぶんが残した『しるし』が、そこに見えてんですよ。田辺亭はそれが心配でね」

「茂一さんの座敷わらしでしたね。どこにいます？」

米朝、枝雀、談志がそろって首を伸ばした。田辺が指さした。田辺が残したしるしは今、二十五歳の女性に成長している。

談志は言った。

「いい娘さんになってんじゃん」

米朝が遠目を使いながら訊ねた。

「どれどれ。どの子ですか？」

「書店の中と外を行ったり来たりしてる、あの子ですよ」

「制服着てる子ですか？」

田辺は言った。

「あんな女性に成長するとは、まるで予想できませんでした。しかも私の店で働くことになるとはね。照れくさい気分ですよ」

談志が言う。

「そうなるようにしといたんでしょうが」

「ぜんぜんそんなことないんだよ。私はしるしを残しただけ。人の幸せを助ける存在であってほしいと祈りを込めたけれど、しるしが芽を出したというか、育ったというか、どうなんでしょうね」

枝雀は興味津々《きょうみしんしん》だ。胸元から手帳を取り出し、鉛筆を持ち、さらに訊ねた。

「それが座敷わらしなんですか。見るからにふつうの女の子ですが」

談志は言った。

「だからよ。田辺亭は心配でしかたがない」

「え、どういうことですか」

田辺は言った。

「しるしをつけてみたものの、精霊とか座敷わらしなんてまるで現れなかった。みなさんご存じでしょう。しるしをつける権利は、生前に良い行いをした者だけに授けられる。ああ、私はやっぱりダメだったんだって」

「立派な本屋を作ったではないですか」

「いえいえ、だいたいはいいかげんな人生でした。神さまは見ている。そう思っていたんですが、ある日、あの子が現れて」

「それが、予想外だったと」

「なんというか、いつか現れてほしいという祈りはありましたよ。予想外だったのはね、現れたとき、あの子はあの子の人生をまとっていたということです」

「ええ、どういうことですか」

枝雀は鉛筆を持ったまま首を突き出した。新聞記者みたいになっている。

「人の子として生まれ、生活をはじめたんですよ」

「茂一さんの座敷わらしが、人の子に？」

「そうなんです。彼女が歩んだ人生のいきさつは私の想像の向こうです」

一同、ふうん、そういうことがあるのか、という目で、地上を覗き込んだ。

米朝が訊ねる。

「名前はなんというんですか？」

「彩《あや》です。辻内《つじうち》彩」

「それは知っているのですね」

「書店員の名札が見えますから」

田辺は言った。

「私がしるしをつけたのを縁《えにし》とすれば、あの子が辻内家の娘として生まれることになったのも、私のたどった人生と何か縁がつながっているかもしれない」

談志が言った。

「田辺亭はね、その縁が何なのかを確かめたいんだよ。だからいつもこうやって眺めているんだ」

まわりに人が増えてきた。そこに入ってきたのは前川國男《まえかわくにお》であった。

「楽しみだね、茂一さん。彩ちゃんがどう成長していくか、私も拝見させてもらいますよ」

前川は昭和を代表する建築家のひとりである。ル・コルビュジエのアトリエを経《へ》て、近代建築を日本に広めた。新宿紀伊國屋ビルはこの前川による。田辺は梅田の店も依頼した。

田辺は前川の前で一礼した。

「先生、いつぞやはたいへんお世話になりました」

談志が二人の間にはさまってきた。

「これはこれは、前川先生じゃないですか」

「家元は、あいかわらず威勢がいいね」

談志は言った。

「ところで先生、とうとう、あやまりに来たんですかい」

「あやまるだって？　何をあやまるんだよ」

毎度の会話である。話の行く先はわかっている。談志は言った。

「梅田書店の設計は失敗だってことすよ。新宿ビルが名建築ってほめられたもんだから、こっちは大理石とか本チークとか、材料に金をかけまくったけれど、人がうろうろするだけの、ずんべらぼんな店になっちまった」

「ずんべらぼんって、なんだよ」

「ずんべらぼんは、ずんべらぼんだよ。奉行の目は節穴じゃねえぞってんだ。さあ白状しねぇ。べんべん」

「なにを語ってんだい。家元」

「つまらない話も、俺にかかりゃ名調子」

田辺が言った。

「名調子と言えば、大阪の紀伊國屋書店は音がいい」

「音だって？」

「開店すぐの朝とか、耳を澄ましてみればいいさ。本のページをめくる音さえ、さらさらさらって、私には清流のせせらぎに聞こえます」

前川の建築に神奈川県立音楽堂がある。格調高い木造建築であるうえに、日本でいちばん音のいいホールとして名高い。音楽家からは信仰に近い尊敬を集めている。

「そこをわかってくれるとは、田辺さん、天下の目利きです」

前川もさすがに微笑《ほほえ》む。談志は相も変わらず、

「ページを繰る音がせせらぎだって？　客がいっぱい入れば雑音だけじゃないか。無駄だよ」

「そういうのが文化なんだって。前川先生は百年残る空間をつくったんだ。良い材料なんて必然だよ」

「そのために、たんまり金がかかっただろう。田辺亭は呑気《のんき》だから気にしないけど、松原さんは銀行に頭を下げまくったって話じゃねえか」

田辺とともに紀伊國屋書店を作り上げた松原治《まつばらおさむ》が話を聞いていた。松原は言った。

「そういうことは、確かにありましたね」

松原は軍隊上がりである。文化の擁護者《ようごしゃ》を地で行く田辺とは、性格も経営感覚も違う。

田辺は毎日朝まで飲み続ける。書店の朝会には出てくるが、経営数値を眺めたあと、社長室で夕方まで寝る。休まないとからだが保《も》たないからだ。昼間の商売を支えたのは松原である。紀伊國屋書店がちゃんとした会社になったのは無骨《ぶこつ》な松原がいたからこそだ。とはいえ、松原は田辺の放蕩《ほうとう》を苦労とは思わない。田辺茂一に出会ったことこそが面白い人生だった。そう思う男なのである。

「ちょっとは安く工事できないかとは思いましたがね。銀行にも笑われました。『＊＊億円だって？　本屋でしょう。おかしいですよ』って。茂一さんと組んだら融資の話が必ず難航します。でも永い商売と考えたら正解でした。さすがに前川先生ですよ。前川先生しかいないと曲げなかった茂一さんもたいしたものです。私も最後のほうは楽しんでいました。名建築が出来上がったんですから」

「そうかなあ。名建築とは思えないけどねえ」

談志はやめない。

「この店はただの通路だよ。ずんべらぼん。ほら、いまだって、こっちの入口からあっちの出口へ抜ける人間ばっかじゃない。そんな連中は本なんて買やしない。通り抜けついでに立ち読みくらいするだろうが、へたすりゃ出来心でちょいと万引きだ。俺は銀行さんに賛成しますね。金なんて貸しゃあしない」

田辺は言った。

「家元も言い当ててるじゃない。まさしく通り路《みち》さ。いろんなひとが交差するのがいいんだって。そういう場所だからこそ文化は生まれるんだよ」

談志は食い下がる。

「文化だって？　万引きされてもかい？」

「方法はともあれ、読んでくれればいい。どろぼうが盗んだ本を読んで感動して、次はちゃんと買ってくれる、なんてことがあれば涙ものさ。うちは文化を伝道《でんどう》するんだよ。前川先生は、そういう心がわかるんだ」

談志はあきれ果てた目をした。

「田辺亭、そりゃあ文化の伝道じゃないぜ。どろぼうの引導《いんどう》だよ。それを心と言うかね。仏の境地とでもいや耳障《みみざわ》りも良いが、たんなるお人好しバカだ」

前川が笑っている。

「前川先生もさあ、笑ってる場合じゃないよ」

前川はバカと言われて喜んだ。

「バカとはありがたいね」

「はあ？　なんだって」

「バカだからこそ一心不乱にこんなのが作れたのさ。じつはこの場所は昔、神社の御旅社だったんだよ。階段のかたちも広場との関係も鎮守《ちんじゅ》の森の構造と同じ。あらためてここから眺めてわかるけれど、小林一三さんもここが祭りの出発点だとわかったんだろうね。神さまに導かれながら、人はここから出発する。だから彼は駅を作った。彼は神に導かれたのよ」

「俺は乗りたかねえな、そんな話には」

「空間の構造は建築意匠としてもまっとうなんですよ。本屋は梅田駅の一階部分にあるでしょう。お店の構造が通り抜けやすい通路みたいになっているのはね、祭りのときに神輿《みこし》をお出しする道筋だった名残《なごり》なんです。神が決めたかたちを人間が変えることはできない。私も導かれたのです」

田辺もうれしそうだ。

「私も導かれた」

談志は興味を失った目になった。

「導かれた、導かれた。みなさん、導かれた」

なげやりな声は大きい。

「揃いも揃っておめでたいことでございますね」

田辺は言った。

「めでたいのはあたりまえでしょ。みんな極楽に来たんだから」

「ああ、めでたい、めでたい。みなさん、めでたい」

米朝が談志の盃《さかずき》に酒を注《つ》いだ。

「家元、ちょっと静かにしてよ。前川さんの話、面白いやないですか」

「面白くねえや」

前川は咳払いをした。そして言った。

「御旅社のかたちについては、実はもっと面白い話があるんです。私が田辺さんの店を設計している同時期に大阪万博があったでしょう。万博のメイン会場をどうするか決めなきゃならなかったんですが、最終的に決まった『お祭り広場』の構造も御旅社なんですね。このビッグマン広場と同じです」

前川は続けた。

「万博の中央広場は京都大学の西山夘三《にしやまうぞう》くんが設計を担当することになったんだけれど、どんなふうにしようとか、委員会で話し合っていたとき、スタッフの上田篤《うえだあつし》くんが、小豆島《しょうどしま》の亀山八幡宮を見つけて来たの。農村歌舞伎の舞台と広場の周囲に大きな石を段々に並べた、ギリシャの野外劇場にそっくりな御旅社でね、それを見た西山くんが『これですよ』と手を打った。何が言いたいかと言えばビッグマン広場も、まぎれもなく御旅社だということ。祭りの出発点、旅の出発点。人はここで出会い旅立っていく」

　田辺が言った。

「そんなことは気づかなかったですね」

　談志も言った。

「死んじまったからわかることもあるのかねえ」

　松原も訊ねた。

「前川先生がもし、ご存命時にご存じでしたらどうでしたか」

「知っていたというより、デザインは既にそこにあったんだ。通路みたいな店を設計しちゃったもの。導かれました」

「また導かれたですか」

　談志がまた腰を折りに来たが、前川は続けた。

「西山くんが万博に『お祭り広場を作る』と決めたのも導かれたとしか思えない。だって当時の日本に『広場』なんてものはなかったんだから。私も結果的に広場と通路のような書店を作った」

「先生は広場の設計が得意ではないですか。ここはやっぱり前川先生しかいなかったんです」

「導かれてできちゃったんだ」

談志は飽《あ》きたのか、知らん顔をしていた。

とそこへ雲のオープンカーが停まった。運転しているのは西山。行楽にでも行くのか山高帽をかぶっている。酒瓶を抱《かか》えた丹下健三《たんげけんぞう》が助手席に座っている。

丹下は言った。

「前川先生、ご無沙汰しております」

前川は丹下の師匠である。

「ライバルが酒盛りなんてのはさすが極楽だ」

前川のことばに丹下と西山は笑みを含ませた。丹下は言った。

「ライバルなんかじゃなかったですよ、生きているときも。先生もごいっしょに宴《うたげ》をしたではないですか。磯崎《いそざき》や黒川《くろかわ》や上田くんとかの若手もまぜて。先生も歌って踊って」

「おや、そうだったかね」

大阪万博のお祭り広場は丹下健三の成果と教科書にも載《の》る。《丹下の大屋根》という評価は間違ってはいない。西山が最後までやり通したらどうなっていたか。岡本太郎《おかもとたろう》を起用したか、岡本太郎ではない誰かが登場したか。

もともと西山と丹下は建築に対する価値観がかなり違う。西山は西九条にある鉄工所の息子で、京大退官後は無官を通し、庶民の暮らしを見つめ続ける研究をライフワークとした。丹下は国家規模のプロジェクトを数多く担当した。生涯を通して権力あるいは大資本と結びつく仕事が多く、日本近代建築史のなかでいちばん知名度の高い建築家として名を残した。しかし丹下は、西山あってこそのお祭り広場であった、建築観が違うからこそふたりは組めたと、じゅうじゅうわかっていたのである。相容《あいい》れないライバルなどと勘違いする世間はあったが、実際は心の友でさえあった。

いまふたりは、生きていたときにも増して仲良しである。

西山は言った。

「思い起こせば、上田くんが小豆島の亀山八幡宮を見つけたことで、チームに力が籠《こ》もったんですね。ちょっとこわかったくらいでした」

丹下も言った。

「尋常ではない力をわたしも感じました。西山さんから私にその力は引き継がれました。そして岡本太郎へも」

するすると岡本太郎が空から降りてきた。話題に出ると現れる、雲上の酒盛りはそういうシステムでもある。岡本太郎は言った。

「人間の身体《からだ》、精神のうちには、いつも人類の過去、現在、未来が一体となって輪廻《りんね》している」

前川が呼びかけた。

「タローさん、それで広場に太陽の塔をつくったのでしょう」

「根底に流れるテーマは、人間が持つ生命力、生きる力、進化とともに未来へ上がっていく、何かを乗り越える力だ。塔はそれを貫いて建っている。芸術の持つ力で、自然に挑み、自然と戦い、自然と溶け合い、自然を逆に生かす、自然と人間が一体になるところに、ほんとうの神聖感があって、全身を爆発させても生きていく。それが文化であり芸術であり、生き方である」

岡本太郎は両目を空に見開きながら言った。

「塔の心は縄文だ。現代人は縄文に戻る必要がある。太陽の塔とかの名前は小松左京《こまつさきょう》が勝手につけた」

「おやおや、また、しち面倒くさい御託《ごたく》だ。しょうこりもなく、のこのこ出てきやがって」

談志が身を乗り出す。実は談志は、俗世で岡本太郎ともめたことがある。

「やいやい、こんちきちんが。あのときやっちまえばよかったと、ずーっと思ってたんだ。

ここで会ったが百年目」

談志は岡本太郎に飛びついて首に手をかけた。

「いまやってやる。ぎゅー」

「誰だよ、あんた」

岡本太郎は平然としている。談志はやめない。

「ぎゅー」

「誰か知らないが困ったひとだなあ。それなら、これでどうだ」

岡本太郎の首が伸びた。頭は長い首の先にのっかり、空中をゆらゆら揺れた。

談志は腕に力を込めた。

「ろくろくびの化け物が！　観念しやがれ。ぎゅー」

ふたりはもつれながら、空の彼方へ飛んで行った。小さくなり、見えなくなった。

「何なんですか、あのふたり」

前川が訊ねると、田辺は言った。

「何かのパーティーだったかな、忘れてしまったけれど、岡本太郎が無礼だとかって、家元が暴れたことがありました。『生意気極まりないやつだ。てんでひとの話を聞かない。この談志の話を目の前で無視しやがる。そのくせ小難しい話ばっかりだ。首を絞めてやった。殺しちゃえ、って力入れたけど、こんなやつを殺しても殺人罪になっちまうから途中でやめた』そんなんでした」

「笑っちゃうね」

前川は言った。

「丹下くんも岡本太郎には苦労したけど、家元はそんなことをしてたんだ」

「あんなんで、よく国会議員になったもんだ」

田辺は言った。

「そんなんだから、なったのかも」

みんな笑った。大声で笑った。

丹下は言った。

「太陽の塔は二十一世紀にも残るシンボルです。いろいろ言われましたが、こうやって上から見ても、いい感じです。大工さんたちも期間限定の張りぼてでいいと言われてたのに、職人の生き様とかで、すごく頑丈《がんじょう》なの作ったんですよ。塔は残って縄文の心を伝えるでしょう。岡本太郎の預言どおりですね」

またまた盃が回った。ひと息入れた後、丹下はまわりを見まわしながら言った。

「太陽の塔には、実はいまに続く謎があるんですよ。座敷わらしです」

田辺が言った。

「座敷わらしが謎ですって？　それはいったい」

「岡本太郎が残した座敷わらしは地底の太陽なんです」

枝雀が首を伸ばし鉛筆をなめた。

「ぜひ、うかがいたいです」

丹下は話した。

「塔には顔が三つあります。『太陽の顔』は現在、『黄金の顔』は未来、『黒い太陽』は過去を表している。そして塔の最下部には人間の祈りや心の源を表す『地底の太陽』という巨大な仮面がある。それこそが根源、縄文との縁をつなぐ座敷わらしです」

「ふうん、なかなかな謎ですね」

枝雀はメモをとりながら赤線などを引いたが、丹下は言った。

「今に続く謎というのは、縄文の解釈ではありません」

「え」

一同も丹下を見つめる。

「万博終了後、地底の太陽だけが行方不明となっているのです」

解体作業終了後、忽然《こつぜん》と消えていたのである。解体業者の聴取でも噂のような話だけが出た。神戸の動物園施設に移設された、廃材として夢洲《ゆめしま》の埋め立てに使われた、など。そして二回目の万博を控えたいまも行方不明、真相不明のままなのである。

前川が訊ねた。

「座敷わらしなら逃げ出しもするか、足があるなら」

前川は話しながら、じぶんの言葉に笑った。一同も笑った。

いったいぜんたいどこへ行ったんだろうね、ひょっこり出てきたりするのかね、と呑気に話しながら、また酒を呑んだ。

田辺は話の輪から外《はず》れた。風上へ移り小さな雲に腰掛けた。西山がそこへやって来た。田辺の横に尻をすべらせた。そして言った。

「太陽の塔の謎、どうです？」

「どうですって」

「丹下さんは謎だなんて言ってますが、地底の太陽を盗んだ一味にあなたもいますね」

田辺は顔を上げた。

「なあんだ、知ってたんですか」

「こっちの世界に来てからわかったんですよ、しょうみな話」

「まあ、いろいろな事情が重なりまして」

田辺は言った。

「僕もいっちょ噛《か》まにゃならん仕事になったんです」

西山は言った。

「しかし驚きました。僕の弟子の上田君と企《たくら》んでいたなんて」

田辺は頭を搔《か》いた。

「いやまあ、でも西山先生に相談したらどうでした？　仲間にはなれんかったでしょう」

「知らないふりぐらいはしたかもですよ」

実はこのふたり、現実世界では出会っていない。田辺は言った。

「気まじめで通ってる西山先生にどろぼうの相談なんてとてもとても」

「上田君の方が気まじめですよ」

「そうかあ。困らせちゃったかなあ」

「後始末背負い込んじゃったね。彼はまだ下の世界にいるし」

と言いながら、西山はうれしそうに付け加えた。

「どうするつもりなんだろうね。まあ彼はともかく」

西山は訊ねた。

「しかし田辺さん、そもそも、なんで一枚噛んじゃったんですか」

「さあ、それは」

　田辺はいったい、何を話すのであろうか。

二

　すこし離れた場所で、地上を見ながら語るふたりがいた。

　小林一三と米三《よねぞう》の親子である。米三が話す。

「梅田はほんま、ごちゃごちゃしてるね。高いビルが建って、ビルとビルの間も狭いのに、その間を高速道路が走ってる。桜橋のビルをくりぬいた道路なんて究極や。そこまでせんでもええのに。地下道は複雑怪奇。いっかい地下に降りたら、どこがどこやらわからんようになってまう。梅田駅と百貨店あたりなら歩けると思うけど。うちで作った地下街やさかい。そやけど、ふつうの人にはむずかしいわ」

「難儀《なんぎ》やね。みなさん混乱したはる」

「難儀て、人ごとみたいに言いないな。迷路みたいになってもうたんは、お父さんが元凶やんか」

「縁起でもない。私はみなさんの暮らしを便利にしようとしただけですよ。あとからあとから、いろいろできて複雑になったんでしょ」

小林一三は阪急グループの創業者である。交通、住宅地開発、百貨店の小売、東宝、宝塚歌劇団、阪急ブレーブスの興行など、阪急グループを成す多くの事業を興した。

元は山梨県巨摩《こま》郡河原部村（現在の韮崎《にらさき》市）の商家に生まれた。慶應大学を出て三井銀行に勤めたが、銀行マンとしてうだつは上がらず、日々のつまらなさに嫌気が差し、脱出するため大阪で証券マンに転身しようとしたが恐慌《きょうこう》で頓挫《とんざ》。しかし苦境に追い込まれたとき思わぬ転機が訪れた。経営不振となっていた箕面有馬《みのおありま》電気軌道（阪急電鉄の前身）を引き受けることになったのだ。一三はそこで創造力を存分に発揮することになった。

明治四十三年（一九一〇年）、現在の宝塚本線～箕面線にあたる梅田～宝塚間、石橋～箕面間を開業した。事業戦略の一環として沿線土地を開発したが、これこそが阪急グループ大発展のもととなった。大正時代まで農家しかなかった場所に住宅を建て、サラリーマンが月給でも支払うことのできる割賦《かっぷ》システムを編《あ》み出すことで、大衆に「未来」を売ったのである。駅ターミナルには百貨店、行楽場所としての宝塚には新温泉や歌劇団を作った。

――より良い生活は、がんばって手を伸ばせば届くところにある――

一三はそれを、わかりやすいかたちにして見せたのだ。

いまに続く私鉄の事業モデルである。

関東の電鉄もいきおい阪急の方法をなぞった。東急の五島《ごとう》や西武の堤《つつみ》は一三を神のごとく崇拝したという。

米三が言った。

「ところでお父さん。大阪弁喋《しゃべ》ってるで」

「呑気《のんき》なことを」

一三は言った。

「いまは関西弁でも九州弁でも喋れるやろ。世界各国、どこの言葉もわかるわい。死んでもうたんやさかい」

「そうやな。うっかりや」

親子は笑った。

ビッグマン広場ではひとが交差し、笑い合い、連れだってはどこかへ散っていく。

「子どものころは梅田ものどかやった」

米三は言った。

「駅前の旅館街には人力車がおったし、ボンネットバスなんかもあった。市バスと青バスがあって、お客さんが間違うて乗らんように、梅田旅館から世話焼きのオッサンが出てきて、駅降りたひとに声かけてた」

「梅田旅館か。娘さんはお前と同級やったんとちゃうか」

「幸江ちゃんな。幼なじみや。旅館の廊下で走って一緒に怒られた」

「あそこは新聞社の定宿やったが、阪急の会合もやらせてもろうてた。お初天神の夏祭りには、社員にはっぴ着させて、スイカ切るの手伝わせた」

「駅前には相撲興行もあったね。富国生命ビルが建つ前の空き地に土俵つくった。双葉山や玉錦も来たやろ」

　小林米三は一三の三男で、のちに阪急電鉄八代目の社長として経営を引き継いだ。昭和四十年代の高度成長期、乗降客が増えて手狭になった梅田駅を移転させ、梅田界隈を一新させたのは米三である。拡張に伴って三百店舗が入る商業施設、阪急三番街も作った。

「旧制中学入ってからは映画によう行った。淡路町の御霊倶楽部は三番館で学生にはええ値段やった。こづかいもらいたての日は老松座とか天満《てんま》倶楽部の封切りに行った」

「みんなうち（東宝＝梅田映画館）で洋画を観てくれたね。紳士淑女がきれいな服着て」

「せやけどお父さん知ってたか？　うちの映画館は洋画ばっかりで、同級生らが『なんかこわい』とか言うんであんまり行かへんかったんやで」

「もったいないこっちゃ。面白い映画いっぱいかけたのに」

「まあ子どもは外国もん無《の》うても問題なかった。大阪にはおもろいこといっぱいあったからな。うめだ花月《かげつ》に連れてってくれたやろ。春団治にエンタツ・アチャコ、都々逸《どどいつ》とか声色変化とかも、子ども同士で真似したり」

「観て、笑うて、楽しんで。ぜんぶ文化」

「文化は大阪の値打ちや」

「食うこともね」

外食文化がまだなかった時代、一三は阪急百貨店に大衆食堂を作った。ライスカレーは名物となり一日で一万三千食売れた。カレーはまだ高級なメニューで、東京のレストランでは八十銭したが、阪急は四分の一の二十銭でコーヒーも付けた。多くの家族は記念日に、一家そろって晴れ着を着て、電車に乗り、ライスカレーを食べに来たのであった。しかし食堂をいちばん有名にしたのは、西洋皿に盛ったひと皿五銭の「ソーライス」だった。それは白飯なのだが福神漬けも大盛りで「おかず取らんでもええ」と、ソースだけをかけて食べる若いサラリーマンが日参したのだ。支配人は「ライスだけの注文はご遠慮くださいマセ」と張り紙を出したが、一三は「彼らは今は貧乏だ。しかしやがて結婚して子どもを産む。その時ここで楽しく食事をしたことを思い出し、家族を連れてまた来てくれる」と張り紙を「ライスだけのお客さま歓迎します」に変えさせたのだ。

「『ソーライス』は一三伝説のひとつやけど、入口にひと箱五銭のキャラメル置いて、いっしょに買うてもらう仕掛けも作っとった。五銭と五銭で十銭。元取ってるわ、と息子ながら感心してた」

「無理強《じ》いしたわけじゃない」

「せやけど、うちはどんなに少額でも必ず食券を買うてもろうてたでしょ。阪急の商売は前金制や。最初に金を払わんと、ものを食わしてくれん。小林一三はえげつない商売人や、こすいやつや。一部のひとは言うてた。食堂の食券だけやない」

米三は言った。

「庄内《しょうない》駅でお客さんが、もう辛抱《しんぼう》でけへん、阪急は客をおちょくっとると、線路に座りこんだことがあったやろ」

昭和二十年頃の阪急電車は、梅田と宝塚と神戸終点の上筒井の駅だけは別として、改札口からホームまで屋根がなかった。

「切符を買わしたらもうこっちのもんやと、雨でも嵐でもお客さんほうたらかし。阪神と競争してた神戸線には金かけたけど、他は貧相。駅も電車も古くさいし臭《くさ》いし、サービスなんて考えはまるでない。とお客さんが怒り出した」

「戦後のどさくさですよ。いろんなことが間に合うてない。いっこずつやっていったでしょ。いまはきれいな阪急電車。冷暖房完備。サービスも良し」

梅田のあたりは江戸時代以前沼地だった、そこを埋めたので「埋田《うめだ》」の名が付いたという説もある。明治三十年の大阪市拡張によって、西成《にしなり》郡曾根崎《そねざき》村、北野村などが市域となり、大正時代の終わりに北野村は芝田《しばた》町、茶屋町《ちゃやまち》、角田町《かくだちょう》、大深町《おおふかちょう》などの町名に分かれた。

大阪が交通の要衝《ようしょう》になったのは、明治七年の大阪〜神戸の国鉄開通からだが、一三は鉄道によって変わる人びとの暮らしを実際のかたちとして見せ、大阪の発展に寄与したのだ。

戦後の復興期。日本人みんな肩を寄せ合ってがんばった。一三は通勤の足を確保し、郊外住宅を増やし続けた。梅田に集まるひとの数は加速度的に伸びた。

一三は言った。

「今の梅田が複雑になったのは、いろんなビルを建てたからや。八番街、三番街、十七番街、グランドビル、そのあと、ファイブ、ナビオ、エスト。結局はお前のせいと違うか」

「お父さんが真ん中に駅を作ったからやて。僕は流れに乗っただけ」

「変化は歴史の必然だ。これからも変わっていくだろう。あとは祈るだけよ」

ビッグマン広場で待ち合わせする人はあいかわらず多いが、同じくらいの数が書店にも吸い込まれていく。一三は言った。

「チャレンジ好きの私でも、あんな規模の本屋が成功するとは想像できなかった。家賃を取りはぐれないか心配してたよ」

「いまや三番街のキーテナントですよ。単一書店の売上げで世界一になったんだから」

「一番店になると見越して貸したのではないよな」

「違うね」

「そしたら、なぜ貸した？」

「最初はサントリーの佐治《さじ》くんが連絡してきた。日本航空の朝田《あさだ》くんも。ふたりとも浪速《なにわ》高校の後輩なんやけれど、おもしろい本屋があるって。それで会ってみたら交渉役は松原治くんといって、彼も浪高の後輩やった。彼が言うた。大阪でぜったいやりたい。四～五年間、大阪で出店場所を探したけど、こんなええ場所はない。一階の七百坪ぜんぶ貸してほしい。訊ねましたよ。そんな広さで本屋が成り立つかって。そうしたら新宿でちゃんとやってるって言うの。うちの坂本《さかもと》くんに新宿を見に行かせたら、日本でいちばん立派な本屋だって。それで決めた。松原くんに、貸すから来なさいと伝えた。彼、ハンコ持って飛んで来たよ。家賃交渉はもめたけど、なかなか面白かった。社長の田辺茂一さんていうのが、これがまた楽しいひとでね。開店の日にはきれいどころや立川談志なんか連れて来たりして大騒ぎだった」

米三は言った。

「でも、その件で思い出すのは商売の駆け引きとかじゃなくて、不思議な感覚につきまとわれたってこと。家賃交渉のあいだずっと、本屋はいいぞ、家賃なんぞまけてやれ、って誰かにささやかれてる感じがあったんですよ」

一三がにやついた。

「なるほど。声が聞こえたか」

「実際に聞こえたわけやないけどね……なによ、その不気味な目は」

米三は不審がったが一転、ハタと手を打った。天空に来たからこそ、いろいろわかるのである。

「あのささやき、父さんだったのか」

「私は何も言ってないよ」

「なるほど、そうだったのか」

「違うって」

「ウソはなし。ここは何を言うてもええとこやで」

「違うんだって」

「何が違うの」

「あの場所は本屋になることが決まっていた。私ら人間がどうこうするものじゃない」

「どういうこと？」

父は息子の肩を叩いた。

「私もお前も、つきまとわれていたということよ」

「それが、僕の聞いた声？」

「そうかもな」

ふたりの乗った雲が風に流される。

ゆるりゆるり。酒盛りをしているところへ近づく。酒盛りの上空ではふたりの人間がもつれ合っている。

「立川談志やないですか」

米三は見あげながら言った。

「談志がろくろ首ともつれてるわ」

米三は雲を漕《こ》いでそっちへ近づいていった。

すると酒盛りチームの顔も見えてきた。

「おや松原くん。田辺さんもごいっしょじゃないですか。ちょうどいま、紀伊國屋書店さんの話をしとったんですよ」

そのうしろに和服姿がふたり。

「わてらもいてまっせ。米三さん」

「これは米朝師匠に小米さん。あ、枝雀でしたね」

「米三さんおひとりですか」

「親父もいてます。あれ、おらんわ」

一三は消えていた。

「まあ、そのへんにおるでしょう」

天空は移動が自由自在である。

三

立川談志と岡本太郎のじゃれ合いもおさまった。それからは皆、雲に尻を落ち着かせ盃を酌み交わした。

天空のしるし談義である。

枝雀が言った。

「生きてるうちにしるしのことを知ってたら、面白い新作落語を作れましたのに」

「いまからでもええやろ。天空落語というのはどうや」

「私もそう思うたんです。そんなことなんで、早速取材させてもらいます。ではまず、米三さんから」

「いきなりですね。私がいちばんですか」

「とりあえず」

米朝が渋い顔をする。

「とりあえずとはなんやい。阪急の社長さんやで。もそっとていねいに訊ねんかい」

「そうでした。そしたら、とりあえずではなく、お答え願えますか。あなたのしるしは何ですか」

「なんや、そのたんねかた」

米朝はあきれたが、米三は笑った。そして言った。

「私のしるしは、梅田がもっと良くなるように、という一念です」

枝雀は書き留める。

「まじめなおしるしですな。よろしいこって」

「不真面目《ふまじめ》なしるしなんてのはないでしょう」

「それはみなさんに訊ねてみんことにはわかりませんが」

米朝が言った。

「良いことをした人だけが、しるしをつけることを許されるんや。不真面目なしるしをつけそうなやつには権利がない」

枝雀は言った。

「それで、われわれ噺家は権利をもらえんのですな」

「噺家なんてのは、何もええことせんからな」

米三は言った。

「師匠は人間国宝やないですか。それでもあかんのですか」

「神さんは正しく見てはるんです」

「何を見てはるんですか?」

「お前はあほなことばかり喋りすぎた。あの世で反省してから出直せって」

枝雀は言った。

「そういうことなんで、しゃあないんです」

「愉快ですね。寄席《よせ》に来させてもろうた気分です」

「寄席ではなくて極楽ですって」

「極楽寄席ですね」

枝雀は松原にも訊ねた。

「松原さんのしるしはやっぱり、会社の繁栄ですか」

松原は言った。

「まあ、社長がああいう人なんで。とはいえ、うちの会社がどうこうではなくて、本の文化が育ってほしい。その気持ちをしるしにしました」

枝雀は鉛筆をなめて、メモに「本の文化」と書き込んだ。その文字を見ながら、

「やっぱり噺家とは違いますね。ええこと言いますわ」

建築家の前川國男、丹下健三、西山夘三、そして岡本太郎もしるしを残していた。

枝雀が訊ねると、岡本太郎は『地底の太陽』だといった。そしてそれは座敷わらしの足だと言った。

「足に人間の祈りと心の源《みなもと》を込めた」

丹下が訊ねた。

「足とはなんです？」

「丹下さんはまだ甘い」

「うむ、そうなんですか」

岡本太郎は言った。

「どこかへ行っちまったんだ。縄文が」

丹下はしばし考えた。

「行っちまったって、地底の太陽が行方不明になっている件ですか？」

「足があるから移動できる」

「どこに足がありましたか？」

「だから甘いと言っておる。足は現物ではない。観念だ」

岡本太郎はさらに言った。

「地底の太陽は逃れなければならなかったんだ。次の出番のために」

あいもかわらず思考が宇宙的だ。丹下は思いながら、こういうふうに返した。

「そんなこと、生きてるときに言ってくださいよ」

「私だって、死んでからわかることもあるんだ」

怪訝《けげん》な顔の丹下を尻目に、岡本太郎はどこかへ飛んでいった。

田辺は話を聞いていたが、黙っていた。

そこへ西山がまた寄ってきた。笑みをこらえた目をしている。

「足で歩いたって？　茂一さんが運んだんでしょう」

田辺は黙ったまま遠い目をしている。

「いや、ひょっとして」

西山は田辺の真剣な表情に笑みを引っ込めた。

「ネコババ話じゃない。岡本太郎は地底の太陽にしるしをつけた。座敷わらしとしてお祭り広場という御旅社から出発させた。茂一さんは出発係のひとりに選ばれた」

西山の声のトーンが上がった。

「もうひとりの指名が上田くんだったんだ。彼は次の祭に、その座敷わらしを迎えに行く係で残されたんだ」

田辺が説明を足すことはなかった。ただ心配顔で言った。

「上田くん大丈夫かなあ」

そこは西山も同感である。

「二〇二五年でしょ。彼も九十五歳だしね」

酒盛りメンバーが集まって話を聴いていた。

なるほど、どうなるのだろう、など、口々に話している。

西山は田辺に言った。

「ここで内緒話は無理ですね。みんななんでも知ってる」

「私のネコババもバレバレでしたか」

談志が入って来た。

「だからさあ、西山先生が言ったじゃない。ネコババじゃないんだって。選ばれたのよ」

「そうかもしれないけれど」

「なんだよ」

「どうして私が選ばれたんだろう」

「それはわかってるじゃない」

「え、わからないよ」

「田辺亭はここに彩ちゃんっていうしるしを残したでしょ。それも含めてのご指名だったんだよ」

「あの子？　もしかして、ひょっとして、あの子も次の係なのか」

茂一はあらためて書店を覗いた。彩はレジで接客している。

「私のしるしなのかなあ」

「おいおいわかるよ」

田辺のひとりごとに答えたのは小林一三だった。米三がふり向いた。

「お父さん、どこ行ってたん」

「どこにも行ってない。話を聞いていたさ」

訊ねた。

メンバーたちはいきおい驚いた。ぞろぞろと一三の前に来てはあいさつをした。田辺は

「あの子が座敷わらしかどうかわかるということですか」

一三はそこで、次のようなことを話したのであった。

この場所に居ついた最初の座敷わらしは、もともと菅原道真公の憑神《つきがみ》だった。道真が太宰府に流されるとき、旅の安全を守ると称していっしょにやってきたのだ。大坂で街道筋を通るときに立ち寄ったのがこの場所で、大坂三郷の人々の憩《いこ》いの場所（のちの鶴の茶屋、現・梅田）であった。梅花の美しいところで、広々とした菜の花畑には鶴が遊び、重なる色彩は豊かな田園風景を醸《かも》していた。あまりの美しさに憑神は道真から離れた。そして「九州へは勝手に参れ」と言い放ち、自らはその地に棲《す》む精霊＝座敷わらしになった。精霊として最初にしたことは霊験《れいげん》を発することだった。

「道真を天神として祀り、御旅社をつくれ」

人びとは霊験に従った。精霊は御旅社に休みながら、この地を発展させる者を見つけて憑いた。力を与え、生涯にわたって仕事をさせた。

「天に昇ったからこそ聞ける話ですわ」

枝雀が鉛筆を嘗《な》め、続けて訊ねた。

「せやけど道真公から一三さんって、一千年以上経《た》ってませんか。そんな長い間、ここの座敷わらしは何してましたん。誰にも憑かんと」

「御旅社の居心地がよくて、ずっと寝てたそうや」

「ずっとって。千年も?」

「だから徳川時代、ここは田んぼのままだった」

「寝てたから? ほんまですか」

「直接訊いたから間違いない」

「直接?」

「道真公の座敷わらしよ。目を覚ましたのは明治時代で、憑《つ》いたのは私だったらしい。私は働いた。そのあとに私もひとり残した。それが田辺さんに。そして次は」

一三は言った。

「あの子を見ていれば、おのずとわかるよ。いままさに、何かが起こりそうじゃない」

「そうなんですか」

「ほれ、見てごらん」

みんな雁首を揃えて地上を覗き込んだ。

向けた。

＊

彩はレジで接客をしながら、不思議なささやきを聞いた。

懐かしい声だった。彩が会いたい人の声だった。

近いのか遠いのか不明な響きだったが、店の外から聞こえた気がして、彩は広場に目を向けた。

するとそこに、決しているはずのない人を見つけたのである。

彩はレジ待ちのお客さまをそのままに店から飛び出た。

しかしその人は、広場の人波に消えていた。

「そうやな。そんなことあり得ん」

彩のひとりごとは、同僚の呼び声にかき消された。

「彩ちゃん、お客さまがお待ちですよ」

「はーい」

彩は店に戻った。

すると彩を追うように、小さな座敷わらしが跳《は》ねながら店へ入り、彩と一体になったのである。

天空で、皆がそれを目撃していた。

「見たか」

「見た」

「あれが田辺さんの座敷わらしか」

「彩ちゃんに憑いたで」

田辺は感動していたが、田辺はもうひとつ、驚きの光景を目にしていた。彩が広場に見つけた人物の顔を知っていたのだ。

「どうしてあそこにいるんだ。いったいなぜ」

一三は田辺の問いには答えなかった。

*

さて、ここから本編となる。

小説としての情況設定になるので、実在の人物・組織については実名を一部変えた。作者の空想による事件・出来事もある。

架空の物語として読むか、現実に沿わせて感じるか。

それは読者におまかせしたい。

目次

彩の話　その一

彩、本屋で働く

私は大阪キタの待ち合わせ名所、ビッグマン前広場にある本屋で働いている。

広場はいつも、わいわい、がやがや。

「わぁ〜　ひさしぶり〜！」

「見つけた〜！」

「ほんまにあんたなん？　美人なりすぎやろ。気づかんかったわ」

いつもと同じ大阪らしさ。

笑い声、おっきい声。

迷い、戸惑い、困ってしまう人も。

つかつかと店のレジへ来て、

「待ち合わせしているのですが、ビッグマンってどこですか?」

日に一度は訊ねられる。

どのくらいの人たちがここで待ち合わせ、どんな再会のドラマが繰り広げられてきたのだろう。私はときに仕事を忘れ、感慨深い気持ちになる。

私は広場に集う人たちを眺めるのが好きだ。顔色や雰囲気をうかがい、これは同窓会、あのふたりは熱烈恋愛、髪に寝癖を見つければ、鏡も見ずに飛び出すあわてもの、でもそんな人だから性格がいいかも、こぎれいな人がいい人とは限らないし、怪《あや》しげな人と見れば「お前は掛け値なしの単細胞野郎だぜ」と探偵小説のセリフをあてはめながら、いやセリフはこっちか、「自分が大物だと思っている頓馬《とんま》ほど頓馬なやつはいない。お前を見ていると哀れさささえ催《もよお》してくるぜ」とか。


ビッグマンとは、広場にある二〇八インチのハイビジョンだ。巨大液晶画面はアピール力が大きい。母がここで待ち合わせをした昭和の時代は、巨大なブラウン管が吊り下がっていたらしい。もっとさかのぼって五十年前、おばあちゃんの時代は広場にテレビはなかった。もちろんケータイもなかった。迷った人は駅員に頼み、放送で呼び出してもらったという。

いろいろな人生が交差する。老若男女。紳士淑女百花繚乱。十人十色。時は進めど、ここは変わることのない待ち合わせ場所だ。

ある日、おばあちゃんとここの話題になった。おばあちゃんにも待ち合わせの思い出があるらしい。けれど若かりし頃の色恋沙汰みたいで、詳しく聞かせてくれることはない。

ただ、こんなことを言った。

「あの場所には祈りが満ちてる」

そうかもしれない。

ふだんの待ち合わせであっても、目指す相手が見つかったときにゆるむ表情がとても素敵だからだ。そして私は、そんな出会いのすべてが好きでたまらない。

大画面にはニュースや広告、ミュージックビデオなんかが流れる。大きな事件の第一報が伝えられる。阪神・淡路大震災のとき（まだケータイが普及していない時代）、衝撃に人々は公衆電話へ走った。平成や令和元号の発表には、全員が新しい時代の到来を見上げた。ＳＭＡＰの解散も流れた（私も見た。でも大ニュースなのか、とちょっと思った）。毎朝の星占いをチェックしてから会社へ向かうＯＬもいる。ビッグマンは街の、人の情報源だ。

そんなビッグマンでちょっと盛り上がった都市伝説があった。お盆の数日間、念じれば魂が還《かえ》って来て、画面にその人が現れるという。

「死者の魂は関係ない」

SNSでも大きな話題にはならず、私も忘れていた。

ところが私にも、この場所には祈りがあると信じてしまう出来事が起こった。

まさにお盆の中日《ちゅうにち》、私は広場に亡き母を見たのだった。

大阪の夏は暑い。地球温暖化というより、緑が少ない都市環境のせいらしい。

梅田周辺はビルばかり。夜になっても熱気は去らない。待ち合わせの人たちは、ハンカチで汗を拭《ふ》き、扇子で胸元へ風を送りながら相手を待つ。さっさとどこかへ行きたい。冷たいビールを飲みたい。

この日、私の勤務は七時までだった。その時間に麻里《あさり》と待ち合わせをしていた。高校からの親友。勤務終わり近く、私は棚整理の合間に、まだ来てないよなあ、と広場に首を伸ばした。

そんな時、人波の向こうにひとりの女性を見つけた。

「え、お母さん……」

私は声を出してしまった。

和服姿だったが見間違えようがなかった。それは母だった。

背筋が凍《こお》った。

魂が還るお盆。私は大画面を見上げた。こっちに映るんやないの？

現物が居る。目をこすった。見える。やっぱり居る。

レジから呼ばれた。

「彩ちゃん、お客さまですよ」

若輩の私でも、ご指名のお客さまがいる。

私はレジを振り返って見知ったお客さまに会釈《えしゃく》を返したが、そのとき懐《なつ》かしすぎる声さえ聞こえたのである。

それは「つじうちさん」と聞こえた。

二十メートルほど向こう、広場から地下鉄へ降りるエスカレータ近くから。

違う。こんな雑踏であそこからの声が届くはずはない。それに母が私を苗字《みょうじ》で呼ぶことなんてない。

じゃあ、誰？

人の群れが動いた。視界が塞《ふさ》がれる。見えん。見失いたくない。私は広場へ踏み出した。

「すみません、ちょっと、すみません」

目の前の学生グループに分け入り、その向こう側へ、エスカレータへ。

しかしその人は消えていた。和服姿などない。

右、左、エスカレータの先。ただ、たくさんの人がいるだけ。

まぼろしか。私が会いたいと念じたのか。

深呼吸をした。

きっと熱気のせいだ。

「そりゃ、そうやな。ありえん」

噂にさえならなかったビッグマンの都市伝説。頭の片隅にちょっと残っていたのだろう。

店に戻り、お客さまに取り寄せ本をお渡しした。出口へお送りすると、麻里が私に気づいて手を上げていた。私は口パクであと十分と伝えた。

同僚に勤務上がりを伝え、ロッカールームへ行こうとレジ裏から出た。

するとレジの前に父がいたのである。

「お父さんやんか」

ぜんぜん会いたいとか念じていない。

「よう」

「何してるん？」

「何してるって」

「待ち合わせ？」

「別に待ち合わせでもない」

「でもない」

「ここは本屋やろ。来たらあかんか」

「あかんことないけど、なんで突然おるん。変な感じや」

「突然でもないやろ。お前の言い方こそ変や」

私は声を低めた。

「お店でお前とか言わんといて。ありえへんわ」

父は都市計画事務所なるものを主宰していて、茶屋町にマンションを借りている。主宰といっても父ひとり、不定期のアシスタントひとりの個人事務所。ここから徒歩数分。紀文堂書店は近所の本屋さんだ。じっさいよく来て本を買っている。

父は大阪市職員として建築行政に関わっていたが、阪大環境工学科の恩師である上村篤郎《うえむらあつお》先生の「すまい研究機構」に出向したことがきっかけとなって独立した。名刺には「住まいのコンサルタント」とも書いている。市職員時代は大阪都構想に向けての大規模プロジェクトなどに関わっていたが、いまは市内に残る、明治大正時代の長屋再生を仕事にしている。キタは中崎町《なかざきちょう》や中津《なかつ》の間にある豊崎《とよさき》、京橋《きょうばし》は大川沿い、寺田町《てらだちょう》、昭和町など。きれいに仕上がった長屋の完成ツアーに麻里と参加したこともある。父はそこで参加者に語りかけた。

「長屋は老朽化、空き家《あきや》、住人の高齢化、耐震への不安など、さまざまな問題を抱《かか》えています。でも意思とアイデアを合わせ、手を入れてすてきな場所にすれば、風景を残していけます」

大阪のあらゆる場所、あるいは日本全国のあらゆる場所で、古い家屋はマンションになった。父のプロジェクトも、大工さんたちは懐疑的《かいぎてき》だったという。彼らの日常はマンションの内装壁にベニヤを張り付ける「とにかく安くしろ」という現代の木賃《きちん》仕事が多く、それが経済、それが生きるすべ、と割り切ってもいたからだ。ところが、学生たちが土壁を剝《は》がし、腐った畳を上げ、寒い冬にも古材をたわしで洗う姿に驚いたのだった。そういうことなのか。それならそこには職人の仕事がある。技術を生かしてやろうではないか。これは値打ちのある仕事だ。

父は役所を辞《や》めてからのほうが忙しくなった。数年前からは事務所で寝泊まりするようになった。仕事に便利だからというが、花園町《はなぞのちょう》から梅田までの距離など知れている。実家にはお母さんの思い出が多すぎるのだ。大型都市開発から住まい作りへ仕事を変えたのも、母とのつましい暮らしこそが大切だった、と思っているからではないのか。

しかし最近、京都へよく行くらしい。

「なんかざわざわしとる」

おばあちゃんは言う。

「彼女がおるのかもしれん」

「ほんまか」

「祇園《ぎおん》の人らしいで」

「祇園って、あの祇園？　高級な」

「ちゃうか。そんな金あらへんわな」

おばあちゃんは首を振ったが、父はまだ五十代前半。長い人生に、寄り添う女性がいてもいい。祇園かどうかは知らんけど。

父はスーツ姿だった。

「きれいなネクタイや。靴もぴかぴか。ほんとは待ち合わせと違うの？　女のひととか」

そして、私は言ってみたのである。

「さっきな、お母さんを見た気がしてん。ありえんけど、お盆には魂が還ってくる言うやん。そしたらお父さんが現れた。ちょっとびっくり」

父は笑い飛ばすかと思ったが、わりとしんみり言った。

「彩はお母さんが好きやったからな。お前はええ娘や」

なんやねん、この会話。私は不機嫌を表情に貼り付けた。

「お前って言わんといてって。もうええか？　わたし着替えるねん」

父は何か言いたそうだった。半開きのくちびる。気しょい。

「なあ、なんなん？　変やで。わたし行くし」

父は私のあせりなど、まるで気にしないかのようだった。

「あのな」

父は言った。

「上村先生の米寿祝に、いっしょに行ってくれんか」

「ん？」

麻里が店の外でまた手をふっている。私は指先で父を指した。麻里は父を知ってる。もうちょっと待つ、みたいな合図を返してきた。

私は訊ねた。

「今日なん？　これから米寿祝なん？」

「これからやない。ええと、十一月かな」

「十一月？」

「そうやな」

「まだ先やないの。もちろんお祝いに行くけど」

「まあ、覚えといてくれ」

私は上村先生が大好きだ。いつであっても、予定を変えても私は行くだろう。

上村篤郎先生は建築の仕事をほぼ引退し、ライフワークである縄文の研究をしている。著作もあって、紀文堂でも切らすことなく置いている。自宅に伺うと、孫娘が来たかのようによろこんでくれる。自宅のカラオケで古い歌をデュエットする。高価なカラオケセットを「あげるから持って帰り」と言う。奥さまの郁子《いくこ》さんは「迷惑ですよ。どうやって持って帰るの」と笑う。上村先生は会うたびに何かをくれようとするのだ。木彫りの熊とか、宝塚歌劇のシャンシャン飾りとか、七〇年大阪万博の太陽の塔の模型とか（先生は万博会場の設計チームにいた）。

そんなことを思いだし、立ち話がまた続いた。

「先生は締まり屋やけど、孫娘には甘いんや」

「わたし孫ちゃうし」

　私は言った。

「とにかく、お祝いはさせていただきます。花束を買うわ。蘭は無理やけど」

「仏壇の花みたいなんはやめとけよ。冥土《めいど》のみやげやないんやから」

「お花はお供えになるつもりで咲いたりしないの。仏壇とかは人間の勝手」

「まあ、そうやな。仰るとおり」

　人も自然の一部。人は自然に生かされている。サステナビリティ。縄文時代こそ、真のサステナビリティ。上村先生はそう著作に書いている。こういう話を、最近は麻里ともよくする。博学の麻里によると、サステナビリティは仏法思想でもあるという。

「せやけど、お父さん、最近また上村先生と親しいやん」

「今さらでもないやろ」

「仕事でも頼まれてんの？　ちょくちょく連絡してるようやけど」

「なんで知ってんねん」

「言うてたやんか、お彼岸のときに」

「そうやったか。そうやな。実は、秘密の任務を仰せつかってな」

「それが京都なんか?」

父は話題をそろりと変えた。

「先生、宝塚の招待券もくれるらしいで」

「え、ほんま。行く行く。いつ?」

「それは、いつか知らんけど」

「知らんのかいな。でも、美月《みつき》ちゃんのやろ」

上村先生の孫娘は宝塚歌劇団月組第一〇三期の更衣《きさらぎ》美月なのである(それで祖父がシャンシャン飾りなんかを持っている)。演目は調べればわかる。というか、駅にポスターが貼ってある。

父は腕時計を見た。そして「行かなあかん」と、そそくさ店を出た。やはり、本屋に来たのではなさそうだった。なんかおかしい。三ヶ月後の予定をいま訊くか?

麻里が店に入ってきた。

「もう、まだ?」

私は、あわてて、いま着替える、と言った。麻里は父とあいさつをした。私はロッカーへ向かった。

私は本屋の社員として、こんな日常を過ごしている。
なぜ本屋で働くことになったのか。
まずは私と私の家族のことを語ろう。私たち家族を取り巻く、素敵な人たちのお話も。

彩の話　その二

西成育ちの娘、キタの住人となる

一

母はいまから十年前、私が中学二年生の時に亡くなった。

三十六歳という若さだった。

高校の国語教師だったので、お葬式には教え子や先生がたくさん来た。私の中学からも同級生たちが来た。早すぎる死に、みんな泣いてくれた。

阿倍野《あべの》斎場の火葬場でお骨ひろいをしたとき、お窯から出された遺骨はまだ赤くほてっていた。うすらさむい十二月の午後だった。母が私を少しでもあたためようとして、最後の愛情を赤い色に込めたのかもしれないと思った。じっさい私の視界は赤に染まり、その色は涙に滲《にじ》んで揺れた。私の心はとてもちっぽけだった。心はからだを支えられず、献花台にしがみついて泣いた。献花台が倒れた。父は「しっかりしなさい」と強い口調で諭し、倒れた花を直しながら火葬場の人には「申し訳ありません」と詫《わ》びた。

辻内家のお盆やお彼岸には必ず、五代友厚《ごだいともあつ》さんのお墓にも手を合わせた。祖母が「大阪が立派になったのは五代さんのおかげ」と信心のような態度でお参りをしていたからだ。でもこの日、五代さんのお墓には回らなかった。私が泣きじゃくり、父に引きずられるようにして、斎場をあとにしたからだった。

私は母が大好きだったのだ。ところが父は母の葬儀で泣かなかった。まるで能面のようだった。私はそんな父が哀しかった。

母からはこの父と、大恋愛で結ばれたと聞かされていた。

最初の出会いは梅田紀文堂書店の横、ビッグマンの真下だったらしい。

大阪市役所都市計画課の新入り職員だった父が「新しい大阪を考える」かなんかで若者を調査する担当になり、高校生だった母が参加することになったのだ。二十名の高校生と大学生への意見聴取が予定されていたなか、一番目は四天王寺《してんのうじ》高校の女子三名だった。ところが一名は体調を崩し、一名は吹奏楽部が府予選を突破したとかで欠席、母はひとりで父と会うことになった。

その日、巨大なブラウン管には、スピッツの「ロビンソン」が流れていたという。母は最初の出会いを語った。

「おしゃれな歌の下でね、和彦さんが本を読んで待っていたの。遠目に見て、えー、なんか格好いい！　この格好いい人が市役所のひと？　おっかなびっくり近づいてあいさつした。運命の出会いだったわ」

母は出会いの様子を、その後も何度か私に話した。

「喫茶店に連れて行ってもらったんだけど、いったい何を話したやら。でも妙に居心地がよかった。その一日だけで、私はこの人のお嫁さんになるかもって思ったのよ」

思い出を語るときの母は、決まって涼《すず》やかな目をしていた。

なのに父は葬儀のとき、

「帰らない人を思っても、仕方ない」

と言ったのだ。

思えば父から、母との出会い話を聞かされたことはなかった。だから母の涼しい目と、父の能面を比べ、怒りに近い涙があふれてしまったのかもしれない。

でも父こそ哀しかったのだ。哀しすぎて、哀しすぎる気持ちを、心の奥底に押し込めるしかなかったのだ。

それがわかりすぎるほどわかったのは、高校に上がった春の、四天王寺高校の入学式だった。父は千人以上が座る客席の、隅々へ届くほどの声で泣いたのだ。

一張羅の背広を着た四十男の有様は、式に並ぶ大人たちさえ、どうすればよいのか戸惑《とまど》うほどの取り乱しようだったのである。

あとでおばあちゃんが話してくれた。

「彩がさくらさんに見えたんやて」

父は私の制服姿に母を想い、こらえきれなくなったという。


今宮中学校二年生の学期末、進路をどうするか、担任の先生と話をした。

「辻内は天高やろな。いまの成績なら行けるわ。部活もやりきったらええ」

私の成績はクラスでいちばんだった。内申書の点数はほぼ満点と、まあまあ余裕だった。

陸上部では中体連の千五百メートル走で五分を切り、死ぬ気で走ったら三年生では全国大会も行けるとがんばっていた。そういう状況からも、天王寺高校の合格は立派な目標だった。大阪で一、二を争う進学校でしかも文武両道、府立で学費が安い。家から地下鉄でひと駅。徒歩でも三十分かからない。担任と進路指導の先生も疑わなかった。

「天高でがんばったら、阪大も京大も行けるで」

が、私はこれを家族会議に諮《はか》った。

「それは違うかも」

という微妙な思いがあったからだ。その違和感は、私が説明する以前に、父とおばあちゃんも持っていた。

おばあちゃんは言った。

「まあ天高やわな。自慢の孫娘とみなさんにほめられるわ。せやけど、なんというか、学区内の公立もなあ、天高とはいえ」

おばあちゃんはこうも言った。

「うちらには新しいドアが必要かもしれん。そういうふうに思うてるんちゃうか？　なあ、彩」

私のもやもやした気分を、おばあちゃんはふたつのことで表した。

学区内の公立高校。

新しいドア。

学区というのは、限定された地区の家庭から生徒が集まるということだ。この学区は大阪市内の南部と府下の東側と南側。ここは大阪でもとくに個性が強い。真法院町《しんぽういんちょう》のようなセレブ文教地区（芦屋より不動産が高い）と西成のウルトラスーパーダウンタウンがミックスされる。辻内家のある萩之茶屋《はぎのちゃや》あたりは、中でもピカイチのダウンタウンだ。労働者の街、おっちゃんの街、けんか、酔っぱらい、なんやかんやで事故も多い。けんかを止めに入った巡査が殴られることなどしょっちゅうある。地元勤めの長い巡査は慣れたもので「ええかげんにせんかい」と、大抵のもめ事を収める。しかし警官の上を行くのがおばあちゃんだったりする。家族の実家でもある喫茶店《ラブ》は地域の居間みたいな店で、おばあちゃんは年がら年中人生相談を受けている。ところがさらにその上を行くようになったのが私だった。小学生の頃から、けんかを見つけると飛んで行き「ええ大人が、やめとき！」と割って入った。「彩ちゃんにはかなわんわ。すんませんでした」とおっちゃんたちは照れた。

当時は路上で暮らすおっちゃんたちも多くいて、顔見知りも多かった。極寒の冬には、そんなおっちゃんたちへみそ汁を配って歩く「子ども夜回り隊」にも参加した。

辻内家はおばあちゃんの代からここにいて、私はこの街で生まれ育った。ここは私のふるさとなのだ。とはいえ「ここが好きか」と訊ねられれば「微妙な感じ」と答える。おっちゃんたちは馴れ馴れしすぎて面倒くさい。通学の行き来で、誰彼なく声がかかる。

「べっぴんさんになったなあ」

「ミスユニバースや」

「天高行くんやろ。わしも自慢や」

部活で天王寺公園を走っていたとき、青空カラオケのマイクで「彩ちゃんガンバレー」と声援されたことがある。私は猛ダッシュで公園を駆け抜けた。

と、まあ、日常はそういう環境にある。

で、私たち三人とも「ちょっと考えてみよう」そんな思いを共有していたのである。

そしてもうひとつ、整理しておくべきことがあった。父が私を、母の母校へ行かせたいのではないか、ということだ。

四天王寺高校は、私学の女子校としては大阪で一、二を争う進学校。スポーツも強い。

しかし私のもやもやは、私学の女子校に通うという実感が、まるでなかったことだ。この街で育ち、小中も公立。学費のこともある。会社を立ち上げたばかりの父が、銀行からお金を借りたことも聞かされていた（娘にそういうことを話す父なのだ。若い娘をひとりの人格とみていることはうれしいが)。

《ラブ》は自宅なので家賃は要らないけれど、喫茶店の利益などしれている。コーヒー二百五十円、トースト八十円。安いコーヒー代さえツケにして、結局払わない客さえいる街である。

「総合的に判断すればですね」

私は言った。

「おのずと、第一志望は天王寺高校となります」

二人はうなずいた。

しかしあくまで志望だし最難関校だ。常識的には併願。天高を受ける同級生も、受験校は違えど、ほぼ全員が私学も受ける。

それでいまのところ、天王寺と四天王寺の併願、ということで家族会議を終えた。

私学の受験は二月。公立は三月。私立専願で難易度を下げる同級生もいたが、第一志望を公立にしたので、四天王寺は入試の一発勝負となる。

四天王寺高校もぜんぜんすべり止めなんかじゃない。そうとうむずかしい。でもこれが私の進む道。

とにかく受験をがんばるしかなかった。夏に陸上部を引退し、ねじり鉢巻きで勉強した。

気合いが助けたのか、二月の入試はそうとうがんばれた。

やりきった感じで入試会場をあとにし、聖徳太子さんにお参りをした。学校は四天王寺の境内《けいだい》にある。

六時堂で手を合わせた。それから亀の池に向かった。石舞台から、山のように重なり合う亀たちを眺めた。

数えたことはないが、子亀もいれたら数百匹いるかも。

「もうちょっと離れんかいな。混みすぎやろ。寒いんけ」

隣で同じように亀を見ていた女の子が、私のひとりごとに笑った。

私と同じような年格好。私は反射的に訊ねてしまった。

「え、何かおかしかった？」

セーラー服。太い毛糸のマフラーは暖かそうだが、手袋をしていない。掌《てのひら》をこすり合わせている。

「確かに寒いけど。寒いんけ、ってどこの言葉かと思って」

「け？　私そんなこと言うた？」

「たぶん」

「言い間違いよ」

言い間違いにしても品がなさ過ぎる。私は赤くなったが、彼女は気にしていないようだった。

彼女は重なる亀の親子を見ながら言った。

「伝書亀って知ってる？」

「ん？」

「天満の天神さんに星合《ほしあい》の池というのがあって、そこにいる亀なんやけど」

ああ、たしか天神さんにも池あったなあ。先月、合格祈願に行ってきた。私は言った。

「たしか、うどん屋さんがある」

「そうそう。あのうどん屋さんがね、昔は亀屋やったんよ」

「亀屋って？」

「亀を売る店」

彼女は話した。

江戸時代、星合の池は明星池《みょうじょう》、七夕池《たなばた》とともに天満三池と呼ばれた。いつのころから星合の池は亀を放生《ほうじょう》する祈りの場となり、明治時代には池のほとりに亀屋ができた。参拝者は亀を買って池に放し慈悲《じひ》の実践《じっせん》としたのだ。しかし亀は慈悲をわかっていたのかどうか、夜になると亀屋に戻ってきた。放しても放しても戻ってくるので、店は亀を仕入れる必要がなくなった。儲かるばかりである。濡れ手で粟ならぬ濡れ手に亀。店の主人はこれを伝書亀と呼んでありがたがった。昭和になると、星合い池の裏あたりに吉本《よしもと》せい夫婦が住み、吉本興業創業の地となるが、客が集まりまた戻るという寄席の伝統が生まれた最初のきっかけは夜な夜な戻ってくる伝書亀であった、云々《うんぬん》……。

「放生会ならぬ放生亀」

「ほうじょうえ？　なんそれ」

「もともとは獲《と》った魚とか鳥獣を野に放して殺生《せっしょう》を戒《いまし》める宗教儀式。稚魚《ちぎょ》を水に放したりするでしょ」

私は訊ねた。

「めちゃおもろいやん。でもなんでそんなこと知ってるん」

「受験勉強のいっかんかな。日本史」

「そんなん、試験に出んでしょ」

「歴史って、周辺を知ったらわかりやすうなるやん。思えへん？」

まあ、そういうこともあるかもしれんけど。ともあれ、この子めちゃかしこそう。

彼女は私に訊ねてきた。

「試験、どうやった？」

「試験？　試験って、四天王寺の？」

「うん」

いっしょに受験していた中学生だったのである。

彼女は笑みを私に向けた。

「武野《たけの》麻里です。はじめまして」

「あ、彩です。辻内彩」

出会って名乗り合うなんてアメリカ人みたい。自分ながらおかしかったが、妙に居心地がよかった。ふたりで境内のお茶所へ入った。釣鐘《つりがね》まんじゅうと抹茶という風流な注文をしてから喋った。ふたりとも公立入試を控えていたが、とりあえずの解放感があった。それより、いきなり仲良しになったのである。

私の実家は「あの西成の」喫茶店だと話した。彼女の大きくて真っ黒な目が輝いた。しかしそんなネタなど些少《さしょう》だった、彼女の育ちにこそ私は脳天をぶち抜かれた。武野家は大阪船場《せんば》の薬種商から身を立てた製薬会社だという。聞けば誰もが知る大企業で、彼女は現社長の孫娘だったのだ。いまは芦屋《あしや》市立山手中学校に通っている。

「芦屋の山手！」

私は声にならないような声で叫んだ。これまでの人生で、一度も出会ったことのない種族だったからだ。

私はふと、そして激しく思ったのであった。

これこそが、家族会議にもかけた違和感の正体ではないか。これこそが、狭いエリアだけで生きてきた辻内彩にとっての、新しいドアではないか。

彼女は兵庫県立神戸高校も受験するという。

「神戸高校か」

お母さんが大好きだった、村上春樹《むらかみはるき》の母校だ。

ちょっと思いを馳《は》せたが、

「学費の問題やないよね」

私は私の現実感から訊ねてしまった。しかし彼女に訊ねるようなことではない。質問を変えた。

「両方受かったら、やっぱり公立行くの？」

「受かってから考えるかな」

それもそうか。

彼女はこんなことも言った。

「陸上部に入りたいのよ。それで四天王寺がいいかなとも思う。ところが四天王寺には陸上部がない」

私も陸上部に入るつもりだ。同じ。と思った尻から疑問が湧いた。

「ん？　部がない？　どういうこと？？」

「神戸高校の部活でぜんぜんええんやけど、四天王寺高校に問い合わせたの。そしたら『やりたかったら部を作ればいいのです。私たちは生徒の自主性を尊重いたします』だって」

四天王寺は全国レベルのスポーツ強豪校だ。ただそれはスポーツ科に入る生徒たちのこと。バレーボールにハンドボール、体操。卓球にはオリンピックメダリストの石川《いしかわ》佳純《かすみ》もいた。一般の生徒とは別枠の環境でもあるが、学校には体育大学並みの体力づくり設備があり、プロのコーチもいる。

「そんなのを利用していいとなれば自分次第、アイデア次第ということ。陸上は個人競技だし、トップアスリートたちのやり方はぜったい参考になるわ」

私も全国大会を目指そうとがんばってきたが、高校では部活に入るのだとふつうに考えていた。ところが学校を利用するという考えもあるらしい。これも私にとっての新しいドアかもしれない。

それからも話は盛り上がった。あんこと抹茶でのどが渇き、水ばかりおかわりして話を続けた。

楽しい夕べだった。私は思った。

彼女と同級生になりたい。いっしょに走りたい。でも私はこう言った。

「いまは勉強に集中。やりきろう」

お互いもうひとがんばりを誓いあい、ＬＩＮＥを交換して別れたのであった。

二

三月になった。私は両方受かった。

台所のテーブルに、父とおばあちゃんと向かい合った。

結論は推して知るべし。「公立に行く」と話すべく呼吸を整えた。ところが父に先手を打たれた。

「どっちへ行くかは彩が決めろ。学費は心配せんでええ」

おばあちゃんも、

「二～三日考えろ」

と言い、ふたりとも席を立った。私の決意を予想したうえで同じような態度を示したのだ。

私は台所に残された。

え～　どう考えろというの!?　私の決意は訊かないの？

麻里はどうする？　彼女にも訊ねよう。スマホを手に取ったが思いとどまった。人の判断に惑《まど》わされるな。自分で考えるべき問題だ。私は連絡が来ないように、スマホの電源さえ切った。

午後が過ぎ、夜が来て、ベッドに寝ころんだ。とりあえずパジャマに着替えたが、ぜんぜん寝られない。

下へ降りると居間に父がいた。仏壇に手を合わせていた。

仏壇には、父がはじめて母に出会ったときの写真があった。つまり、四天王寺高校の制服を着た母に手を合わせていたのだ。私は声をかけるのをためらい、台所へ回って、音をさせないように座った。父が私に見られていたのを気づいたか知らないが、父はそれから、ひとりでどこかへ出かけていった。

私は突っかけに足を入れ、喫茶店へ降りた。台所と店の背面が、引き戸ひとつでつながっている。おばあちゃんはカウンタに座り、棚の上の方に置いたテレビを見ていた。私はおばあちゃんの隣に、ぼんやりと正面を向いたまま座った。おばあちゃんは私を横目で見た。

「抜け殻みたいな顔や。喜びぃな、通ったんやから。深刻になることはないで」

「よう言うわ」

私は両腕を天井に突き上げ、背筋を伸ばした。

「あ〜あ、どうしよ」

おばあちゃんはリモコンを操作し、テレビを消した。そして言った。

「彩の名前の由来を聞いたことあるか」

私は興味もなさげに小さく返事をした。

「なんなん、こんなときに私の名前って」

「それは天にあったんや」

「はあ？　天って」

「お前がさくらさんに抱かれてここへやって来たとき、梳《と》かしたような雲が虹色に染まったんよ。彩雲という」

おばあちゃんは、私にゆっくりとからだを向けた。

「彩雲は良いことが起きる前触れと信じられてる。それがまさにその時、まるでお前を待ってたように、空に浮かんだ。彩という名前は前もってふたりで決めてたらしいが、さくらさんはお前を見ながら言うた。天も名付け親ですね。この子はきっとしあわせになります、とな」

私も美しい彩雲は何度か見た。仏教では重要な際に発生する現象と伝えられる。理科の先生が言っていた。

「四天王寺さんで見事な彩雲を描いた来迎図をもらってきて、枕元に『命名　彩』の習字といっしょに飾りおった。アルバムにあるやろ」

その写真は覚えている。

おばあちゃんは冷蔵庫から瓶ビールを取り出した。コップをふたつ。瓶の栓を抜いた。

「とにかく、乾杯や」

おばあちゃんはこうやって私にも注ぐ。私は飲まない。結局おばあちゃんがふたつとも空ける。

おばあちゃんはうまそうにビールを飲んだ。そしてこの夜は、父と母の出会いについて話し出した。

「名前の話をしたのは、和彦とさくらさんの馴れそめを知ってるかと思うてな」

「お母さんからは聞いたよ。ビッグマンが運命のはじまりって。でも、お父さんから聞いたことない」

「男親は娘に言わん。恥ずかしいんや」

借金の話は恥ずかしないんや、とちょっと思った。

「それで、馴れそめが何なん?」

「そのビッグマンの次の日よ、和彦が『結婚したい人がいる』と言うてきよった。死にそうな顔してな」

「次の日? お母さん、高校生ちゃうの」

「頭冷やせ。仕事もせんと女の子の顔ばっかり見とったんかい。そうしたらあいつ、一睡もできひんかった。ぜったい結婚したいと、私に向かって来よった」

「向かって来た?」

「そうや、向かって来た。目が血走ってた。息が荒かった。そのへんのまんがみたいや」

喫茶店にはオトナ向けのまんががある。「ナニワ金融道」とか「ゴルゴ13」とか。追い詰めたり追い詰められたり。殺したり殺されたり。

「せやけど真剣やったな。じっさい、翌週にはさくらさんがうちに来た。制服姿でな。高校生というのは間違いなかった」

「それはそうやろ」

「素直なええ子やった。頭もええ。小一時間喋ってじゅうぶんわかった。こぎたない萩之茶屋くんだりまで、よう来てくれたなと言うたら、私も駒川《こまがわ》です。同じようなもんですと言いよる。くったくがないんや。それよりも驚いたのは、私こそ結婚できたらうれしい、と言うてくれたことなんや。あごが外れてよだれが垂れるかと思うたわ、しょうみな話」

女子高生とすぐ結婚することはなかった。教育大学に進学した母の卒業を待って籍を入れたのだ。母は新任教師になったとき、同時に妻にもなっていた。

しかし、母の人生がそれから十数年で終わるなんて、もちろん誰にもわからなかった。

おばあちゃんはひとしきり話したあと、私に言った。

「和彦はな、入学式で彩の制服姿に思い出が爆発したんや。葬式では精一杯がまんしとった。わかったれ」

私は四天王寺高校に進んだ。そこで素晴らしい青春時代を過ごした。公立高校でも、それなりの青春はあっただろう。でも行かなかったのだから、比べようがない。陸上部は創部に二年かかり、大会でもたいした記録を残せなかった。しかしとにかく自分たちで新しい部を作った。それは財産だ。そして何よりいちばんの財産となったのは生涯の友、アサリである。亀の池での出会いは、何度思い出してもおかしい。

しょっちゅう出歩いた。ミナミやキタの繁華街。ユニバに甲子園球場。温泉に秘境。彼女の母親が旅行好きで、リッチな旅行に便乗させてもらったこともある。お互いの家も行き来した（芦屋の邸宅と西成の喫茶店。天国と地獄、月とすっぽん……）。

三年間、ほとんどいっしょにいたが、進んだ大学は違った。麻里は理系だったし、製薬に関わることを求められていたこともある。そして彼女は成績が抜群だった。京都大学医学部に現役で合格したのだ。卒業後は研修医にならず生理学の研究助手として、山中《やまなか》教授のiPS研究所に勤めた。と同時に、何事も素早く決めて行動する彼女らしく、大学時代のカレシと卒業後すぐに結婚したのだ。職が決まっていなかった夫を生活でも支えた。若い貧乏夫婦だが、お金は実家にたんまりある。いずれは家業に入り経営を支えるひとりになるのだろう。とんでもないやつである。私はそういうふうに思っていた。

ところが別の意味でも麻里はとんでもないやつだった。彼女は驚きの選択をした。「小説家を目指す」として、三年間勤めたiPS研究所を辞めたのである。夫もまだフリーターで、京大近くのアパートの家賃が払えなくなり、実家に居候することになった。今彼女は小説家デビューを目指して新人賞にチャレンジしながら、手っ取り早くギャラがもらえるスマホ向け恋愛小説を書いている。

なぜそんなことになったのかと考えれば、彼女がとんでもないやつ、ということはあるけれど、私が選んだ人生に影響されたのかもしれないのだ。

彼女は笑って否定するが、私は考えてしまうのである。

三

きっかけは高校二年生のとき、麻里と彼女の母、友恵《ともえ》さんと三人で行った台湾旅行だった。

友恵さんは芦屋マダムだ。武野製薬現社長である麻里の父、武野史朗《しろう》の奥さまである。彼女の実家である小山田《おやまだ》家は、世界六十ヶ国に拠点を持つ空調機・化学製品の世界的メーカーで、日本初のエアコンをつくった会社だ。世界中に製品が行き渡っている。

小山田家は武野家とともに、麻里の祖父母の時代から芦屋の住人になった。史朗さんと友恵さんはともに芦屋育ち。ハイソな環境で出会った王子と姫なのである。馴れそめは高校時代に通った乗馬クラブだという。おとぎ話にしか思えない。

はじめて自宅に伺ったとき友恵さんは五十歳だったが、髪や肌、化粧、服、スタイルは、念入りに整えた感じがないのに整っていた。ノースリーブの夏服は刺激的な肉体を隠しきれない。これがセクシーというものかと、高校生の私にして感心しきりだった。

せこせこした生活を経験してこなかったことが、よい方に転んだものか、友恵さんは性格がいい。人の悪口など、一度も口にしたことがないような人である。麻里のさっぱりした性格は母ゆずりかもしれない。母と娘はとても仲がいい（麻里のどんな決断も咎《とが》めることはない）。頭脳明断は父からの遺伝か。史朗さんは中学から大学まで野球部で、どちらかといえば硬派。美男というタイプではない。とはいえ芦屋のぼんである。ぼんのうえに秀才。灘高から東京大学経済学部を出て、銀行に五年勤めたあと家業に入った。営業本部長から取締役に就任、四十五歳にして社長になった。麻里には十歳上の兄がいて、父親と同じように東大から銀行勤務、家業に入って海外勤務、いまは武野ベンチャー投資 Inc. というアメリカ現地法人の社長だ。カリフォルニア州パロアルトに住み、世界の若い起業家と交流しながら、ビジネスの芽を見つけている。

その台湾旅行。

五つの星がつく高級ホテルに泊まったが、食べ歩きは昼夜ともに路地や屋台を探検した。好奇心旺盛《おうせい》な母子は怖いもの知らず、夜の裏道に入り込む。上下ジャージに健康スリッパ、野球帽、大きなメガネ。潜入捜査のようだ。怪しい店を見つけては入った。麻里がこの日のために覚えた中国語を話した。けっこう通じた。さすがだった。

そんな場所で、日本の女性月刊誌の取材チームと遭遇したのである。

台湾に縁のある女流作家を連れ「秘境グルメコラム」をまとめる企画だった。現地スタッフが「日本人は来たことがない店です」と説明していた。撮影がおわったあと、その場で食事をはじめた。友恵さんはそこへ声をかけたのであった。撮影チームも驚いた。隅っこで、上下ジャージー姿で、カエルの唐揚げなどを食べている私たちが日本の旅行客と知ったからだった。それならと全員で丸テーブルを囲むことになった。武野親子はたぐいまれな社交性を発揮し、場を大いに盛り上げた。

私にもそこで新たな出会いがあった。生まれてはじめて、小説家というひとに会ったのだ。しかも彼女の作品「に、はお、ま」を読んでいた。台湾生まれの女性が東京でレストランを開く女一代記である。その物語は中学生のときに読んだ。内容も覚えていた。そこに著者の創作秘話が重なり、路地裏の怪しい気分を環境装置として、私はまるで、物語の登場人物になった気がしたのであった。

私は物語に浸《ひた》るのが大好きだったので、大学も文学部を考えていた。でもそれはいくぶん気分的なものだった。ところがこの出会いに、本をつくるという仕事の愉《たの》しさと奥深さを知ったのだ。

円卓の和《なご》やかな雰囲気のなか、大手出版社講文社の社員である編集者、斎藤有紀子《さいとうゆきこ》さんが神戸女学院高校出身だとわかった。しかし系列の大学へ上がらず、上智《じょうち》大学へ進んだという。

「ぜったい出版社に入りたかったの。東京に行かなきゃって思ったのよ。作戦は当たったといえるかな。卒業生が出版業界に多くて、今の会社も二年生からインターンとして、そのまま入ったわけ。出版を目指すなら、うちの大学はけっこういい線だよ」

彼女はきれいな標準語を話した。瞳には星があった。女子アナみたいだった。知的な感じからすればテレビ朝日か？　ＮＨＫとは違う。そんなことを考えていると、

「あなた、何を考えているの？」

彼女は真顔で訊ねてきた。

「いえ、あの、話し方がきれいですね」

「そんなことないわ。関西弁まじるし」

「いえ、ぜんぜんですよ」

「西宮《にしのみや》育ちだしね」

「西宮のどこですか？」

「苦楽園《くらくえん》。知ってる？」

おお、セレブ。

「彩ちゃんは大阪？」

「は、それは、花園商店街っていう」

「花園か。ラグビーの街。ワールドカップは盛り上がったでしょうね」

「まあ、そうですね」

そっちの花園じゃない。西成のほうの、おっちゃんだらけの花園商店街、とは説明しなかった。

とにかく、斎藤さんは爽《さわ》やかながらキリリとしていて、いかにも東京のキャリアウーマンという感じだった。

私ももし、彼女と同じ路《みち》を進んだら、こんな女性になるのだろうか。

私の中に、出版社はいいな、という気持ちが芽生《めば》えた。漠然とはしていたが、本をつくる仕事はいいな。大好きな冒険小説やミステリを作ったりするとか。

しかし入社競争率は高い。まずはそこそこの大学を出ないとならないだろう。希望は国公立大学だけれど、学年トップの麻里と違い、その時点で私の合格可能性はＣとかＤ評価をさまよっていた。

上智か。

考えたこともなかった。もちろん難関大学。そして、考えたところでどうにもならないとも思うのだった。私立の高校でもお金がかかっている。この先さらに、東京の私立大学へ行けるはずがない。今の私ができること、それはがんばって自宅通学圏の国公立に入ること、それが最善だろう。

旅行の最終日、台北の誠品《チョンピン》書店を訪ねた。すごい本屋と評判だったので行ってみれば、

「これが本屋？　お城みたいやん」

麻里と隅々まで探検した。

本が昔のように売れないというのは日本だけなのかもしれない。ここならずっといたい、買い物もしたい。本の仕事には未来がある、やり方次第だ、と強い興味を覚えたのだった。

台湾みやげのドライフルーツを買って帰った。《ラブ》には常連がたむろしていた。

「糖分補給させてもらうわ」

と、酒焼けのおっちゃんたちもよろこんだ。おばあちゃんには路地奥の屋台のこと、小説家と大手出版社の編集者に出会ったこと、上智大学を薦《すす》められたことなどいきおい喋った。

そんなこんなで三年生になった。

進路指導ではまず、センター試験経由の国公立狙いか私学かを訊ねられる。受験対策がぜんぜん違うからだ。私学は志願方法の種類も多い。上智大学はどうかと訊ねてみた。動機も話した。

「辻内がマスコミ志望とは知らんかったな。でもはっきりしてるんなら目指したらええ」

「いや、はっきりしているか、どうかは、まだなんですけど」

担任の先生は私の小さな声にかぶせて言った。

「関東の私学は希望者が少ないから、学内で決まれば行けるんやないか。急に成績が落ちたりせんかったら」

「ほんまですか」

「ああ、ほんまや。最低いまの成績キープで」

最低いまの成績か……。

閑話休題。麻里の話になった。

「京大医学部は学年トップでやっと挑戦できるほど難関やが、武野は行ける気がするな。根性あるし切れ味もある」

「切れ味？」

「東大・京大に受かる生徒には二種類ある。予備校行って必死で食らいつくタイプと、大学入試程度の問題なら、基本的に難しくなくて、はじめて見た問題でも理解できてしまうタイプ。武野は後者やね。お父さんとお兄さんも東大やろ。生まれ持ったもんかな。もちろん油断はできん。医学部は甘《あも》うない。ほんで、辻内は上智の指定校推薦でええか？」

私の方針へ戻った。私は反射的に、

「とりあえずそれで」

と言ったが、すぐに訂正した。

「いや、家族に相談します。お金のこともあるし」

「推薦なら早めに希望出せよ」

先生はそう言って、面談を終えた。

その夜、家族会議になった。父とおばあちゃんと私。私は担任の話をそのまま伝え、最後に苦笑いしながら付け加えた。

「無理なんわかってるし」

ところが父は言った。

「行きたかったらしっかり推薦をもらえ」

おばあちゃんも言った。

「浪人はキツイで。予備校も大学くらいの金が要る。それこそ無駄や」

「予備校の学費も知ってんの」

「この町はもの知り多いからな」

「この町のもの知り？」

誰や？

おばあちゃんは立ってごそごそ動いた。水屋の引き出しから何か取り出した。席に戻るとテーブルに出した。

「学費に使え」

それは辻内彩名義の普通預金だったのである。

開いて驚いた。残高五百万円。

「うそやろ」

おばあちゃんは言った。

「新聞配達の場所を貸すことになったんや。それでな」

数字をしげしげ見つめた。

「でもなんで私名義なん」

「年寄りに金は要《い》らん」

もともとこの家は、新聞の配達所と喫茶店を併設していた。配達所はとうの昔にやめ、場所は閉ざしたままだった。しかしここ花園商店街にも、シェアハウスやクラフトビール屋といった新しい店ができ、不動産屋から声がかかることが増えた。

隣の元配達所は食パン専門店になるという。

「うちもそこのパン、モーニングに使わせてもらうわ」

「パン屋か。それはええ感じやけど、隣を売ったお金を使ってええんか？」

父が説明した。

「貸すんや」

五百万円は向こう十年間の底地借地権相当額だという。一年間五十万円だが、間に入った不動産会社が十年分を即金で払ったという。

「それを私が四年間で使い切ってええの」

率直に訊ねたが、おばあちゃんは、

「生き金や。使わんかい」

と、通帳を私の前へ押し出したのである。


指定校推薦で上智の文学部に決まった。過去進学実績も少なかったが、麻里のような秀才のいることが学校のランクを上げていた。私は勢いのある船に乗っていたわけである。萩之茶屋小学校から今宮中学校時代、場末感あふれる西成の真ん中にいた。そんな私が私学の高校から私学の大学、しかも東京へ行く。考えてもみなかった。

人生とは予想できないものである。そして予想外はその後も続いた。

四

お金は出す、ということで東京行きに踏み切ったとはいえ、かかるお金は学費だけではない。学生寮の寮費が月に十万円と知った。西成なんかひと月一万円台のアパートもある。金額にびっくりして不動産屋とアパートを回ったが、学務の先生は言った。

「寮は四谷の学校まで徒歩です。水回りもネット環境もある。他の出費を考えると十万円は高くない」

結局、寮に住んだ。家賃だけで年間百二十万円。四年間で五百万がほぼ消える。東京は恐ろしい街と、最初に実感させられた。

お金が足りない。それでひと月五万円の奨学金を申請し、残りはバイトで補いながらの、東京生活を始めたのだった。

二年生の夏には、台湾での縁をたどって出版社の斎藤有紀子さんを訪ね、インターンに入れてもらった。

三年生の春にはカレシもできた。同学年の御法川拓也《みのりがわたくや》という。御法川家は元華族の末裔《まつえい》で、拓也は文京区に生まれ育った東京っ子。瀟洒《しょうしゃ》な庭付き一戸建てから（時には車で）

通学した。実家の隣家は政治家一族の遠山家だ。なんで西成の私なんか（西成の人すみません）、と思ったこともあるが、根っからの大阪人と根っからの東京人はけっこう気が合う。すらすら何でも話しやすくて居心地がいい。

インターンやバイトで忙しいなか、私たちはデートを重ねた。喫茶店で「ゼクシィ」なんか眺めながら盛り上がったりもした。

しかし時の流れは残酷なものだ。就活、卒業、と人生のイベントが続く中、私たちは別れた。拓也は泣いたが私は離れた。言ってみれば、そういうときに泣くような根性なしに愛想《あいそ》が尽きたのだ。ところがである。拓也はなんと有紀子さんの会社に決まったのだ。就活で出版社も候補に挙《あ》げてはいたが、インターンもしていなかったくせに。

別れたのに、いっしょの会社に勤めるのか！

しかし、じっさいのところ、私はその会社を受けなかった。

インターンをしたことで逆に迷いが生じたのだ。有紀子さんは真摯《しんし》に意見をしてくれた。

「出版も絶好調の時代とは様変わりしたわ。私も、こだわりきって出す本は半分あるかどうかね。でも、それが仕事。まずは売れなきゃ」

同級生たちは大人だった。特に東京の子たちは、

「商売はそんなものさ」

「どんな業界へ行ったとて同じよ」

どんな業界でもいいなら、必死のパッチで上智へ来ることはなかった。新聞配達所を貸したお金は父の仕事に使えただろう。

初志貫徹《しょしかんてつ》でジャーナリズムのゼミを選んでいたが、出版やマスコミを目指す同級生との違和感が拭《ぬぐ》えないようになっていったのだ。


三年生も終わりの春休み。お彼岸。お墓参りを兼ねて帰省した。父に将来のことを相談した。

「それは自分で考えること」

「そうなんやけど」

父は言った。

「本を作る仕事はとても大切だ。同時に、本屋がどんどんつぶれている現実がある。誰もが街に本屋が必要と感じているのに消えていく。私も残せる方法を見つけたいと考えている」

「お父さん、本屋にも関わってるの？」

「本屋は《パブリック》。目的がなくてもふらりと入れる場。何も買わずに店を出ても許されるのに、そこで時間を過ごすと前向きな気持ちになって帰路につける。本屋は町再生の象徴になる」

父は町の再開発とか、魅力発掘といったことをしている。

「町にはさまざまな問題がある。解決できること、できないことがある。建築家の仕事は、理想の未来を見据えながらも暮らしに寄り添い、現実的な解決策を見つけて実践することと」

かつてどんな町にも本屋はあり、店主はもの知りだった。人は知りたいことがあると訊きに行って、そして本を買ったという。父が言うように、そういう本屋がある町は、きっと楽しい。

父と同じような危機感を持ち、新しい《パブリック》を作ろうとする人たちがいて、意見交換をしているという。

就職を考え、出版社や書店の現実も聞き知ったことで反対のことも思った。台湾で訪れた誠品書店のウキウキ気分を知った刺激も強かった。誠品書店はホテルまで併設する巨大な館ではあるが、根っこはまぎれもなく町の本屋さんなのだ。本屋を下敷きにしているから、愉しさに満ちているのかもしれない。

そんなことを考えているとき、京都の法藏館書店を思い出した。

西本願寺と東本願寺の間にある、慶長年間に創業した仏教の専門書店は、創業から四百年という日本最古の本屋だ。麻里と私は、よく古本市や古書店に出かけた。ふたりとも本が好きで、町歩きが好きだった。そこで十四代目を継いだ店主さんの話を聞いた。

「うちみたいな古いとこは、昔から出版もやっとってね、うちならではの本を現世も作り続けとります。おかげさまで永いこと、お商売させてもろうとりますわ」

現世とはおかしい表現だったけれど、息の永さは本屋が町に根付き、その店でしか手に入らない本があるということでもある。

そんなことを麻里に話してみると、

「そんなら大阪の御文庫《おぶんこ》かな」

「御文庫？」

「日本でいちばん古い民間の図書館よ。京都やなくて大阪」

「大阪に？　ほんまか」

御文庫とは江戸時代にはじまる、書店が出版した本を奉納した図書蔵だ。再販の時には借り出し、印刷原本として利用する役割を果たしてきたという。大阪天満宮と住吉大社の土蔵にいまもある。貴重書も多く、蔵書は数万冊に達している。

有紀子さんにぶっちゃけ相談してみた。

「それなら紀文堂に出版部門があるわ。調べてみたら？」

私は書店として出版部門を持つ、紀文堂に強い興味を持った。出版社ではなく、本屋さんが考える本の未来に、納得度が高かった。

それで私は、第一志望を紀文堂にしたのである。


最終面接まで進んだ。私は喋った。喋って喋って、喋ってしまった。

面接官が黙ってしまうほどだった。要約すれば、こんなことを言った。

「かつて書店は出版社でもありました。その店独自で編んだ本がありました。書店員は町のもの知りで、さまざまな人がさまざまな質問を持ち寄りました。そういう時代に、ちょっとでも戻ってみたい。出版業界の構造不況を嘆くより、こんな時代だからこそ、一軒の本屋を個性的にすることが大切だと思います。本屋は町の文化の象徴です」

新宿の本社で行われた最終面接。居並ぶ面接官たちは長い演説を聞いてくれた。質問もなく終わった。

終わってから反省した。おしゃべりな大阪のおばちゃんや。あかんわ。

ところが、

「ぜひ、入社してほしい」

と一時間後にメールが届いたのである。

取締役人事部長からは直《ちょく》の電話があった。こんなことを言われた。

「梅田本店で働く気はありますか」

紀文堂の本社は新宿だが、店舗には新宿と梅田、ふたつの本店がある。

一瞬の間。私は訊ねた。

「実家が大阪だからですか？」

「それは第一の理由ではありませんが」

私は東京に残ることを考えていた。文化の中心は東京だ。特に出版。自己実現のためには東京にいる必要がある。大阪はふるさとでいい。

「私は出版部が希望です。もちろん最初、店頭で働くことは必須と思っております」

関西の大学へ進学した友人たちの多くも東京で就職を決めていた。大阪勤務？

人事部長は明るい声。

「辻内さんの希望を考えた上での提案ですよ」

私は突っ込んで訊ねた。

「最初が大阪で、いずれ本社の出版部門へ異動も可能、ということでしょうか」

人事部長はこんなふうに返してきた。

「あなたの話す本の未来に、社長以下役員も、さもありなん、と驚きながら喜んだのです」

「え」

「そこでしか買えない本を作る。あなたが面接で話した主題ですが、それこそ弊社が考えている内容だったのです。そして本をつくるプロジェクトは大阪ではじめます」

「大阪で本を作る？」

「そうです」

「わたしがそれに関われる？」

「弊社の出版実績は学術出版とノンフィクションです。辻内さんは文学作品を作りたいと仰《おっしゃ》いました。ぜひやってください。弊社初の小説を作ってください」

学生への励まし、おべんちゃらかもしれなかったが、熱心に誘われ、私は決めた。人に評価されることは人生を動かすのだ。

家族に報告し、麻里にもＬＩＮＥした。

「大阪に戻る」

麻里からすぐ着信があった。大喜びだった。電話の向こうでは麻里の母友恵さんの「また芦屋にも来てね。旅にも出かけましょう」という声も聞こえた。

実家へ戻って詳しいことを報告した。

「最初の勤務場所は梅田三番街の紀文堂書店。店頭で本を売るところからはじまる」

おばあちゃんの顔色があからさまに変わった。私の報告に、すぐに何か言おうとしたのだ。しかし強い意志の力で、それを引っ込めた、ように見えた。

おばあちゃんはしばらく私を見つめた。

「え、なに？」

おばあちゃんは笑みを浮かべてから言ったのだった。

「座敷わらしや。梅田の」

「その話かいな」

ビッグマン広場の隅っこには座敷わらしがいて、出会う人たちに祈りを届けている。そんな、おばあちゃんの話。

私は言った。

「おかげで私は就職が決まりました、座敷わらしさん、ありがとうございます」

おばあちゃんは静かな笑顔だった。その目は、限りないやさしさにあふれている、と私には見えた。

和彦の話　その一

うり二つのひと

一

ビッグマンの真下で待っていたとき、その女子高生は光の中からやって来た。

「辻内さんですね。四天王寺高校の田辺です」

ひと目会ったその日から、恋の花咲くこともある。

「田辺さくらさん」

「お待たせして申し訳ありません」

「い、いえ、ぜんぜん」

四時を二分過ぎただけのことだが、彼女は一生懸命の瞳で和彦を見つめてきた。

「私ひとりになってしまいましたが、大丈夫でしょうか」

「いや、それも、ぜんぜん」

「ぜんぜんなんですか?」

「いや、まあ、それは……」

和彦は手に持った本をショルダーバッグにしまおうとしたが、ファスナーを開きそびれ地面に落としてしまった。

ぽとり。

さくらが膝を曲げ、本を取り上げた。

村上春樹の《ねじまき鳥クロニクル》第一部。泥棒かささぎ編。

「読もうと思ってたところなんです。どうですか? 私と同世代の笠原メイが言うんですよね『人が死ぬのって、素敵よね』って。それはティーンエイジャーの生死観だ、と書評にあったんですけど、どう思いますか?」

さくらは和彦の目を真正面に、本を手渡した。

一生懸命の瞳に宿る好奇心。なんて艶《つや》やかな目なんだろう。

ひと目ぼれ体質じゃない。恋愛はじっくり吟味してから。

そんな心は吹っ飛んでいた。

切れ長の一重まぶた。濃い眉、ちょんと尖《とが》った鼻。産毛が薄く見える健康そのものの肌に、小さなそばかすがぽつ、ぽつ、ぽつ。薄めの唇は赤く、ちょっとアヒル口。並びのいい歯。ひとつくくりにした黒い髪。

和彦は単行本を両腕で抱《かか》えこみ、口を閉じてしまった。

「あのう」

さくらは訊ねた。

「生とか死の話、重たいですか?」

和彦は言った。

「笠原メイは関係ありません。喫茶店へ行きましょう」

さくらは和彦のことばを、まばたきせずに聞いた。

そして微笑んだ。この人はいったい、何を言っているのか、という目をしてしまったが、同時に、妙な居心地のよさを感じたのだった。

さくらは文学少女で、恋愛小説もたくさん読んでいた。恋愛の初期、はじめて会った場面。会話はぎこちなく、ずれまくる。

そんな場面に遭遇したのかしら、とちょっと思ったのだった。

和彦は顔がほてってしまい、心にはどこにも余裕がなかった。もちろん、会話のずれなどわからなかった。

和彦はスタスタと先に立ち、喫茶店《ａｎ》に入った。


道路に面したガラス壁の外、茶屋町方向へ流れる人たちが行き過ぎる。

ふたり席で向かい合った。さくらは人波を眺めた。

「定番ですね」

定番？

ウエイトレスがやって来た。和彦はさくらのことばに答えることもせずに言った。

「何でも注文していいよ」

ウエイトレスがメニューを広げた。各種飲み物はもちろん、ケーキやプリン、ホットケーキ、鮮やかに盛り付けたアラモード、パフェ。

さくらはメニューを開かなかった。

「私は紅茶をください。ミルクティーで」

「そんなのでいいの？」

「そんなのでもないです。紅茶です」

「わかった。じゃあ、僕はそんなのでもない、コーヒーにしてください」

さくらのアヒル口がちょっと開いた。白い歯がのぞいた。笑いをこらえている。ウエイトレスは行ってしまった。

「辻内さんって、おかしいですね」

「え、何が」

「『コーヒーにしてください』って、はじめて聞きました」

「おかしいかな」

ぜったいにおかしい。さくらは思ったが口にせず、なるほど、わかった、というように首を二回、小さく縦に振ってうなずいた。

「そうか。そういう人なんだ」

さくらは言った。

「だから村上春樹なんですね。わかる気がします」

和彦には何のことかさっぱりだった。

ウエイトレスが戻ってきた。飲み物を置き、さっさと戻った。和彦は言った。

「えーっと、今日はなんやったかな」

さくらの目がまた笑った。

「なんやったかなって、呼ばれたの私ですけど」

「はい?」

「そう、そう。えっと、えーと、じゃあ、定番? って何かな」

「さっき、定番って言わなかったか」

「ええ、言いましたけど、そっちですか」

「そっちって……」

おやおや。

さくらは紅茶にミルクを入れた。

「ビッグマンから《an》でお茶。キタの待ち合わせの定番」

「そうなんか」

「定番中の定番です」

「そういえば、そうかな」

和彦も大学時代、梅田で阪急に乗り換えて石橋へ通った。ここは毎日のように通り過ぎる場所だった。ビッグマン前で友人と待ち合わせ、《an》にも何回か来た。

「田辺さんの定番コースでもあるんやね」

「キタのときはそうです。でも高校生になってからかな。私学なので梅田経由で通う同級生ができたから。それまではアベノかなんばでした。近鉄百貨店とか、ロケット広場とか。近鉄百貨店のマクド前は路上ライブの聖地ですよ。そこで歌うと売れるって、都市伝説があったりして」

「そうなんか。ぜんぜん知らんなあ。アベノはうちからも近いけど」

和彦は家が花園商店街の喫茶店だと話した。

「ひなびた店を母親が一人でやってるわ。客は日雇い労働者に、酔っぱらいに、無銭飲食もおる。コーヒー代二百五十円くらい払えと思うで」

さくらは同感のしるしなのか、目を見開いた。

「うちも似たようなもんです。飲み逃げもときどきいます」

「え、実家は何屋さん？」

「酒屋です。駒川商店街。立ち飲みもやっていて、混んでくると、いつの間にかおらんようになるお客さんがいるんです。常連さんが追いかけて、首根っこつかまえて来ます。おまわりさん呼んで大騒ぎになったり、まんがみたいな町です。そやから、梅田に来るのはうれしいんです。よそへお出かけする感じになるから。《ａｎ》もわたしにとってはキタの名店なんですよ。それになんと言っても紀文堂に寄って帰れます。最高の本屋ですから。

ありがとうございます」

なんて爽《さわ》やかな娘なんだろう。礼を言われる筋合いなど、まるでないではないか。

「紀文堂はたまにしか来れないけど、一日いても飽きません。何でもあって、大好きです」

「七百坪あるんだよ」

「坪って?」

「ああ、専門用語か。ひと坪は三・三㎡。畳二枚分」

「ということは、畳二枚×七百で、千四百畳。広い!」

「じっさいに畳は敷かんけどね。サイズは計算単位」

「そうですね。そんな部屋ないし」

「実はね、そんな大きなこの本屋を、僕の師匠筋にあたる先生が設計したんよ」

「師匠さんなんですか?」

和彦は説明をはじめた。専門分野を話す、理系男子の気合い。

「梅田の紀文堂書店はいまからおよそ三十年前に、田辺嘉右衛門《かえもん》という人が作った。本の文化を育てるためには、ぜったいにいい店を作らなきゃならないと、七百坪という広さの場所を借りて、設計を当時最高の建築家のひとりである前川國男さんに依頼したんだよ。

日本相互銀行とか東京文化会館とかを作った前川さんは、あのル・コルビュジエに弟子入りした初の日本人で、モダニズム建築の旗手として、第二次世界大戦後の日本建築界をリードした大先生だ。いまはモダンなデザインの店も増えたけど、その時代に、本屋という商売で、建築意匠を盛り込むなんてのは粋《いき》すぎる。本を並べるだけの棚なら簡単な工事でできちゃうからね。彼のような一流建築家に高いギャラを払って本屋をつくるなんて、大きな考えがあってこそ。田辺さんはとっても大きな人だったんだ。一九六九年というのは大阪万博の一年前。大阪も未来へ向かって、やってみなはれの精神に満ちていた時代だった。前川さんも田辺さんの考えに共鳴して、日本一格好いい本屋を作った。いい店にはいいお客さんが来る。紀文堂書店は梅田の名物になるほどの繁盛店になった。いまや大阪の文化拠点だ」

さくらは黙って聞いていたが、

「ふうん」

とだけ言った。

和彦はいきなり反省した。

建築関係者には日常会話かもしれないが、部外者が共感できる話ではない。知らない名前だらけじゃないか。「あのル・コルビュジエ」なんて、女子高生に語ってどうする。

和彦は思ったが、

「建築家って、未来をつくる仕事なんですね。ル・コルビュジエ、図書館で調べてみようかな」

そんなふうに返されて、喜ばない建築屋はいない。卒業間もないぺーぺーの、建築行政に関わっているだけの公務員だってうれしい。

「僕は建築学研究室で都市論を勉強してきて、街の文化熟成に本屋は欠かせないという視点を持った。すると上村先生が、ああ、上村篤郎先生というのが、阪大の恩師で、彼の師匠筋に前川國男さんがいるってことなんだけど、ええと、その上村先生が、この書店の設計思想をケーススタディにすべしと提案してくれた。そこには日本古来の伝統様式が込められているという。阪急三番街の立地環境そのものも、鎮守の森の御旅社と同じらしい。だからここには人が集う。繁盛が約束される。どうしてかって？　御旅社というのは神さまの休憩所で、人びとはそこに祈りを込めるからなんだよ」

和彦は続ける。

「もっと面白い話もある。この書店の開業と同時期に大阪万博があったでしょう。太陽の塔の下に広がっている『お祭り広場』の構造が、このビッグマン広場と同じということ。上村先生は博覧会の設計チームに入っていて、会場の玄関部分をどんなふうにしようとか話し合っていたとき、小豆島の亀山八幡宮の、農村歌舞伎の舞台と広場の周囲に、大きな石を段々に並べたギリシャの野外劇場にそっくりな御旅社があることを知った。『これだよ。お祭り広場だよ』。大阪万博のメイン会場は八幡宮の野外劇場的な広場が設計思想になった。で、僕が何を言いたいかといえば、ここビッグマン広場も御旅社だということ。前川さんは本屋の設計に御旅社の構造を取り入れた。だから神さまをお迎えすることができて、祈りが満ちる場所になった。人はここで出会い、旅立っていく。前川さんはすごいよ。上村先生もすごい」

和彦はどこか遠い世界にいた。反省はとうに忘れていた。

さくらはティーカップに視線を落としていたが、すっと目を上げた。

「御託ですね」

「え」

ごたく。和彦の頭から血の気が引いた。やってしまった。どうしよう。意味不明な蘊蓄《うんちく》ばかり並べてしまった。ああ。

さくらは笑顔である。

「私、夢や御託を語る男性は好きです」

「え？」

「そんな建築家に仕事を依頼した田辺さんも、祈りがわかったんでしょうね。田辺さんもすごいと思います」

和彦はさくらの言葉で遠い世界から戻った。しかし、なんとやさしく呼び戻されたことか。

さくらは「フフ」と笑った。

「でも、ちょっとややこしいです」

それはそうだ。

「ごめん、ごめん。僕の悪い癖。ついつい。申し訳ない」

「建築の話は興味深いです。そうじゃなくて」

「そうじゃない？」

「話に田辺さんが出てきて、私も田辺で、ややこしいと思ったんですよ」

「ああ、なるほど。でも、田辺さんは田辺さんだし、君も田辺さんだ。間違っていない」

「だから、私のことは、さくらと呼んでください」

「だから？」

「はい」

「で、でも、いきなり、さくら、なんて、ぶしつけすぎる。会ったその日にだよ。無理だよ。ごめんなさい」

「何をあやまっているんですか」

和彦は冷めたコーヒーを呷《あお》った。

さくらは吹き出した。開《あ》いた口をあわてて掌《てのひら》で隠した。ひとしきり笑ってから、掌をはずした。

「でも、ほんまにややこしいんですよ。そうなんですよ」

「そうなんですって……」

「私の苗字は田辺ですが、実は、私の家は東住吉区の田辺一丁目にあります。田辺小学校と田辺中学校に通っていました」

「へえ」

「ついでに言えば、田辺大根も食べます。立ち飲みのメニューにも田辺大根の炊《た》いたのを出してます」

大根のたとえに、和彦の緊張もほどけた。

「田辺が多すぎやね。たしかに」

「なので、さくらと呼んでください。辻内さんのお名前は？」

「え？」

「下の名前です。親にもらった名前」

「それは、和彦だけど」

「では和彦さんとお呼びします。私はさくら。これでおあいこ」

ウエイトレスが水を注《つ》ぎに来た。いつまでいるのか、という目。腕時計を見た。午後六時。気づけば夕陽は落ち、街に電灯が点《つ》きはじめている。

「えらいこっちゃ、もう夜やないか」

和彦はインタビューの主旨を伝えた。テーマは近未来の大阪。

二十一世紀は目の前。大阪はどんな街になるか。東京一極集中の時代に、大阪の役割は何か。若い世代は何を思うのか。

「簡単にいえば、東京と大阪の比較をしてもらえばいいと思う」

「そういう質問なんですか？」

「答えはざっくばらんでいいよ。通りを歩いてみた感触とか」

最初の質問をするまでに二時間。これから本題らしいが、それはざっくばらんでいいらしい。面倒くさい建築家の話も飽きずに聞いていたさくらが、ここで困った顔をした。

「通りを歩いてみた感触といっても。どうしましょう」

「むずかしく考えなくていいよ」

「でも、むずかしくも何も、私、東京行ったことないですよ。比較しようもありません」

和彦はあっけにとられた目をした。

「あ、そうなんや」

「和彦さん」

「はい」

「参加する生徒を『東京へ行ったことがある人』としたほうがええんやないですか。今日欠席したあとのふたりも、行ったことないです」

さくらが本屋へ寄るというので、いっしょに行った。《ねじまき鳥クロニクル》を買うという。

「和彦さんに感化されました。すぐに読みたくなりました」

話題作なので店先に平積みされていた。

和彦は落ち込んだ。楽しすぎた二時間はどこかへ行った。ひどすぎる。これを仕事というのか。ただの悪徳公務員ではないか。インタビューをダシにして、女子高生とお茶を飲んだだけ。何をしていたのか。

さくらがレジに本を出した。和彦は言った。

「せめて、僕が買うよ。三冊まとめてでいいし」

さくらは和彦を見た。

「せめて、って何ですか？」

「いや」

しどろもどろの和彦に構わず、さくらは財布を取り出してお金を払った。

彼女とは、もう会うことはない。和彦は恋色に染まる心を、奥へ奥へと追いやった。

しかし、さくらは言った。

「インタビューはやり直しですね」

「え」

「東京を研究しておきます。行かなくたって本屋もあるし、図書館もあります。またお会いしましょう。だって」

別れ際、さくらはまっすぐな目で和彦を見つめて言ったのである。

「私たちは祈りが満ちる場所で出会ったんですから。今日は長い時間、ありがとうございました」

それから、さくらは大学の教育学部を経て高校の国語教師になった。そして大学の卒業を待って、ふたりは結婚したのである。

学生であっても籍を入れたい。和彦は心のままを言い、母に諭された。

「学生の本分は勉強や。彼女の成長をじゃまするな」

教職に就いてからも、

「仕事に慣れるのはたいへんや、家庭の苦労を背負わせるな」

しかし愛子《あいこ》は、さくらからも言われた。

「早く家庭を持ちたいんです。そして育てていきたいんです。結婚させていただいていいですか?」

さくらは両親を幼い頃に亡くし、実家だという酒屋は、叔父の経営だった。

「叔父夫婦を父と母と思っています。店に来るお客さんたちにもかわいがられました。でも私は、私の家庭を築きたい」

和彦も生まれてほぼ同時に父を亡くした。父の記憶がない。ふたりの「家族をつくりたい」という願いは切実なものだった。愛子も女手ひとつで息子を育てた。苦労とさびしさはわかっていた。大学卒業すぐの入籍は、この三人にとっての妥協点だったのかもしれない。

さくらは新米先生でありながら、主婦先生でもあった。さらに一年後、ママさん先生にもなった。子育てしながら、いちばんの下っぱ先生でもあった。時間のやり繰りはたいへんだったが、さくらは誰からも好かれた。若くして結婚し子をもうけたことも、これからの女性の生き方と、同僚たちは応援した。

さくらは国語の先生を目指すほど文学が好きだった。時間のない中でも小説を読んだ。建築の本もたくさん読んだ。夫の仕事を理解しようとする努力からはじまったものだが、彼女の好奇心はそこにも尽きない興味を見つけた。用語を和彦に解説してもらい、専門家はだしの理解をするまでになった。そしてさくらには、むずかしい内容をやさしい言葉にする才能があった。

それは小さな彩の、素敵な教育につながった。母は娘に言った。

「大阪にも大きな建物がいっぱいできているでしょ。でも街の主人公は建物じゃないのよ」

「じゃあ、主人公は誰？」

「そこに住むひとたち。楽しい暮らしがあって楽しいひとがいて、街はできていくの」

「ラブに来るおっちゃんたちは楽しいよ。彩の頭をなでてくれる。ちょっと臭《くさ》いけど」

「臭いんじゃないの。それは人生のにおいなの」

「人生って？」

「彩が楽しかったら、楽しい人生がやって来る。だんだんわかってくるわ」

「わたし、いつも楽しいよ」

「じゃあ、きっと大丈夫ね」

酒屋で育ち、朝から昼から飲みに来るおっちゃんたちにかわいがられた性格は、そのまま娘にうけつがれた。彩も街の人に好かれた。

彩が人生の岐路に立ったとき、母と交わしてきたこんな会話こそ、進路を定める下敷きになった。母と娘は似たものどうしだった。ほんとうに仲がよかった。


そんなさくらが、なぜ？

卵巣がんが見つかった。すでに手のほどこしようがなかった。

和彦は主治医に「切り刻んでもいいから命だけは助けてくれ」と土下座した。

さくらはやさしい笑顔だった。

「運命には逆らえないよ」

和彦に向け続けてくれたこの笑顔。ともに家庭を築いていったあいだも、ずっと変わらなかった笑顔。

「はじめて会ったとき、ねじまき鳥の話をしたでしょ。覚えてる？」

和彦はうなずいた。
「『人が死ぬのって、素敵よね』が若い生死観とか。いまは全否定。若いとか若くないとか関係ない。愛する人とは永遠に生きていたい。それをね、ずっと言いたかったの」

人生とは酷である。
逝く人も、残る人も。
別れも人生の一部なのだろうが、早すぎる別れは、あまりにも切ない。
好きで好きでたまらなかったさくら。
「雲の上から見ています。彩をお願いしますね」
自分の寿命もいずれ尽きる。その時また会おう。
それまでは、さくらの分まで生きる。娘をしっかり育てる。
線香の煙の向こうの、笑顔の写真に、和彦は誓ったのだった。

二

高校生のさくらが自分を好きになるということなど、突然舞い降りた人生の奇跡だった。

ビッグマン広場には神が住み、祈りが彼女を連れてきたのだ。そしていま、その本屋で娘が働くことになった。導かれたとしか思えない。きっと彩にも素晴らしい人生が待っている。

さくらが亡くなって十年が過ぎた。立ち上げた設計事務所は、大きな仕事を受けるキャパもないが、ひとりで食っていく分には心配がない。「住まいのコンサルタント」という仕事で、新しい知り合いもたくさんできた。妙齢の独身女性と食事に行くような機会も増え、相手の強い意志（色気）を感じることもあった。とはいえ、再婚することなど考えもしなかった。生涯愛する女はさくらひとり。それほど妻を、娘を愛していた。

ところが、この場所に住む神は、和彦の人生に新しい驚きをもたらしたのである。

ある日のこと。

設計作業に疲れ、散歩かたがた本屋へ出かけた。そのあと立ち飲みで軽く一杯、そんな気分だった。

そんなとき、広場のエスカレータに上村先生を見かけた。

着物姿の女性と二階のコンコースへ上がっていく。和彦は遠目で追いながらそこに追いついた。ふたりは挨拶をかわし、女性は改札を入った。

「上村先生！」

上村は振り向いた。

「おや、辻内君やないか」

和彦は和服の女性と一瞬目が合った。女性は和彦にも会釈をしてきたが、上村が手を振ると笑顔を残し、京都線のホームへ上がって行った。

世の中にはさまざまな驚きがあるだろうが、それは驚きを超えた驚きだった。不意打ちにも似た驚きだった。和彦の全感覚が震えた。

こんなことがあるのか。

その女性は、亡き妻さくらに、まるでうり二つだったのである。

和彦は上村の腕をつかんだ。顔を食い入るように見つめた。

「近い。近い。怖いわ」

心臓は脈打ち、息が上がっている。

「どうしたんや。汗噴《ふ》いてるで」

和彦は腕を放した。唾《つば》を飲み込んでから言った。

「今の女性はどなたですか。着物姿の」

上村は口角を持ち上げ、目をくりくりさせた。

「なんや、あの人かいな。美人過ぎてびっくりしたか」

「そういうことやないです」

「まあ、ちょうどええわ。辻内君に、ちょっとした仕事頼もうと、ほんにさっき思いついたばかりやったんよ。そうしたら君、突然現れるやないか。びっくりしたわいな」

「何がちょうどええんですか」

「そやから、さっきの女性よ」

「え？」

「京町家の改装案件でね。相談受けながら、これは辻内君に頼もうとひらめいたわけ。必要なときに必要な人が現れるのは、歴史の必然やね。いや、こっちかな。人生は偶然に満ちている。辻内君は、どっちがええ」

「どっちがええって、どっちでもいいです。あの女性が施主《せしゅ》なんですか？」

「祇園のお茶屋『松丸《まつまる》』四代目の女将《おかみ》さんや。松丸佳代《かよ》さん」

松丸は大正時代から続く祇園の名店である。佳代の母、三代目佳つ代の時代にお座敷商売からバーへ形態を変えたが、美しい佇《たたず》まいに、絶えず上質の顧客が集まる。

「祇園のお茶屋……」

「実は五十年前、西山卯三先生が松丸の意匠変えをした」

「そうなんですか」

「私は西山先生の指示のもと現場を担当した。今回は君。順番的に」

「順番的って」

「私は西山先生の弟子でしょ。君は孫弟子」

西山～上村ラインで活躍する建築家は多い。自分は町家改装のコンサルなどをしているが、梅田に近い中崎町や中津の、棟が連なるような長屋再生が主だ。宮大工さえ関わる京町家は質が違う。適任者は他にいる。西山ラインには世界に名を成す人さえいる。

和彦はそう思うが、

「これは君の仕事」

こんなことも言われた。

「私の人生は残り少ない。もし私が死んでも、必ずやり遂《と》げてほしい」

何をたいそうな、と思ったが、とにかく話を聞いてからということで、翌週、松丸を訪ねることになった。

そして和彦は祇園松丸四代目の女将、佳代に会ったのである。

三

しかし、ほんとうに信じられない。

「奇跡です」

と言った。

篤郎は「奇跡」の理由を聞いたが平然としていた。

「奇跡というより奇遇やろ。世の中には、自分に似る人が三人いると言うしな」

佳代は言った。

「そうどすか。うちも光栄どすわ」

ここ一発のネタと喋る酔客の話はだいたいがありきたり。

「母の若いころに似てる」

「元カノに似てる」

女将は受け流すことに慣れている。和彦はあしらわれた感じを受けたが、酔客じゃない。

奇跡だ。

和彦は気の高ぶりを伝えたくて仕方がなかったが、目の前のふたりは世間話に花を咲かせはじめた。

個人的すぎる思い出なのか。自分の中にだけある幻影なのか。

よくよく見れば、妻に比べて少し小柄だ。顔も細面《ほそおもて》で、目や鼻、口もとも、まったく同じではない。立ち居振る舞いは祇園育ちもあって、立ち飲み酒屋で育った妻とは違う。

とはいえ見事なほど似ている。

在《あ》りし日の妻。妻の体温さえ感じてしまう。

見入ってしまう。

「もう、かんにんしとおくれやす。照れますわ」

と佳代は奥へ引っ込んだ。

「ここも元はお茶屋のお座敷でな、金屏風立てて芸舞妓が踊った。時代の要請《ようせい》もあって改装したが、和風のしつらえはそのまま。このバーカウンタも、和服姿の女将が座してお酒を出せるように、サービス側の床を上げて畳を敷いてある。そういった西山先生の内装は変えることはない」

「じゃあ、何を変えますか」

上村は依頼の内容へ話を進めた。

「京の町家には、からくりがいろいろあってね。吊り天井とか抜け戸とか飛び穴とか。玄関に置いた長持から地下へもぐれたり」

佳代が戻ってきた。漆塗《うるしぬ》りのお盆に湯飲みを載せている。カウンタの向こうに正座し、お茶を出しながら言った。

「長持のからくりは、上木屋町《かみきやまち》の幾松《いくまつ》旅館どすね」

和彦は訊ねた。

「からくりをどうかしようという話なんですか？」

「では辻内君。佳代ちゃんも、ちょっとお耳を拝借できますかな」

上村は姿勢を正した。

「さあ、さあ、お立ち会い」

「なんどすか先生、それ」

「まあ、お聞きなさい」

佳代は口を閉じた。

「さて世は幕末。長州藩の桂小五郎《かつらこごろう》は幕府のおたずね者。追いかけられては逃げ、追いかけられては逃げた。名付けて逃げの小五郎。三条木屋町で新撰組に追われ路地奥の寓居《ぐうきょ》へ逃げ込んだ。玄関に長持。これがからくり。底板を外し地下へ潜った。間一髪で新撰組が踏み込んだ。『ご用改《ようあらため》である』。そこに立ちはだかったのが、のちに小五郎の妻松子《まつこ》となった芸妓幾松。近藤勇に向かい、顔色ひとつ変えず言い放った。『屋敷内をあらためて、うちに恥をかかせた上、もし、誰もいないとなれば、近藤はん、責任とって、この場で切腹してくれはりますか。覚悟がおありどしたら、どうぞあらためておくれやす』近藤は幾松の気迫に笑顔さえ浮かべた。『流石《さすが》、三本木の幾松、噂に違《たが》わぬ女丈夫《じょじょうふ》。桂ほどの大物が贔屓《ひいき》にするだけのことはある。今日のところはあんたの顔を立てよう。すまなかった』。近藤は豪快に笑い、隊士達と屋敷を後にした」

釈台があれば、張り扇でパパンと叩きそうな勢いだった。

「講釈師、見てきたような嘘をつき、どすな」

佳代は言った。

「ほんまのところは、どうやったんかわからんでしょうけど、幾松旅館さんは二百年前のお部屋のままで、ご商売したはりました」

上村は嬉々としている。

「建物は登録有形文化財や。学校から頼んだら、玄関の長持も見せてくれる」

佳代も愛想のいい目で応《こた》えている。

和彦にはイマイチ熱が伝わらない。

「はあ、文化財なんですね」

そこへ、玄関の戸が開いた。

佳代が頭を振る。馴染みの客がふたり、顔をのぞかせていた。

「あら、先生」

佳代は表へ立った。たたきに降りた。

「先生。今日は早うしめさせてもらいました。用事があって、すんまへん」

佳代は申しわけなさげな顔を作る。

「そうかいな、それはざんねん」

馴染み客の声といっしょに通りへ。そこで二言三言。

「またおたのもうします」

佳代は客が辻を曲がるまで腰を曲げて見送る。店へ戻ると玄関に鍵をかけた。

上村は言った。

「貸し切りかいな」

「そうどす」

「いいんですか？」

和彦が言うと、

「ややこしいお話みたいどすし」

「そんなこともないが」

上村は言いながらかばんをたぐり寄せ、大判のスケッチブックを取り出した。

「佳代ちゃん、ちょっと明るうしてくれるか」

表紙は手垢にまみれている。見るからに手製のスケッチブック。生成《きな》り綿の紐《ひも》でページを綴《と》じている。和彦は誰のものかひと目でわかった。

「西山先生じゃないですか！　まさか、ひょっとして私蔵版ですか」

上村は言った。

「これは松丸改装の素描《そびょう》」

西山夘三は京都大学建築学研究室の教授でありながら、見事な筆遣いの画家でもあった。和彦は大ファンなのである。和彦にとっては、もはや伝説上の人物。

上村はページを繰《く》った。

玄関、座敷、台所、土間、納戸、庭、不浄といった機能に、漆喰《しっくい》、木張り天井、建具、表具、長押《なげし》、鴨居、床の間、畳、調度……。

和彦も身を乗り出して覗きこむ。バーカウンタから客席を見る景色には、呑み客の楽しげな表情がある。

「いやあ、しょうみ、西山ワールドですね」

美しい素描でありながら、さまざまな場所に寸法と材料、加工方法が書き込まれている。

「地下」とタイトルがつくページが出てきた。

床下空間の構造が示されているようだ。しかし「絵」ではない。寸法もない。ほぼ黒く塗りつぶしてある。その黒い色に文字ひとつ。

「室」

この黒いぼんやりしたものが地下空間なのか？　空間の広さを示しているのか。

「うっとこに地下室があるなんて母から聞いたこともあらへんし。つい先日、上村先生からうかがうまでは」

「気づきもせんかったんですか。ずっとお住まいだったのに」

「へえ」

上村が言った。

「これこそ松丸のからくりよ」

「そうなんですか」

「辻内君の仕事は、その地下構造の再設定」

「再設定？」

聞いたことのない言い方。和彦は訊ねた。

「西山先生は地下の構造を把握《はあく》されていたんですよね」

「もちろん」

「上村先生も」

「まあ、そうやね、まあ」

なんだ、このあいまいな返答。

西山先生のスケッチもあいまい。読み取れる情報はない、としか判断できないが、あるのか？

佳代が訊ねた。

「地下は、どこから入るんどすか？」

「入口はない」

「おへんのどすか。どういうことどっしゃろ」

「入口はないが入り方はある。方法は口伝《くでん》だけ」

「いつの時代の話どすか」

それで桂小五郎の話をしたのか？

口伝？　たいそうなことだ。しょせん玄関から庭まで十メートル程度ではないか。あちこち探れば地下とつながる穴も見つかるだろう。

それよりも、古い京町家の再設定（改造？）は建築基準法的に厄介《やっかい》だ。法律の範囲でおさまるか書類を精査しなければならないし、耐震検証にも手間をかけねばならない。

「どっちにして掘削《くっさく》ですね。重機はどうしますか」

「使わんよ。厳格な環境配慮をするから」

　上村は答える。

「二酸化炭素の九十パーセントは工事で出る。松丸でも運営で排出されるのは十パーセント程度。工事から考えな意味がない」

「環境問題なんですか？　花街だから騒音がだめということではなく」

「それはもちろんある。そうっとやらなあかん。とにかく、内緒で済ましてしまいたい」

　内緒？

　脈絡が不明だ。佳代も訊ねた。

「内緒なんどすか？」

「私らは秘密結社です。最終的には世間に発表しますがね」

　話がまるで見えない。

「先生、いったい何の話ですか。何を発表するんですか。何が秘密結社なんですか」

「責任はぜんぶ僕がとるから」

「責任って」

　ぜんぜんわからないが、上村先生は楽しそうだ。結社？　和彦はいぶかしがるしかない。

「大工のオッサンをひとり来させる。最終的に、オッサンには地下室の施工もしてもらうが、まずは穴掘り人足で使うてやればええ」

「穴掘り人足って、手で掘るということですか」

「スコップでもショベルでも、何でも使うてええと伝えてある」

オッサンがどういう人かと訊ねてみた。一九七〇年の大阪万博で上村先生と働いた大工の棟梁《とうりょう》で、太陽の塔の建造と解体にも参加したという。

「熊沢熊五郎《くまざわくまごろう》。猛々《たけだけ》しい名前やろ。ところが坂東玉三郎《ばんどうたまさぶろう》みたいなやさ男なんや。クマさんと呼んでやれ。仲間からはクマとかクマゴとか呼ばれてるけどね」

「七〇年万博って、クマさんはいま何歳ですか」

「八十になったと聞いたな」

「八十の玉三郎！」

佳代は吹き出した。あわてて口に手を添えた。

「筋肉隆々の女形《おやま》どすね」

佳代は水回りの片付けをしていたが、ひと息つくとお茶を淹《い》れなおしてきた。

篤郎と和彦は並んで座る。

和彦はスケッチを眺めながら感心しきり、ページを繰るたびにため息をついた。

建築を仕事にする人間として、和彦もスケッチを描いてきた。絵は得意なほうだったし練習にもあけくれた。しかしこの画力は別格。素描の一枚一枚、京町家の構造が明快にわかるばかりか、松丸の持つ雅《みやび》や色気、そこに居る人の「心すまい」というものが感じられる。

「西山先生はほんとうに大家ですね」

「住まいに関して、これ以上の先生はおらん」

和彦は佳代にも言った。

「美しいお茶屋の佇《たたず》まいを娘のあなたに残したかったんですね。それで西山大先生にお願いした。お母さまの愛でしょうか」

佳代はあっさり言った。

「そうやないと思います」

「え？」

「違うんどす。タイミングが合わしまへん」

「タイミング?」

「お茶屋をバーに変えるのは他のお茶屋さんでもやったはります。時代も変わりましたから。せやけど、母が決断したのは、うちのためとはちゃいます。そやかて、うち、そのとき、まだ生まれてませんから」

「え、佳代さん、いまおいくつ?」

思わず訊ねてしまったが、佳代は答えた。

「三十六どす」

「え……」

「アラフォーどす。年増《としま》どす。シワも出てます」

「シワなんかどこにあるんや」

篤郎はにこにこしている。

「佳代ちゃんは永遠の二十八歳や」

「おちょくらんとくれやす」

佳代は愛想をしたが、和彦は笑うことができない。

微妙な間をおいた妙なタイミングで、部屋を震わせるほどの声を出してしまった。

「三十六歳!!」

「おっきな声。どうしはったんどす」

佳代は言った。

「三十六どす。二十八はとおい昔どす」

和彦は佳代を食い入るように見た。

「辻内さん、かなんわ。こわい」

佳代は和彦のこわばった視線をやり過ごし、奥へスタスタ入っていった。

四

地下室だけは詳細図がない。

なぜ、黒い塗りつぶしで表現したのか。

古い京町家のいくつかには、忍びからくりといわれるような仕掛けがあるという。松丸家の地下構造もからくりなのか。からくりも西山先生による設計なら、建築学視点としても興味深い。京都の木津川市には〈西山夘三記念すまい・まちづくり文庫＝通称西山文庫〉がある。そこの研究者でさえ、こんな仕事の存在を知らないだろう。研究に値する。

研究はともかく、仕事だ。

地下を作ったのは五十年前だという。検証するにはまず、どうやって地下空間が保《たも》たれているのか構造を調べなければならない。関西には大きな地震もあった。危険な状態になっている可能性もある。

ところが上村は言ったのだ。

「調査は要《い》らんやろ」

「危ないかもしれないですよ」

「じゃあ、掘って確かめたらええ」

「掘ってみるための調査じゃないですか。掘ってる途中に、床が抜けたらどうするんです」

「だいじょうぶやて。当時、工事した僕が言うんやから」

「でも、五十年前でしょ」

「まあ、そうやな」

上村先生も建築家ではないか。わかっているくせに。呑気なことを。

なにはともあれ、和彦は仕事をはじめた。

週に二日、午前中、大阪の事務所で仕事を切り上げ、午後の阪急電車で京都へ向かう。祇園に二時に着き、陽が落ちるまでの三時間あまり作業をする。

それをルーティンとした。夜間照明を入れて進めることはしなかった。暮れれば赤いちょうちんが灯《とも》る花街。

情緒の破壊は京文化の否定だ。作業するわけにはいかない。

とそれは表向き。

日暮れから佳代は商売の準備をはじめる。作業を終えた和彦は暮れなずむ縁側に座る。

開店前。客は和彦ひとり。

「ごくろうさんどす。いっぷくしておくれやす」

と佳代はキンキンに冷えたキリンの小瓶を出してくる。

祇園町で身内のような馴染み。なんと気分のよろしいものか。

とはいえ、小瓶一本空ければ帰ることにしていた。

無理はいけない。

そしてひと月。段取りを固めた。

「次回、お伺いしたときに工事の計画表をお持ちします」

佳代はそれには返事をせず、ビールを注いでから言った。

「上村先生に、梅田芸術劇場のチケットいただきました。お孫さんがタカラジェンヌなんて、うらやましいことどす」

「美月ちゃんですね。トップスター候補ですよ。トンビが鷹というか、パンダが鶴というか」

「パンダが鶴？　パンダが上村先生。フフ。そんなたとえ聞いたことおへんどす」

佳代は言った。

「パンダはよろしおす。歌劇観たいし、そやから、次はうちが大阪へ寄せてもらいます」

「そうなんですか」

「ペアチケットどすさかい、打ち合わせしたあとに、ご一緒しませんか」

「それは……」

和彦は心臓が飛び出しそうなほどうれしかったのだが、情けない返事しかできなかった。

「お友だちを誘えばいいじゃないですか。ついでにうちの事務所へ寄ってもらえばいいです。劇場のすぐ近所ですから」

和彦は自分を恨んだが、佳代はこう返した。

「お友だちなんて、かいらしい言い方どすね。辻内さんも、うちのお友だちどっしゃろ？」

「はあ」

たよりない相づちだったが、宝塚歌劇を観る約束をした。

和彦は気持ちの中で深呼吸をした。そして訊ねた。

「えーと、それで佳代さんは、どういう姿で行きますか？　その、劇場ですけど。もちろん着物ですよね」

「そうどすな。芸術鑑賞やから御召《おめし》どす。小紋のほうがよろしおすか？」

佳代は和彦を見て微笑んだ。

「素人さんふうの縞柄にしときましょか。和彦さんにあわせるんなら……」

「僕に合わせるって」

素人？　それは間違いない。

和彦の仕事着はだいたいが吊るしの背広である。娘にもあきれられているほど。

それにひきかえ、この女性は祇園のひとだ。

まいった。どうしよう。

佳代はちょっとからかっただけだったのだが、和彦が青ざめてしまったのであわてた。

そして言った。

「まあ、とりあえず小紋にしときます」

次の週、和彦は精いっぱいの（阪急百貨店で仕立てた）一張羅スーツに萌葱《もえぎ》色のネクタイを締めた。劇場のある阪急インターナショナルホテルへ向かう途中に靴磨き専門店へも寄った。

ホテルには先に着いた。磨いた革靴はロビーの照明に光っている。

そこへＬＩＮＥメッセージが来た。

――紀文堂書店で立ち読みしてます。そちらへおこしやす――

それは、あかん！

あわてて返信した。

――すぐに本屋を出てビッグマン前にいてください。すみません――

和彦はロビーから道路へ走り出た。そのまま走った。三分で着いた。

佳代はまさに大画面の下にいた。映像を見あげている。小柄だが、和服に和髪は梅田に珍しい。目をひいている。そしてそこは書店のレジから障害物がなく、まっすぐ見える場所だった。

和彦の息が切れている。

「佳代さん！」

「なんどすか？　すみませんって」

「ちょっとこっちへ」

和彦は佳代を脇の通路へ寄せた。

「どうしはったんどすか？　なんであやまったはんのどすか？」

「え」

「すぐに本屋さんを出ろって」

「そうでしたか」

たしかに謎のメッセージだが、

「いや、ビッグマンのほうが見つけやすいから。待ち合わせの名所やし」

佳代は疑わしげだったが、すぐに緊張を解いた。画面を見上げる。

「この大きいのがビッグマンなんどすね。ビッグマンって何のことかわからんから、紀文堂さんのレジの女性に訊ねました」

「レジの女性！」

和彦は首を伸ばした。彩は……いない。

「ほんまおかしいひとどすね、辻内さんは」

佳代は袖で口を隠した。小さく笑うときの、いつもの仕草。

佳代は言った。

「ビッグマンは知りまへんどしたけど、ここは小っちゃいときに来たことあります。綱敷天神社さんでお宮参りさせてもろうたんどす。芸事達者な子になるようにって。北向き地蔵さんにもお参りしました」

「京都なら北野天満宮でしょ。母に連れられて来ました。何かのご縁があるんでしょうね」

「さあ、どうでっしゃろ。なんでここの天神さんに」

佳代の母、佳つ代の一筋縄で綯《な》えない「縁」。佳代は詳しいことを聞かされていなかったが、墓まで抱《かか》えていったものがあると感じていたのだった。花街に生きる女の人生。佳代はいま、すこし感傷の中にいた。

和彦はそんなところに気は回らない。佳代が本屋にいると知ってびっくりしたのだった。彩はいま店頭にいないだけ。さっさとここを動こう。

佳代は興味深げにあたりを見渡している。

「本屋さんの上が梅田の駅なんどすね。ほんに」

佳代は空中に視線を這《は》わせたり人を見たりしながら、広場へ足を踏み出した。

「大阪は元気やわ。みんな、ようしゃべったはる」

すたすた歩く。広場の真ん中。たったひとりの和服。

和彦は言った。

「さあ、行きましょう」

言いながらも気になって書店を振り返った。

すると彩がいたのである。非常口の陰で見えなかったのだ。広場を向いて立ちすくんでいる。何かに気づいたかのように、視線を固めているではないか。

佳代の手を取った。エスカレータへ誘い地下の飲食街へまわり込んだ。

地下の通路。和彦はホテル方向の出口を示した。

「佳代さん、ここを突き当たって地上に出れば劇場です。ロビーで待っていてください。すぐ行きます。ちょっと娘に渡すものがあって」

「娘さん？」

「後《のち》ほどお話しします」

和彦は佳代の返事を聞かず、エスカレータを地上階へ走り戻った。

彩に見られていたら、と確かめられずにはいられなかったのだ。

広場を横切り、様子をうかがいながら書店に入った。

彩は働いていた。何事もなかったかのように。

訊ねてみるわけにもいかない。と思案していると、彩のほうで気が付いた。

「お父さんやんか」

「よう」

小さく咳払いをし、ネクタイを直した。彩が訊ねた。

「何してるん？」

「何してるって」

「待ち合わせ？」

「別に待ち合わせでもない」

「でもない」

「ここは本屋やろ。来たらあかんか」

「あかんことないけど」

彩は言った。

「きれいなネクタイや。靴もぴかぴか。待ち合わせと違うの？　女のひととか」

そこで彩は驚きの発言をしたのである。

「さっきな、お母さんを見た気がしてん。ありえんけどお盆には魂が還ってくる言うやん。そしたら、今度はお父さんが現れた。ちょっとびっくり」

和彦は話を変えた。すこし無理気味に。

「上村先生の米寿祝に、いっしょに行ってほしいんや」

「ん？」

彩は訊ねた。

「今日なん？　これから米寿祝なん？」

「これからやない。ええと、十一月かな」

「十一月？」

「そうやな」

「まだ先やないの。もちろんお祝いに行くけど」

「まあ、覚えといてくれ」

和彦はきびすを返して店を出た。


宝塚歌劇は「ドン・ジョバンニ」だった。陽気なスペインの恋愛劇。佳代はよく笑い、あわてて口元を隠したりした。そんな仕草さえさくらと似ていた。和彦は気もそぞろで、芝居をただ観ていた。

九時に終演した。

終演後も観客の熱い声が飛び交っていた。

「〇〇ちゃんの決めゼリフ最高」

「夢心地で眠れます」

そんな雰囲気のロビー。ソファに腰を下ろした。

「今日はお店閉めさせてしもうてすみません。営業妨害ですね」

「とんでもない。宝塚歌劇にご招待なんて、ありがたいことどす」

「それは、上村先生のおかげです」

そんな返事でどうする。案《あん》の定《じょう》、会話は途切れた。

和彦は工事計画書を取り出し、今後の段取りを話し出した。十分間あまり。シンプルな説明。

佳代は聞き終わって言った。

「どうぞよろしゅう、おたの申します」

和彦は書類を封筒に入れ佳代に渡した。けれど着物姿。

「あ、郵送しましょうか」

「かまへんどす。持って帰ります」

そのあと、夜の街へ出かけることもなかった。

梅田駅へ向かった。茶屋町口改札まで数分。劇場とは目と鼻の距離なのだ。便利すぎる。並んで歩けるのも数分。残念な計算が和彦には浮かんだけれど、それよりもいまは彩が気になって仕方がなかった。紀文堂書店もすぐそばにあるからだ。娘や娘の職場仲間に出くわさないか、気を使うばかりなのであった。やましいことをしているわけではないが、改札までのたかだか二百メートルを、右へ左へ目を配りながら歩いた。

　佳代はその様子を面白がった。

「秘密結社どしたね。スパイの気分どす」

改札に着いた。週明けからの段取りを二言三言再確認した。そして、そこで付け足すように、娘が書店で働いていることを伝えたのであった。

「紀文堂の社員さんどしたか。お会いしたかったどす」

「いえ、まあ、それは、またの機会に」

「そうどすか」

　佳代はホームへ歩いて行ったが、立ち止まって戻ってきた。

「なにか忘れていましたか？」

　佳代は唇をちょんととがらせ、目をくりくり。そして訊ねた。

「紀文堂書店をつくらはったのは、田辺嘉右衛門さんどすね」

「そうですね。創業社長です」

「松丸の座敷に額が掛かってまっしゃろ。覚えたはります？」

「長押に掛かった毛筆文字の」

「揮毫《きごう》は田辺嘉右衛門さんどす」

「え、そうやったんですか」

「松丸は母の時代、田辺さんにひとかたならぬお世話になったそうどす」

和彦は返す言葉を思いつけなかった。

佳代はひとりうなずいた。

「そうどすか、辻内さんの娘さんが田辺さんの本屋さんに」

佳代はそう言いながら和彦に近づいた。

「不思議なご縁どすね」

そして細く白い指を、和彦の手にそっと重ねた。

「ほな、ごきげんよろしゅう」


三日後の日曜日。明るい午後。

花見小路は満員電車の様相だった。肩が触れあう混雑にもかかわらず、カメラやスマホ、自撮り棒を担いだ観光客が、芸舞妓が現れないものかと目を泳がせている。京都市は私道へ立ち入っての撮影を禁止する立て札を出している。ルールを守ってこその雅、文化の保全、という建前だが、建仁寺の手前には場外馬券売場があって、色気と無縁のおっちゃんたちがたむろしている。意味不明なカオス状態は行政の無策ではないのか。和彦は学生のころ思ったものだ。しかし祇園はやはり別の世界。佳代を知ってからはなおさら。

松丸は花見小路からひと筋西へ入った路地にある。路地裏にも風情に惹かれた観光客が入って来はするが、日曜日の昼間、軒を連ねるお茶屋は静けさの中にある。

格子戸を引いた。

「お邪魔します。辻内です」

佳代が出てきた。ざっくり羽織った綿のシャツにジーンズ姿。和髪もほどいて化粧はうすい。

「どうもすんまへん。日曜においでいただいて」

座敷に上がった。長押の額をあらためて見た。

「これですか」

佳代は横に並ぶ。

「母は田辺さんをとても敬愛していたようどす。けど、うちは覚えてしまへん。田辺さんはうちが赤子のときに亡くならはったし」

佳代は言った。

「母との縁も聞かされてへんのどす。説明してくれはる方もいいしまへん。どっかにいたはるかもしれまへんけど」

「題は『すたこらさっさ』か。絵は人魚ですね、背に乗っかっているのが田辺さんなのかな」

「さあ、どうどっしゃろ。遊び好きなお方やったらしいどすけど」


奥でゴソゴソ音がした。見やれば庭に人がいる。

「あ、熊沢さんですか」

「クマさんどす」

座敷庭の植え込みの陰、スコップを持つ男性が見えた。和彦は奥へ進んだ。

八十歳と聞いていたが、秋空にランニングシャツ一枚。背は百六十くらいだろうか。しかしラグビーの試合に出られそうなほどの腕っぷしと胸板。年季を重ねたであろう日焼け、目尻に刻まれるシワは深い。

――坂東玉三郎みたいなやさ男――

熊沢は手を休めた。座敷を振り向く。たしかに目元は涼しい。

佳代のことばを思い出した。

――筋肉隆々の女形――

和彦は縁側に正座した。

「辻内です。上村先生の弟子にあたります。よろしくお願いします」

「土はけっこう硬いで。骨が折れるわ」

熊沢はまたスコップを土に差し込んだ。そして言った。

「工事の美観を段取りしてくれるか」

「工事の美観を段取りとは……」

「掘ったら土が出る。その土の処理も花街らしくやるということっちゃ」

「花街らしく？」

「傍目《はため》からは工事してると見えんような、美しい段取りや」

工程表は作ったけれど、土砂については、商売のじゃまにならない時間を選んで運び出すと考えていた。熊沢は言った。

「運搬トラックも入って来れんし、近所に土を捨てる場所なんぞない。そやから、出た土はそれをきれいに盛ったり、造形したりして、お客さんに楽しんでもらう。庭師の仕事や」

「庭師も参加するんですか」

「われわれだけで庭師みたいな仕事をするっちゅうことよ。内緒仕事やさかいな」

「秘密結社どすな」

佳代が笑みを浮かべた。気に入っているようだ。

「熊沢さん、ひとつだけ」

和彦はまじめである。

「掘り出す土の量は、どのくらいになりますか」

「そやな。三から四立方メートルというところかいな」

「三から四……」

一メートル四方の穴に深さ三メートル、または一・五×一メートルの入口に深さ二メートル。

「玄関を掘るときも同じくらい出るやろ」

「そうですか。二ヶ所ですね」

四立方メートルの土がふたつ。

「ではまず、全体の工程を説明します」

和彦は工程表を縁側に拡げた。熊沢は立ったままで見おろしていたが、ひととおりの説明を聞き終わるとスコップを置き、股を大きく広げた格好で縁側に座った。そして言った。

「しっかりやらせてもらうで。佳代ちゃんのためや」

和彦は正座したままで答えた。

「はい。もちろんです」

「堅いなあ。足崩しいな。千家の茶会やあるまいし」

佳代がお盆に湯飲みを載せてきた。

「お茶会やおへんけど、番茶をどうぞ」

茶菓子もある。

「栗むし羊羹どす」

熊沢はすぐ手を伸ばした。

「大きいほうもらうで」

「まあまあ、子どもみたい」

佳代は菓子用の爪楊枝を出しながら言った。

「クマさん、甘党どしたな。よかったらうさぎさんも、おあがりやす」

うさぎはこしあんの入った月見うさぎのまんじゅう。これも京の秋の銘菓。

熊沢は言った。

「ほたらふたつとも、おあがりさせてもらいます」

佳代は笑った。

シニョンにまとめた黒髪にゆるい服。この笑顔。
佳代の姿はまるで、日曜の昼下がりの妻、さくらだった。

彩の話　その三

東京の元カレ、大阪に来る

一

　お店にタカラジェンヌが来る。一般のお客さまとしてふつうに来る。とはいえオーラが違う。劇団が休みの水曜限定で来る。更衣美月も月に二回、ほぼ来る。彼女はいつも連絡をくれるので私はその時間、シフトを入れるようにしていた。

　彼女の祖父、上村篤郎先生が父の恩師で、上町上村家にお邪魔したとき仲良しになった。本名は上村美月、親にもらった名をそのまま芸名にしている。男役の有望株で、新人公演で主役に二度選ばれた。私的応援団の《会》も人数が増え続けている。

　接客するのはちょっと自慢だ。同僚でヅカファンのマコによれば、私は《会》メンバー憧《あこが》れの《おとなりさん》だという。《おとなりさん》とは楽屋口の出入りで数十メートルの間、生徒と並んで歩ける役得らしい。憧れのタカラジェンヌを短い間とはいえ独り占めできるのだ。マコは言う。

「出入り通路はね、妄想バージンロードなの」

《会》はその役を独自のルールで分けあう。メンバーが多いとなかなか回ってこない。ところが私にはその機会が月に二回ある、というわけなのだ。

「ファンに見張られているかもよ。礼儀正しく接客しましょう」

「清く正しく美しく」

「はい、そのようにしてください」

　マコはそんなご注進《ちゅうしん》を垂れるが、美月の予定をしばしば訊ねてシフトを合わせ、私の後ろに引っ付いてくる。あんまり、清く正しく美しく、ではない。

　美月は一年中メンズスーツを着てスカーフを巻いている。真夏でも。いつも違う柄。ファンからのいただきものを順番に着用しているというけれど上等のスカーフばかり。それがまた似合って格好いい。他のタカラジェンヌと連れだって来ることもある。ぴらぴらスカートの娘役、桜奈《さくらな》あいと一緒に来たときは、いまにもボレロがはじまりそうだった。
美月が入学した頃の宝塚音楽学校の応募要項には「容姿端麗《ようしたんれい》」の項目があった。その上で歌唱、舞踊、発声など、厳しい入試を突破しなければならないのだが、聞けば一次試験こそおそろしいと私は思ったのだった。面接のみだが、試験時間はなんと十五秒。どんなに歌や踊りが突出していても、まずは容姿で振り分けられてしまうのだ。もちろん、入学後はさらに厳しい。舞台人としての芸術性はもちろん、日常の立ち居振る舞いも徹底的に教育されていく。そして、清く正しく美しく、女性にとって最高のお手本になっていくのだ。

この日は六時終わりの早番。麻里と待ち合わせ、京橋の《たま》へ行く約束をしていた。三時半に開いてすぐ満員になる露天居酒屋は、ディープ大阪の中でも最強レベルで安くておいしい。有名な外国人向けガイドブックやＮｅｔｆｌｉｘで「超オススメ」と紹介され世界中から客が来るようになった。店主のたまさんこと玉田さんは毎日百回近く、外国人との記念写真を頼まれるという。

六時以降に着けば間違いなく満員だが、予約は取らない。しかし私たちは混んでいても、厨房の脇を片付けたり、野菜箱とかを退《の》かして入れてもらえる。たまさんが西成の実家近くに住んでいて《ラブ》に毎日来るからだ。おばあちゃんとは古い知り合いだ。

美月も食べるのが好きで、《たま》にとても行きたがるけれど、私設応援団もいるスターだ。屋台での立ち食いは、ファンの夢を壊してしまうだろう。

「卒業したら連れて行ってね」

もちろん私はオッケーする。

夕方の四時。勤務はあと二時間。地元本コーナーの仕上げにかかった。フェイスアウトと平置き百冊。手描きＰＯＰに、ビリケンや大阪城天守閣とかの演出小物。一気にやってしまおう。とそのとき、背中から声をかけられた。

「彩、元気にしてたか」

すぐにわかった。拓也だ。元カレ。面倒くさいやつ。

私は振り返った。

「何よ」

「何よって、仕事だよ」

拓也は私がインターンをしていた大手出版社で営業職となった。紀文堂梅田本店へ最初あいさつに来たとき、畏《おそ》れ多くも「辻内の元カレです」と自己紹介し、捨てた過去が知れわたった。

私はいんぎんに訊ねた。

「本日はどういったご用件でございましょうか」

「新刊文庫二十冊、店頭展開の状況把握《はあく》だよ」

私は昨日、それを一気に棚出しした。私は感情を剝《は》ぎ取った声で言った。

「しっかり売らせていただきます」

「それは、どうもです」

会話が途切れた。

大学時代はいっぱいデートをした。本郷の実家へもお邪魔した。ご両親にも会った。しかし青春は過ぎ去るものである。女は未来に生きる。私はくり返した。

「しっかり売らせていただきます。今後ともよろしくお願いいたします。では、さようなら」

私は忙しい。棚を仕上げて、六時ダッシュで京橋へ行くのだ。

私は棚に向きなおった。え～と、どこまでやったっけ。

拓也は私の背に近づいた。

「ねえ、今夜ごはん行こうよ。イケてるイタ飯見つけたんだ。おごるからさ」

耳もとに息がかぶさっている。距離が近い。

「やめてよ」

私はキッと振り返った。声も尖った。お客さまがひとり、声に振り向いた。

私は拓也の袖をとり、通用口へ引っ張った。警備のおじさんが見ている。私は何もないです、という顔を向けてから、拓也をさらに隅っこへ引っ張った。

「店で誘うのやめて。LINE知ってるでしょ。でも行かないけどね。私は忙しいのよ」

「そうですか。ではまたの機会にいたします。失礼しました」

拓也はおじさんにも会釈した。そして文芸担当の同僚をめざとく見つけ、呼びかけながらそっちへ言った。

都心育ちのお坊ちゃんで、引っ込み思案だった拓也も、社会人生活三年を経て、愛嬌を振りまく営業になっている。それはいいことかもしれないが、私には関係ない。

面倒くさいことがあると私は集中する。私は残り時間で棚をきっちり仕上げた。


《たま》は京橋駅前の雑踏を抜けた東野田という場所にある。駅前繁華街から徒歩五分と近いが、そこは蒲生《がもう》墓地という場所である。江戸時代、観音さま巡りと同様に、大坂三郷の周りに造られた七つの墓地を七月十六日前後に巡って供養する七墓参りという風習があった。大坂七墓とは梅田（現大阪駅あたり）、南浜《みなみはま》、葭原《よしはら》（吉原）、蒲生、小橋《おばせ》、千日、鳶田《とびた》（飛田）で、現存するのはこの蒲生と南浜だけ。他はすべて移転したので歴史的に貴重な存在らしい。終戦後、辺りに闇市が立ち、墓を壊したり墓石を礎石として飲食店が建ち並んだ。墓地に沿って並ぶ露店居酒屋は時代の名残だ。

歴史の深さだろうか、どの店も濃過ぎるほど濃い。

「こんばんは」

声をかけると、店員の小夜《さよ》ちゃんが出てきて、いつものようにテーブルをひとつ作ってくれた。

たまさんは炭火でまぐろのホホ肉を焼いている。仕上げにガスバーナーの炎を浴びせるので有名になった。バーナーは溶接に使うような大型で、炙《あぶ》りというより火炎放射、ぐおおおお、と猛々《たけだけ》しい。客は拍手喝采するが、店の裏手には墓石が並ぶ。ご先祖さんはうるさくて寝られないだろう。

そしてマグロなのに安い。マグロは青森の大間《おおま》とかが有名だが――それはそれでとてもおいしいが――大阪もマグロ集散地のひとつなのだ。そして大阪らしく、いかに安く旨く食べるかの工夫がある。鮨ネタにならない頭やホホ肉だって、とてもおいしいのだ。たまさんはそれを炙りにする。それをまた、もうけがないような値段で出す。

ビールケースを積み上げた一角にステンレスのシンク。瓶ビールやワイン、缶酎ハイなんかが氷水に浸《つ》かっている。飲み物は自分で取りに行くシステム。備え付けのタオルで瓶や缶を拭《ふ》く。

私たちが料理を注文することはあまりない。にこにこしていれば、たまさんが見つくろってくれる。

マグロの脳天とイクラと雲丹《うに》のお造りが出てきた。ピラミッドのような大盛り。空《す》きっ腹に迫力満点。私はマグロから、麻里は雲丹から食べはじめた。

「うま！」

ビールで流し込む。

また食べる。

「うま！」

また呑む。

たまさんが火炎放射をはじめた。観光客がスマホを持って取り囲む。焼き上がるたびに拍手。たまさんは切り分け、青ネギと大葉を刻んで皿に載せる。大盛りひと皿六百五十円。焼きたてを待つ客は多いが、できたていちばんを私たちにほいと出してくれた。ほかのみなさん、すみません。

しょうゆを少し、一味を振る。

「うま！」

また呑む。たまさんが言った。

「てっさもあんで。うなぎもあんで」

「ぜんぶ食べる！」

すすめられるまま食べ、楽しく呑んだ。

麻里とは、こんなふうに食べ歩いている。大阪おいしいもの探検隊。流行《はや》りもの、たとえばスパイスカレーやパンケーキなんかも探検に行くが、ふたりとも「これこそ大阪」というものが好きなのだ。きつねうどんなら南船場のうさみ亭マツバヤ、バッテラなら奴寿司。店主と仲よくさせてもらっている店が十軒以上。梅田、天満、福島《ふくしま》、京橋、もちろんミナミも。麻里の母が参加しての高級店巡りもある。

私たちは食べながら、呑みながら、いろんな話をする。政治・経済・世界・科学技術。麻里は博学のうえ話が面白い。京大医学部卒で、山中教授のｉＰＳ研究所で働くというトップレベルの仕事にも関わった。ところがいまは恋愛小説を書いている。何をどう間違ったのか、誰しも思うが、医学を勉強した上での恋愛小説は、真似のできない筆致と評判らしい。主人公の女医が、「感覚中枢とオルガスムスの関係は、反射神経とヒートショック・プロテイン」と言いながらイケメン患者を抱きしめる。読者はあり得ないと笑い、ストレスを発散させる。作品タイトルは「診察室で抱かれたい」「女の芯と聴診器」「愛されすぎて胃カメラできない」とか。

美月と麻里で「タカラヅカにエロはあるか？」と盛り上がったことがある。

「お芝居に際《きわ》どいラブシーンあるよね。不倫やら略奪やら親子やら禁断の恋もある。濡れ場寸前で暗転したりするけど、娘役はセックス・アピールむんむんのドレス着るし、最近はボーイズ・ラブも人気でしょ。清く正しく美しくの教えに反しないの？」

「教えは教え、演技は演技なの」

美月は小林一三翁が雑誌にも書き記した思想を説明した。

一三翁曰《いわ》く……。

——エロはいけない、生徒たちの公演であるからエロは禁物だと、ややもすれば簡単に片付けられているけれど、若い男と女と、熱情に富むシーンを商売にしている恋愛の舞台に、エロが絶無であるということがむしろ不自然である。恋愛にエロがイケないということが既《すで》に不自然である以上は、其不自然を大方針なりと強調するところに無理があると思う。私は主張する。恋愛必ずエロならず。十七、八の娘の内は十七、八の艶麗なる自然こそ尊い。自然が生む芸術には恋愛もあり、熱情もあるのに何の不思議があらむ、其表現をエロなりとせばエロ何ぞ憂うに足らんやと言い度いのである。私は恋愛の自然を好む。敢えてエロを好むと言わざる也——

「恋心は自然。自然な感情の発露は美しい。それが一三先生の教えなの。禁断のラブシーンもイケない恋心も、役になりきって、とことん掘り下げて大真面目に取り組む。作品創作の根っこ」

「なるほどねえ」

麻里は妙に納得したのだった。そして気に入った一文を毛筆で書き部屋の壁に貼りつけさえした。

――私は恋愛の自然を好む。敢えてエロを好みと言わざる也――

美月と麻里、見た目も性格も違うが、芸術素養たっぷりのふたり。こんなふたりと友だちで、私はとてもうれしい。


麻里は作家専業で生活しているわけじゃない。書籍デビューできておらず、世に名前が出ていない。スマホ向け恋愛小説は「安値で買いたたかれる」。純文学で新人賞に応募しているが、一次審査通過レベルで止まっている。チャレンジを続けるとはいえ、生活費も必要なので、一作三万円買い切りで恋愛小説を書いているのだ。恋愛のアイデアは、京大の文芸サークル出身、同じく小説家志望の夫と意見を出し合うという。昨夜はどんなアイデアが出たか、私に報告してくる。

「ベッドでも切磋琢磨《せっさたくま》してみたの。＊＊＊＊とか、＋＋＋＋も」

呑みながら、あっけらかんと話す。

「二千文字くらい。一話百円。満員電車のストレス解消」

「そんなのを通勤で読む？」

「帰りより朝が多いみたいよ」

「ほんまかいな」

まんがの原作を書く話もあるという。恋愛系エンタメは小説よりまんがの伸びが大きいらしい。

「縦リズムの研究中よ」

「縦リズムって」

「縦スクロールでどんどん読めるようなやつ。まんが家とサンプル作ってる最中。プログラムはダンナ。こういうのはサクサク書きよる。いっそＩＴで働いてもええと思うけどね、それはあかんらしい」

と言いながらスマホを取り出し、制作中のまんがを画面に出した。縦スクロール。男と女の行為だ。それがどんどん進む。

麻里はスクロールのスピードを上げた。画面が飛ぶ。と画面中央に××場面が局部クローズアップで浮かび上がってきたではないか。

　麻里は言った。

「教科書の端にパラパラまんが描いたことない？　それと同じ」

　同じか、これ。


　こんな流れで、この日も喋った。そして落ち着き先はだいたい、私にカレシを作ろうという流れになっていく。拓也が東京からまた来たと話した。

「もう私を誘わんといて。東京になんぼでもええ女おるやろ。先週来たときもビシッと言うたったんやけどな」

　私はぼやいた。

「ああ、わたしも若かった。お坊ちゃまと遊んでしまった。結婚につながるカレシにしといたらよかった。やり直したいわ」

「ご祈禱してもろたら？　阿迦留姫命《あかるひめのみこと》さんに」

「アカルヒメ？」

「やりなおしの神さん。応神天皇の時代から大阪の姫嶋《ひめじま》神社にいてはるらしい。がんばる女性とか女性の自立を応援してくれる」

「いっかい行かなあかんな。せやけど拓也にはおヒメさんではやさしすぎるわ。縁切り寺がええかも」

「鎌八幡《かまはちまん》か」

「まさかりでグサッとな」

玉造にあるこの寺には大木があり、何本のも鎌が食い込んでいる。女の恨み、あなおそろしや。麻里はこういう話に乗っかる。

「まさかりで一話書いてみるか」

「それはマジすぎる。ホラーや」

私は言った。

「縁切り話でも、もっとソフトにせなあかんでしょ。『縁切り寺でキスをして』とか」

「そんなん、ありきたりや」

「ありきたり?」

「恋愛祈願の神社ってラブホに取り囲まれてると思わん? 生國魂《いくたま》さんも金比羅《こんぴら》さんも。遠い昔から、お詣りと色事はセットになってんねんて。フィクションもリアリティの追求は大切。そういうのを知って、しっかり書くわけ。リアルから心の奥底をあぶり出す。成す恋、成さぬ恋。好きと憎いは紙一重。男と女の恋模様。抱かれて縁を切るか、切ってから抱かれるか、さあさあ」

「期待させてもらうわ」

麻里は話を戻した。

「しかし、拓也くんはもったいないと思うけどなあ。ええしの子やろ。お金に苦労せえへんで」

「人生はお金とちゃう。幸福は心に棲む。あいつはへたれや」

麻里は同意のうなずきを返してきたが、武野家と辻内家において、お金の価値はぜんぜん違う。とはいえ麻里と私の幸福感は同じだ。価値観は共有している。それでこその友である。

私は何かあれば麻里を呼び出し、仕事終わりダッシュでごはんに出かける。

行きつけの店もでき、武野家の財力にものをいわせた一流割烹や三つ星フレンチにも行きながら（友恵さんがパトロンで）、グラスを高らかに差し上げ、人生は金ではないと（いいもの食べながら）言ったりする。元カレの面倒くささなんかは、ディープ大阪の雑踏に飲み込ませる。

たまさんがトロの軍艦巻きを出してきた。

おおおお！

感嘆とともに、ぱく。

「うま！」

陽《ひ》がとっぷり落ちた。墓地は闇に沈み、店の灯りが人魂の代わりに揺れている。酔いが心地よい。ビールもう一本。と氷水に向かったとき、店の反対側で私に手を振る人がいた。

紀文堂書店京橋店の木村《きむら》茜《あかね》店長だった。

「茜さんや」

私はビール瓶をシンクの氷水から取り上げ栓を抜き、彼女のテーブルへ向かった。

「彩ちゃん、いつもお疲れさま」

「茜さん、常連なんですか」

「いいえ、京橋ではあまり呑まないんだけれど、ここは来たかったの。ちょうど連れてきてもらえた。私、東京出身でしょ。こんなお店ないもの」

と、茜さんのうしろに、拓也がいた。

「よう」

拓也は私にちょこっと会釈した。

「奇遇《きぐう》ですね」

私の目が曇《くも》った。声は尖った。

「なにが奇遇よ。お前はストーカーか。イケてるイタ飯ちゃうの」

「マジ、マジ、偶然だって」

茜さんは笑顔だ。

「私がお願いしたのよ。で、元カレなんだってね。聞いたわよ」

私は拓也をにらみつけた。

「彩ちゃん、いっしょに呑みましょうよ。ね。せっかくだし」

何がせっかくかとは思ったが、店員の小夜ちゃんが来た。

「あちらを四人席にしますよ。彩さん」

それで、麻里も入れての呑み会となったのである。

厨房脇の作業テーブルだが、その場所こそ、たまさんの火炎放射を砂かぶりで見られる、誰もがうらやむ常連席だ。

茜さんは火炎放射に大はしゃぎ。写真撮りまくり。たまさんはますます張り切った。茜さんは正統派の美人なのだ。バーナーを右へ左へ。たまさんは乗るとこれをやる。そのせいで小夜ちゃんは何度かやけどをしている。この日は、炎が私の掌に当たった。

「あちち！」

「あ、すまん。小夜、氷や！」

小夜ちゃんがすぐさま空のバケツを引っ張り出した。ビールを冷やしてるシンクにバケツを突っ込んで氷水をすくい上げた。私は手を突っ込んだ。バケツには氷と水と、勢い余ったのか、大阪らしいギャグなのか、キリンの小瓶も一本浸かっていた。茜さんは大笑いしながらも私にスマホを向けた。火は痛かった。でも茜さんには笑顔で写されてあげた。

速攻の氷水が効《き》いたものか、やけどにはならなかった。

それからはまあ、四人で楽しく呑んだ。サービス精神旺盛な営業マン拓也は、小ネタで女性ふたりを盛り上げた。麻里は不思議なことに、拓也と話が合うのである。

私はたいしておもしろくなかった。面倒くさい元カレにストーカーされるケチがつき、火までついた。

茜さんがもうちょっと呑みたいと言ったので、はしご酒に繰り出した。私もケチをそぎ落とすつもりで「行きましょう!」と応えたが、拓也も当然のようについてきた(怒)。立ち食い串カツの《まるふじ》で一杯、《満家》のたこやきでシメの乾杯。盛り上げ役拓也はこういう場の取り回しがうまい。茜さんは笑いっぱなしだった。私は拓也と話したくなかったので、常連のおっちゃんたちに交じり、乾杯したりした。

帰り際、麻里が言った。

「拓也くん、爽やかな男性やんか。元サヤも考えてみたら?」

「そんなことは、ぜんぜんない」

私は言ったが、酔いがまわっていて、舌がもつれてしまった。

電車に乗るのが面倒になり、十三《じゅうそう》へはタクシーで帰った。

二

「なんで十三なんかに住んでるの」

よく訊かれる。私のことをよく知っている友だちほど訊ねる。

「職場に近いし、淀川の河原を走れるし」

とか説明する。まっとうな理由だ。阪急なら梅田へひと駅。ジョギングは趣味。陸上やってたんだし。とはいえ大阪での勤務が決まった時は、ひとり暮らしだ、どこに住もう、と想像をふくらませた。市内のおしゃれな堀江や靭《うつぼ》公園あたり、上品な真法院《しんぽういん》町や帝塚山《てづかやま》、阪急沿線なら西宮北口《にしのみやきたぐち》か芦屋、茨木《いばらき》や高槻《たかつき》なら京都へも行きやすい。と考えながらも、新入社員の給料は安いし、奨学金の返済もある。実家なら家賃は要らない。梅田へ地下鉄で十五分だ。最初はそこから通勤するべし。さもありなん。

自分なりに結論を出していたが、久々に家族会議をした結果、私はひとり暮らしをすることになったのである。

「年頃の娘があいりんに住むのは賛成せん」

おばあちゃんが言い、父も同意した。

私は反射的に答えた。

「ここは私のふるさとやで。こんなふうに。なんであかんの」

おばあちゃんは言った、

「街は汚いし、おっさんらが起こす事件も多い」

「昔から同じやん。わたしはおっちゃんたちともぜんぜん仲良しや」

「それが問題なんやて」

父も言った。

「お前は誰とでも、妙なおっさんとも普通に話すやろ。人間関係をリスクから考えることも覚えていかなあかん。ええタイミングやないか。新しい場所で生活してみろ」

実はその提案は、私の気持ちと同じだったのだ。なのにまた反論していた。

「家賃要らんのは大事やろ、奨学金も返していかなあかんし」

「お前にはまた新しいドアが必要や。お金はもちろん、しっかり返していけ」

今回は「出してやる」とは言わなかった。それはそうだ。社会人になるのだ。

そしてドア。ドアの向こうの新しい世界。

上智の学生寮は学校に近い新宿区四谷にあった。都心のど真ん中。リビングや水回りはシェアながら、きれいなモダンリビングだった。西成の実家に住むというのは、実際、久しぶりに近所を歩いてみたけれど、そこに懐かしさや楽しさはあまりなかった。萩之茶屋から新世界、ジャンジャン横町に飛田商店街。感じたことのない異邦感覚に襲われ、肌は粟立《あわだ》ってしまった。

この気持ちがなんなのか。整理できないまま家族会議に従い、実は自分の意志でもあったけれど、アパートを探すことにした。どこに住もう。どこがいいだろう。やっぱりそれは楽しい想像だった。それに梅田勤務なら、ほんとうにいろいろな選択肢がある。

最初に紹介されたのが十三の物件だった。なぜ十三だったか。縁としか言いようがない。梅田の北側エリアはあまり知らなかったが、まずは見せてもらった。次の週は神戸方面へも足を延ばすつもりにしていたが、いの一番に紹介された部屋がよかったのだ。住宅探しド素人だったので、何を見ても気に入ったかもしれなかったが、築一年の十階建てワンルームマンションで、空いた部屋は九階の南向き、ベランダからは雄大な淀川を見渡せた。土曜日の晴れた日で、たくさんのひとが河原をジョギングしていた。淀川の向こうは都心のビル群。梅田へは直線距離で二・五キロだという。いざというときは歩いても行ける。

「芦屋や西宮北口も見るつもり」

と不動産屋に話してみれば、家賃相場が高いと言われた。さらに、

「すぐ決めないと明日にはないですよ。人気物件がたまたま空いたんです。しかも南向きの九階なんて大ラッキー」

それで決めたのだった。

でも住んだらわかった。やはり十三だった。ごちゃごちゃしている、酔っぱらいが多い、マンションの住人はお水系が半分。「なんで十三なんかに」と訊かれる理由はたしかにあった。でも私は、そんな雑踏こそ馴染みやすかった。この町には「ふるさと感」がある。

東京の都心に暮らしてみて、東京もいいと思うようにもなった。大学生活が、まったくもって快適だったからだ。土着の大阪人が東京好きになるとは、私自身も意外だったが、東京は文化度合いが図抜けている。コンサートに演劇、バレエやオペラだって観れる。大手出版社でのインターンなんて東京でしかあり得ない。人付き合いは面倒くさくないし、といって冷たくもない。じっさい友だちをいっぱい作ったし、拓也みたいなカレシもできた。いまも彼と続いていて、東京で就職し、結婚への道を歩んでいることも、じゅうぶんあった。本郷の庭付き一戸建ての奥さまになり、白金《しろかね》あたりでのセレブなランチに、舶来の車を運転していったかもしれない。(御法川家の車はBMW530i)。

そんな幸せのかたちがあったかも、と想像することはある。家庭を持ち、子どもが生まれ、東京がふるさとと、思うようになったかもしれない。

でも、いま私はそこにいない。大阪に暮らし、思う。

幸せってなんだろう。ふるさとってなんだろう。


昨年から私は、おばあちゃんの喫茶店《ラブ》を手伝うようになった。おばあちゃんの腰が年々悪くなり、ときどき立てなくなるからだ。

昭和の後期に《ラブ》はオープンした。もともと、愛子おばあちゃんのダンナさんである辻内由彦《よしひこ》、すなわち私のおじいちゃんの兄一家がそこで新聞の配送所をやっていた。由彦おじいちゃんは千日前で写真館をやっていたが、息子の和彦、すなわち私の父が生まれた翌年に三十三歳という若さで亡くなった。乳飲み子を抱《かか》えた愛子おばあちゃんは、写真館を続けられず、義理の兄夫婦を頼って引っ越した。そして喫茶店をはじめたのだ。最初は配送所の隣の土間にテーブルを置いただけだったというが、当時の近隣はそんな喫茶店でも大丈夫だったらしい。労働者があふれるほどいて、客は絶えなかったという。

労働者は日雇いの仕事をもらうため、夜明け前から職安前に並び手配師に差配してもらう。少しでも割のいい仕事に当たりたければ、とにかく早く並ぶ。現場へ向かうバスが来るまでの時間ができる。喫茶店へ行く。当時は《ラブ》も朝の四時から店を開けていたらしい。

黒ずんだカウンタ、四人掛けのテーブルが三セット。壁には（たぶん）三十年以上貼られたままのメニュー。「コーヒ」「ミルクコーヒ」「レーコー」「トースト」「ホットケーキ」「ぜんざい」「赤飯」。どれもひなびているが、年輪を重ねたおかげで貫禄がある、とも見える。

カウンタの端《はし》、入口近くにはタバコやお菓子を並べている。昔は地下鉄の切符も売っていたという。コンビニのある時代にお菓子なんか売らなくていいだろう。実際ほとんど売れない。しかし続けているのには理由がある。

とにかく、懐かしい匂いに引き寄せられ、誰や彼やと、やって来るのである。


金曜日の午後五時。私は勤務を早めに終えて喫茶店を手伝っていた。おばあちゃんの「腰痛いSOS」が発信されたからだ。

読売新聞社会部記者の芦田弓子《あしだゆみこ》ちゃんが、能面のような顔でカウンタ席にいる。二十四歳。私のひとつ下。この春の人事異動で警察担当となった。

弓ちゃんはコーヒーをひとくち飲み、カップを置いてため息をついた。

「彩さん、大阪府警南エリアの記者クラブは、動物園クラブっていうんですよ」

「ゴリラやカバみたいな刑事がいるからやろ」

弓ちゃんの笑いは苦《にが》かった。

「それも間違いじゃないですね。広報の倉岡《くらおか》さんとかは、まじゴリラやし」

喫茶店常連の大阪府警警部、倉岡新之介《しんのすけ》さんは、やくざも恐れる面構《つらがま》えだ。

さらにじっさい、その記者クラブは天王寺動物園の中にあるのだ。はまりすぎというか、笑える場所だ。

私は洗い物を続けた。おばあちゃんは腰をさすりながらテレビを見ている。弓ちゃんはうっぷんを吐き出したいらしい。

「サツまわりはきついです。事件は突然起こるし、夜中三時の殺人現場なんて悪夢です。記事にしなくちゃいけないけど、肝心なところは話してもらえない。アスファルトに沁みた血を見て、それで書くんです」

「たいへんな仕事ね」

弓ちゃんは会うたび寝不足で疲れて文句垂れだが、とろんとした垂れ目はなかなかカワイイ。幼児みたいな声はアニメの声優みたいだ。カワイイ声がまた言った。

「動物園クラブ脱出したいです」

「動物いっぱいおるんやろ。楽しそうやんか」

「うさぎとか山羊《やぎ》とかカピバラとか、カワイイのもいますけど、彩さん、象のおなら嗅いだことありますか。とんでもないですよ。くさいのなんの」

弓ちゃんは目にしわを寄せ、顔の前の臭いを払うように、掌を振った。

入口近くのカウンタには、日雇い労働者三十年の但馬義男《たじまよしお》さんが座っている。コーヒーカップはとうの昔に空、売り物のタバコを見つめている。

そこへドアが開いた。噂をすればなんとやら、入ってきたのは倉岡警部であった。倉岡さんは但馬さんにちょっと目を留めたが、奥へ進み、弓ちゃんの隣に座った。

「今日は彩ママか。コーヒー、濃いやつちょうだいんか」

そして、死んだような目をした弓ちゃんの肩をわしづかみにした。

「何を疲れとんねん。たいした事件もあれへんやろ」

「殺人事件あったやないですか」

「未遂や。病院でぴんぴんしとるわ」

「なんで事件って、朝の三時とかに起こるんですか。眠たくて死んでしまいます」

「朝でも昼でも、いつでも起こる」

「起こってほしないです」

「それは悪者に言うてくれ」
おばあちゃんが顔をテレビに向けたまま、ぼそと言った。
「け、えらそうなこと言いよってからに」
倉岡さんは「ほっといてんか」と、私に向かって無音で口を動かした。
倉岡さんは西成勤務が長いベテラン刑事だ。この街の有名人。年がら年中、職務質問し、けんかの仲裁をしてきた。そんな倉岡さんも、おばあちゃんにはかなわない。交番勤務の頃、仲裁しきれなかったけんかにおばあちゃんが割り込み、若かりし倉岡さんを助けたこ
とがあるのだった。倉岡さんはそれ以来、ここに通うようになった。いまや警部となり、
大阪府警南地区の広報を担当し、事件が起こるたび動物園の記者クラブで報告を読み上げ、
質問を受ける立場になった。弓ちゃんは事件があるたび倉岡さんと顔を合わせる。
この日も弓ちゃんは深夜に起こった事件を現場で取材し、動物園へ移動して倉岡さんの
話を聞き、記事を書いてデスクに上げ、ここでコーヒーを飲んでいるのだった。
弓ちゃんはまた深いため息をつき、カウンタに顔を伏せた。
私は倉岡さんにコーヒーを出しながら言った。
「弓ちゃん、象のおならがくさいんやて」
「またその話か」

倉岡さんは言った。

「屁《へ》をかまされたやつなんぞおらんで。飼育員やあるまいし」

弓ちゃんはちょっとだけ顔を上げた。

「でも、めっちゃくさいです」

「動物園のどこにもぐり込んだら、象に屁をかまされるんや。まあ、記者は好奇心と突撃が必要な仕事や。ええ記事期待してるで」

弓ちゃんの納得いかない目。曇《くも》った目。倉岡さんは知らん顔でコーヒーを飲んだ。

「おお苦。目ぇ覚めるわ」

四人掛けのテーブルには近鉄不動産の藤原《ふじわら》課長と入社二年目の設楽裕樹《したらゆうき》くんがいた。裕樹くんが藤原さんに言った。

「大阪の喫茶店のコーヒーは、だいたい苦いですよ。なのに、もっと苦いの注文するんですね」

裕樹くんは福島県出身。東京の國學院《こくがくいん》高校へ「ラグビー留学」し高校選手権にも出たが東京の大学ではなく、たとえば明治とか帝京のラグビー部ではなく、関西学院大学でアメリカンフットボールをしたくて関西に来たのだった。縁はさらにつながり、近鉄不動産にいる先輩にリクルートされ、大阪に住むことになった。

大阪にはいまだ知らない不思議がいろいろあるという。

倉岡さんがテーブル席へからだを回した。裕樹くんの問いに答えるわけでもなく、藤原さんに「よう」と言った。藤原さんは「いつもお世話になります」と会釈した。裕樹くんが訊ねた。

「お知り合いなんですか？」

「大阪府警の倉岡警部や。このあたりを仕切ってはる」

「これは失礼いたしました」

裕樹くんがさっと立った。

「近鉄不動産の設楽裕樹と申します。関学のアメフト出身です。今後ともよろしくお願いいたします」

「さすが体育会系やな。礼儀正しい。こちらこそ、頼んますわ」

近鉄不動産は天王寺公園にできた《てんしば》の運営をしている。きれいになった天王寺公園。みどり一面の《てんしば》は街のイメージを一新させた。アウトドア・レストラン、大道芸、野外コンサートやダンス・フェスティバルもはじまり、フットサル場や北欧のキッズランドもできた。怪しい雰囲気を避けてきた家族連れもやってくるようになった。藤原さんは課長職で、施設の管理や保全に加え、いろいろなイベントも運営している。

とはいうものの、昔ながらのおっちゃんたちは、あいかわらずいる。いろんなハプニングが起こる。おっちゃんたちも、開発や運営をする人たちも、ひとかたならず警察のお世話になるのだ。

最近、夏が暑い。緑が少ない大阪は全国でもとくに暑い。家族連れも暑い。暑すぎると来てもらえない。藤原さんは公園にミスト発生装置を導入した。そしてローコストと愉しさを両立するアイデアとして、発生装置と工場用扇風機の組み合わせを考え出した。これは受けた。涼しい霧が風に乗る。小さい子どもは全身いっぱいで浴《あ》びる。クールダウン成功。ところが、暑いのは家族連れだけではない。おっちゃんたちも暑い。扇風機の前に顔を突き出し、「あわあわあわあわ」と声を出したりする。公園は公共空間だ。千客万来。おっちゃんたちに悪気はない。子どもに話しかけたりする。とはいえ、着たきり雀が来ると親子連れは離れる。哀しいかな現実だ。藤原さんは悩んだ。出て行ってくれとは言えない。でも臭い。景色が悪い。何度かは説得し、何度かはドヤされる。知らんぷりされることも多い。成功率二十パーセント。どうしたものか。そんなとき、おばあちゃんが登場した。おばあちゃんは扇風機の前に座り込むおっちゃんと話した。ものの数分間だったらしいが、おっちゃんは立ち上がり、周りを見渡し、笑顔になって、公園を出て行ったという。

この街には、サラリーマン社会のモノサシでは解決しにくいことがある。

藤原さんは感心してしまった。そしておばあちゃんが《ラブ》の店主と知り、やってくるようになったのだ。

私はいきさつを知り、おばあちゃんに訊ねたことがあった。

「扇風機のおっちゃん、どうやって退いてもろたん？　やり方を藤原さんに教えてあげたん？」

「やり方なんか教えられるかいな。そんなんないし」

私はある日、藤原さんにも訊ねてみた。

「つまるところ、こう言ったそうです『あんたにはあんたの場所があるやろ』って。すごいでしょ。そんな境地には到達できませんが、私も、ようやくそれに近いことが言えるようになりました」

最近藤原さんは、扇風機のような情況《じょうきょう》に出くわすと、おっちゃんと芝生に並んで座り、世間話をするという。

「たわいもない話ですよ。でもそれでいいんです。愛子さんに教えられました。それに、おっちゃんたちに教えられることも多いんですよ」

この街は人と人のふれあいのなかで、問題を解決してきた。もちろん解決できないことはいまもたくさんある。でも「あそこへ行けば何とかなる」と、この街はおっちゃんたちのセイフティネットであり続けてきた。人生に疲れ、最後にたどり着く場所なのだ。でも、ずっとそんな街であって良いはずはない。世界は変化を続けている。人も変わっていかなければならない。

明治四十二年に天王寺公園が全面開園し、新世界も開業した。通天閣《つうてんかく》にできた大阪初の乗客用エレベータにみんな驚いたそうだ。中之島から市民公会堂が移り、工業や商業の博覧会が開かれた。地区一円に電灯が灯り、噴泉浴場、温水プール、動物園、公園ホテル、国技館ができて大相撲が開催された。美術館、博物館、演芸場、芸者組合が設立され、新《しん》地《ち》と石見《いわみ》町（現ジャンジャン横町）ができた。住友家が大邸宅と茶臼山《ちゃうすやま》を大阪市に寄付したことで公園は拡張し、皇太子（のちの昭和天皇）がお成りになった。映画館、興行館、飲食店、カフェー、ホテル、旅館、雀荘、撞球《どうきゅう》場、射的場……。

大阪が東京の経済規模を上回っていた「大大阪」の時代、新世界は空前の歓楽街になった。しかし戦争が暗黒を呼んだ。太平洋戦争の金属献納で通天閣が解体され、終戦間際の大阪大空襲では地内のほとんどが焼けた。戦後復興とともに、新世界も二度目の繁栄を迎えたが、それが頂点だった。昭和・平成を超えて、世の趣味嗜好《しこう》が変化し、繁華街は下り坂一直線、この街は、日本各地からたどり着くおっちゃんたちの居つく街になった。

父は都市開発の仕事をしているので、こういう話を食卓でもよくした。

「自分の生まれた街がどんなところか、知るのは大切なことや」

父は小学生だった私に、いろいろ教えようとしたのだ。

そしていま、再び時代が動きはじめた。外国人観光客が新世界やジャンジャン横町に大挙してやって来る。そんななか、高級ホテルチェーンを展開する星リゾートが進出した。この街には可能性が詰まっている、と大型投資を決めたのだ。

父は言った。

「大阪の過去五十年間でいちばん変わったのはキタやが、これからの五十年は西成になるんちゃうか。最後の秘境や」

星さんが選んだ新今宮《しんいまみや》駅前は長らく更地《さらち》で、職安に木賃《きちん》宿、一膳飯屋などに囲まれた、うらぶれた場所だ。私の生まれ育った街で愛着はあるが、友だちにはお勧《すす》めできない。

そんな場所に世界最高ランクのホテルが進出した。

街は動くもの、と父は都市論を語ったりするが、星リゾートの社長である星さんが進出を決めた理由のひとつには個人的な納得感があった。そして判断の背景には、おどろくなかれ、またもや、おばあちゃんが登場していた。

大阪都心最後の桃源郷に建つホテルリゾート、というビジネス仮説を持って、星さんは現地を訪れた。でもイメージは良くない。事件さえ多い。そんなとき、星さんは《ラブ》

を見つけたのだった。老婆ひとりのひなびた喫茶店が満員だったらしい。なぜ流行ってい
る？　客筋にも驚いた。部長刑事に上場企業の管理職、若いサラリーマン、弁護士、大学
の先生などが、流れ者風情のおっちゃんと談笑している。

星さんはおばあちゃんにたくさん質問をした。そしておばあちゃんが語る都市論の信者
になってしまった。おばあちゃんは都市論なんて語らない。日々やっていること、思って
いることを、素直に話すだけ。

でも星さんは＊百億円という、大型投資を決めたのである。

新聞に星リゾート進出の記事が出たあと、星さんはあらためて《ラブ》へやって来た。

そして、おばあちゃんの弟子にしてほしい、と頼んだ。

「ここに集うみなさんの気持ちがわかりました。私もぜひ入門させてください」

「弟子になるんでも、コーヒーの二百五十円でええんです。＊百億は出し過ぎでっせ」

倉岡さんはそう言って笑った。

私は星さんに訊ねた。

「ほんまに弟子入りするんですか？」

「ぜひとも」

私は天王寺公園の扇風機のときと同じように、おばあちゃんに訊ねた。

「星さんに何を言うたんよ」

「西成はスラムなんかやない。スラム化してるのは人の心や、とか言うたったわ」

「おやまあ、たいそうな」

「ぜんぜんたいそうではありません」

星さんは言った。

「心をガツンと叩かれました。大切なのは関心と寛容だということです」

「関心と寛容？」

「逆に言えば、無関心と不寛容が世を衰退《すいたい》させている、ということです。まずは寄り添うこと。自分ではなく、人の幸せを考えること。この街は見た目悪くて問題も多そうですが、根っこには限りないやさしさがある。街が変わるのには十年、いや五十年かかるかもしれません。私のできることは限られますが、星、がんばりたいと思います」

星さんはとてもいい人だ。私は星さんの信者になりそうだった、でも星さんはおばあちゃんの弟子になりたいという。

「わかりました。おとうと弟子ということでんな。面倒みまひょ」

強面《こわもて》ゴリラ顔の倉岡さんは自慢気に言った、らしい。

三

「腰が立たん。手伝うてくれ」

おばあちゃんのＳＯＳ。突発的な連絡が多い。私は予告なしに来る。それでも私が来ると満員になる。出勤の情報が漏れている。漏らしているのは警察だった。

「彩ちゃんの濃いコーヒー、飲まんとな」

倉岡さんはそう言ってやって来る。

「見張ってるんですか？」

「警察はなんでも知ってる。悪いことでけへんで」

「むちゃくちゃや」

私は笑いながら答えたが、おばあちゃんは「フン」と鼻を鳴らす。

「若い娘と遊んでる場合か。ほんまの悪者捕まえんかい。働け」

「かないまへんな。これ飲んだら行きまっさかい」

倉岡さんはおばあちゃんに頭が上がらない。

いま店内にいる人で強いもの順を付けてみれば、いちばん下に弓子ちゃん、裕樹くん、藤原課長、倉岡警部（但馬さんは順位なし）、てっぺんがおばあちゃんだ。私がおばあちゃんの上にいる、という人もいるが、それは怖いもの知らずだった子ども時代のことである。

倉岡さんはコーヒーを飲み干し、二百五十円をカウンタに置いた。

「あわてんでええのに」

「正味な話、忙しいねん。嫁はんが腰いわしてもうてな、晩メシ作らんとあかん」

倉岡さんは五人の子持ちだ。三人の息子は独り立ちしているが、二度目の結婚をし、できた娘ふたりがまだ小学生。事件で署に詰める事態には、別れた奥さんや息子も手伝いにきて、新しい奥さんともども小さな娘たちの面倒を見るという。楽しくて妙で忙しい家族なのだ。

「ほな、帰りますわ」

と立ち上がった。

タイミングをあわせたように、但馬さんも立ち上がった。立ち上がりしな、目の前のタバコを上衣《うわぎ》のポケットへ落とした。倉岡さんを目隠しがわりに動き、外へ出て行った。

それを裕樹くんが見ていた。

「え、どろぼうじゃないですか」

おばあちゃんが私に向かい、あごをくいとひねった。あごの先が示すあたりに棚があり、使用済みコーヒー豆の缶が並んでいる。私は「たじま」と書いたシールが貼ってあるのを下ろした。

「タバコは何やった？　裕樹くん」

裕樹くんは私を見た。

「ぼ、僕に訊いてますか？」

「ハイライト？」

「え……たぶん」

「ほな、コーヒーとあわせて七百七十円」

私は缶に手を入れ、ガチャガチャいわせながら硬貨を取り出してレジへ入れた。

裕樹くんが訊ねた。

「どういうことになってんですか」

「うちは現金キープできんねん。ボトルキープみたいなもんよ」

裕樹くんはちょっと考えたようだったが、訊ねた。

「ツケみたいなものですか」

「ツケとは違うねん」

日雇い労働者の賃金は取っ払い（その日払い）だ。朝から日没まで働いて一万円程度。おっちゃんたちはその金で風呂に入り、ごはんを食べ、酒を飲み、カラオケで歌う。明日のことは明日考える。そういう意識なので、有り金はほとんど使ってしまう。働きさえすればまた取っ払いでもらえるからだ。とはいえ、仕事にあぶれることはある。金がない、ということがちょくちょく起こる。それで懐に「残りゼニ」があるとき店にキープしておくのだ。おばあちゃんが強制的に「残りゼニ」を剝ぎ取ることもある。そうしないと、ほんとうにすっからかんになってしまうから。

但馬さんの場合はさらに特殊事情がある。それが《ラブ》に雑貨・食品売場がある理由だ。但馬さんはクレプトマニア、万引き常習犯なのである。法律では犯罪者だが、悪者ではない。性癖、もっといえば病気。彼はこれで人生がぐちゃぐちゃになった。もともと全日本クラスのマラソン選手で、オリンピック選考レースに出たこともある。ところが一度も指定選手に選ばれず、選手生活に疲れて性癖が出た。再起を決意したが再犯四度。警察もお手上げ。妻と娘がいたが離婚し、あいりんに流れた。そんなところへ、おばあちゃんが絶妙なるアイデア「万引き自由売場」をひねり出したのだ。但馬さんはここでストレスを発散する。倉岡さんのような本物の刑事がいるなか、隙《すき》をとらえての盗みに達成感があるらしい。じっさい彼はそんなゲームをすることで、コンビニやスーパーでの万引きを我慢できるようになった。但馬さんは真面目な人だ。元アスリートでからだも強く日雇い収入は安定している。お金は有るときに預かるから店も安心。

倉岡さんはこの件を府警本部に報告した。すると警察病院のお医者さんがおばあちゃんを訪ねてきた。

「みごとな箱庭療法ですよ。学会で発表したいくらいです。クレプトマニアは、ほんとうに哀しい犯罪ですからね」

星さんもこの話に感激し、涙を流したという。

おばあちゃんはすごい。哀しさとやさしさごちゃまぜの街だからできることかもしれないが、やっぱりおばあちゃんはすごいのだ。

「愛子ばあさんおったら警察いらん。開店休業ですわ」

「いらんこと言いな。早《は》よ帰り」

「そうでんな。嫁はんとガキンチョの世話しますわ」

倉岡さんは古い市営住宅に住んでいる。エレベータもない築四十五年の3DK。子どもが多いので、とにかくお金がかかる（離婚もした）。引っ越しなど考えたこともないという。倉岡さんは強面《こわもて》刑事の半面、赤ちゃんをおんぶしながら家事をするような匂いがある。忙しい人生だ。しかし私はそんな家族の風景をときに想い、うらやましくなる。

《ラブ》には顧客が集う。私はたくさんのおっちゃんたちと顔見知りだ。学校では麻里のような親友もできたが「家族」ということになると、やっぱり寂しい。おばあちゃんも父も、早くに伴侶《はんりょ》を亡くしたからだ。拓也の実家にお邪魔したとき、ひょっとしたらこの屋敷に住むのか、と想像を広げたことがあった。しかし広い家に漂《ただよ》う空気に家族の匂いがなかった。私はワイワイガヤガヤがないと寂しい。

私は最近よく考える。家族ってなんだろう、ふるさとってなんだろう。

おばあちゃんは言う。

「彩はもうひとつのふるさとを作ったらええんや。東京で視野も広がったやろ」

おばあちゃんはこうも言う。

「この街は変わらなあかん。と言うても住民にできることは少ない。しかし歴史とはおもしろいもんでな、変化が必要なときに必要な人が現れる。大阪が変わってきたのも、五代さんや小林一三さんなんかが現れたからや。これからも、星さんみたいな人がなんぼか出てくるわ」

六時になった。お客さんはまだいたが、麻里が迎えに来たのでエプロンを外した。

おばあちゃんは言った。

「商売終わり。みんなも帰ってんか。腰が痛いんやて」

お客さんたちは文句も言わない。いつものことだと笑うばかりである。

夜ごはんは黒門《くろもん》市場の《六覺燈《ろっかくてぃ》》に行った。裏路地にある串揚げ屋だが、ミシュランの星がつく名店だ。お酒も頼むと二万円はする。大阪らしくない値段、とは言えない。こだわっておいしいもの、シェフが精魂込めたものに、大阪の人はお金を払う。もちろん払えるほど収入のある人に限るが。

この夜は麻里の母、友恵さんがいた。

「値段は気にしなくていいのよ。一度きりの人生でしょ」

「そうです。一度きりです！」

勝手なことを言う私である。

赤身の肉は松阪牛、豚バラは四元豚、キスは鹿児島、アナゴとハモは淡路島、タコは明石。産地はともかく、この店は仕入れが「目利き」と評判。清流から届いたアユも串揚げにしてあって、それには淡くすっぱいソースがかかっていた。

「シェフの才能があふれているわ」

友恵さんは油ものを食べないのに、この夜はコースを何事もなく食べ終わった。串カツ評価のポイントは「油がええ」である。いい油はもたれない。

ワインは「シャサーニュ・モンラッシェ」というのが出てきた。

シェフが言った。

「ブルゴーニュの逸品。友恵さんのリクエストです。ヴィンテージは私のオススメ」

「めちゃ高いんやないですか」

値段をすぐ訊いてしまうのは癖。まあ、大阪は誰しも。シェフもすぐ答えた。

「うまく見つけたんですよ。仕入れ値一万六千円。いいグラスと私の笑顔を足して、二万円」

友恵さんも遊ぶ。

「一万八千円にしてよ」

シェフも粘る。

「中とって一万九千円」

千円、二千円など関係ない友恵さんもこんなやりとりをするのだ。言わんでもいいのに言う。

麻里はお酒を飲まなかった。運転手するからだが、おいしすぎるワインを飲めないことを残念がることもない。いつものことなのだ。

気分よく酔い、応接間の匂いがするメルセデスで家へ送ってもらった。

十三大橋から見える淀川がセーヌ川に見えた。
持つべきものは友である。

和彦の話　その二

太陽の塔を盗んだ建築家

一

一日を終えて寝床に入るとき、決まって佳代の姿が浮かぶようになった。

和服に和髪。京都の人だが、イメージはさくらの面影《おもかげ》に移り変わる。そしてまた佳代へ、さくらへ。いとおしくて、いとおしくて、悩ましい。

和彦は幻影が妻に見えたとき、訊ねてみたことがある。

「さくら、これはどういうことなんや」

さくらが答えることはない。

松丸の改装には基本的な疑問がある。なぜ地下室を復活させようとしているのか。

上村先生に訊ねてみた。すると、

「私の知っていることをすべて伝えるとしよう。佳代さんにも」

で日曜日に松丸で、ということになった。

「工事の進捗はどんな具合や？」

「超スローペースですよ。三十センチ掘ったくらいやないですか」

スコップ一本で掘っているのだ。

「クマさんのご機嫌伺いもしとかんとな」

昼前に着いた。クマさんは穴を掘っていて、和彦には機嫌が良いようにも悪いようにも見えなかった。普段通り。上村先生も「よう」と声をかけただけで愛想もなかった。

松丸は定休日だった。佳代は午後、花脊《はなせ》で摘み草料理に呼ばれるという。

「ゆっくりしてください。ご近所でおばんざいでもどうぞ。《ふく》さんどうどすか？」

「開けてるんかいな」

「のれん出さんようにしたはるんどすけど、やったはると思います。聞いてみまひょか」

「それはええな。佳代ちゃん、頼むわ」

上村は熊沢にも声をかけたが「俺は弁当」と愛想なかった。

「ほな、おふたりどすね」

で、上村と和彦は、まず腹ごしらえと、祇園《ふく》へ出かけたのである。

カウンタ八席だけの小さな店、一力茶屋の脇を入った奥にある。

歩きながら上村が解説した。

「小鉢に焼き魚、みそ汁、漬け物、ごはんとか、贅を尽くすわけやない。お客さんが訪ねて来たんで、ちょっとええものこしらえる、という感じのお昼や」

のれんもちょうちんもなかった。商売をしている気配がない。

近年、ざわざわと団体が入って来たりするので、一度のれんをたたんだ。こっそり再オープンしたが、取材も拒否した。知らせたのは馴染み客だけ。

格子戸をひらくと割烹着姿の女将。

「上村先生、えらいお久しぶりどす」

「一見さんお断りに戻ったんですかな」

「いまの時代に、ええのかわからしまへんけど。お馴染みさんにしっかりやらせてもらわんとあきまへんから」

「評判が立つのも困ったもんやね」

「そないなこと言えしまへんけどねぇ」

舞妓の襟替え日など、花街はフェスティバルのような人通りになる。行事のない日でも観光客は路地奥まで入り込む。とはいえ、表札のない格子戸の佇まいを破ることまでは、さすがにしない。

「ほんなことで、誰も来はらしまへん。ごゆっくりどうぞ」

「そうですか。それなら」

とひや酒を汲《く》んでもらい、かけつけ一杯、上村は話しはじめた。


「松丸との馴れそめは西山先生。私は手伝っただけ。それは話したな」

「はい」

「西山先生が松丸に関わったきっかけは一九七〇年の大阪万博と言える。建築家で万博といえば丹下先生となってはいるが」

上村は徳利《とっくり》から酒を盃に手酌し、くいっと空けた。

「メイン会場の設計は西山先生ではじまった。しかし初期構想だけで、仕上げたのは丹下先生になった。お祭り広場とその大屋根は、丹下健三の作品と世間は認識している」

「そうかもしれませんね」

「じっさい、ふたりが共同で関わったという事実を知ってる関係者さえ少ない」

「僕も知りませんでした。だいたい、あのおふたりが共同設計なんてあり得ないでしょう」

「丹下さんの『東京計画』も、西山さんは真正面から批判してたしね」

和彦は建築雑誌に寄稿された西山の論文を読んだことがあった。

「新宿副都心計画も、そのあとの新都庁も批判的です。権力が民主主義を擬装するために建築家を奉仕させ、モニュメントを作らせたと」

「西山先生は市井《しせい》に生きる人やったからね。人の住まいにこそ建築家の役割がある。権力は人の暮らしを貧しくする。そんなんで、二人は水と油」

「先生方を直接は存じ上げませんが、想像にかたくないです」

篤郎は二杯目を飲んでから言った。

「と思うやろ」

「え？　違うんですか」

「噂とは反対でね、ふたりはそうとうな仲良しなんや。この店にも来てる。ね、おかあさん」

「さあ、どうでっしゃろ」

和彦は女将の顔を見つめたが、次の言葉があるわけでもなかった。

上村は言った。

「西山さんと丹下さんは、結局のところ、同じものを見ていた。一流の建築家がたどり着く場所、というか境地やね」

「建築家の境地ですか」

「こころの奥に湧きいずる一片の詩かな」

「はあ」

「はばかりながら私ならこう言わせてもらうよ。欲にとらわれず日常に寄り添って生きる。それは縄文の心」

「はあ」

上村先生のおハコ話だ。

「芸術家は熟練するほど作品がシンプルになる。自分が何者であるかを知り、勢いで生きていた時と作風が変わる。高みに登ったものだけにわかる、何気ない日々の素晴らしさ、野の花の可憐《かれん》さ、女性の偉大さ」

最後のひと言に女将さんは、あらまあ、と目をまるくした。

「建築の仕事は破壊から始まる。古い建物を壊したり土地を掘り起こしたり。それは創造なのか。権力者の都合を代弁するための、あるいは創造したいという建築家のエゴのための破壊ではないのか、新しい価値を造るためという詭弁《きべん》ではないのか。建築家は人間としての、おおもとに戻りたくなる。戦いに明け暮れた宮本武蔵《みやもとむさし》の境地、すなわち縄文よ」

「すなわち縄文となるんですね」

「まあな」

「おふたりの先生方もそんなことを語り合っていたんですか」

「立派な先生たちや」

まちがいなく立派ではある。それも最高ランク。女将さんが言った。

「ご立派かどうか。ここでは楽しそうに飲んだはりました。大阪弁でボケたりつっこんだり」

「ほんまですか」

「西山さんは西九条は安治川の鉄工所の息子、丹下さんは堺の出身。大阪もんどうしの漫才コンビや」

そんな景色が、ここ京の小料理屋にあったらしい。

女将さんはうすあげを炙ってから短冊《たんざく》に切った。ぬたの芥子《からし》味噌《みそ》とあえ、ゆずの皮を擦ってぱらぱら。

「京の匂いやね」

上村が鼻を動かす。女将さんは豆皿に取り分け、お銚子の隣に出した。

「そういえば、丹下さんのお師匠さんもいっぺん来はりましたな。お名前忘れてしもうたわ」

和彦が訊ねた。

「丹下さんの師匠とは」

「前川國男さんやがな」

「ほんまですか！」

「槇《まき》や黒川もついて来よった、谷口《たにぐち》もいたかな」

「建築家頂上決戦やないですか。すごい」

「未来のその先の未来を見ようとした建築仲間やった。岡本太郎が万博のシンボルタワーを『縄文』と言い当てたとき、みんな背筋に電気が走ったそうや」

「上村先生こそグサリと刺さった」

「人類史上いちばん永く続いた時代は縄文ですよ。一万三千年。破壊せず、自然に寄り添って暮らした。縄文こそＳＤＧｓ。いまこそ、その心を取り戻す必要がある、岡本太郎は預言しとった」

「預言かどうかしりまへんけど、太郎さんの喋るときの大きな目ぇ。乾《かわ》かんか心配になってました」

女将さんは思い出し笑いをする。

「建築の先生のお話は、盛り上がるほど理屈っぽうてかないまへん。むずかしゅうなってしもうて、うちにはさっぱり。あくびどすわ」

「すみません」

和彦がちょこっと頭を下げた。

「なんでおたくさんがあやまりますのん」

「いや、なんとなく」

女将さんはやさしいあきれ顔。和彦はいきおい訊ねた。

「女将さんはずっとここで商売を」

「《ふく》は母の時代からの二代どす。かれこれ七十年。京都では古いとは言わしませんけど」

「じゅうぶん老舗《しにせ》ですよ」

「おおきに」

ひととおりの前振りが終わったとみたか、舌とのどがじゅうぶん湿ったか、上村は盃を置いて、

「ほんなら、なぜ松丸を改装するのか」

話のとっかかりは一九七〇年の大阪万博、太陽の塔であった。

「博覧会が終わったあと、何から何まで全撤去する段取りで事務も進み始めた。しかし協会も大阪府も塔は名残惜しい。あんな無茶なもんをよう建てた。大阪らしいこちゃ。大阪の誇りや。壊したら単なる産廃やないか。でも解体スケジュールは決まってる。『名残惜しいとか言いながらあいつら結局壊しよる。公務員やからな』で、丹下さんは西山さんと秘密作戦を立てた。壊される前に盗《と》ってしまえ」

「塔をですか。どうやって」

「全部は無理。けど、いちばん大事なとこだけは盗み出そう」

「ほんまですか」

「先生たちは冗談めかして我々に話したが、僕と磯崎には『マジな話』と伝わった。先生らの目は笑ってなかったからな。僕と磯崎は『先生らを盗人《ぬすっと》にするわけにいかん』『これはじぶんらの仕事』と褌《ふんどし》を締めることにした。ただ、なんとかできる目算はあった。背景は高度成長期という時代やね。田中角栄《たなかかくえい》が日本列島改造を言いだしたのがこの頃。山を

崩し海を埋めた。日本中に工事現場があった。いまは厳格やが、産廃をどこで処理するかあんまり管理していなかった」

「環境意識のない時代ですか」

「保護運動も起こりはじめていたけどね。金沢や鎌倉とか。とはいえ土建国家ニッポンばんざいの時代よ。壊して造って壊して造って。万博もハコ作ってお祭りして壊しておしまい。跡地利用のヴィジョンもあるにはあったが穴だらけ。『その後』のノウハウなんかなかった。行政と民間が協力しながら街を造るような時代は、まだ来ていなかった」

会場へ鉄道を通した阪急電鉄は「赤字路線になる」と、あっさり駅を撤去した。万博跡地は記念公園などになったが、そこはいきなり、とても行きにくい場所になった。「新しい大阪を造るのに大量輸送機関がないようでは都市といえない」と首長が文句を表明したものの、民間事業に捨て置かれ、跡地は発展途上の「未来都市」で残ってしまった。

「橋下《はしもと》みたいなぎゃあぎゃあ言う人間が出てきたのは三十年後の最近やっと。大阪城公園は陸軍司令部をきれいに転用したり、芝生でモトクロスの大会やったり。天王寺公園も様変わりしたやろ。ええように進化してるわ」

上村は当時の情況へ話を立ち戻らせた。

「秘密作戦というても、先生ふたりから指示なんかない。僕と磯崎《いそざき》が忖度《そんたく》した」

し」

「忖度」

「先生たちの意志を預かった。それで『地底の太陽』を持ち出すことにしたんや。岡本太郎が『これこそ縄文のエネルギー』とした表現の核やから。協会には『地下の撤去は西山研究室で段取りつけます』と言うた。誰も反対せん。だいたいずっと、僕が担当してた

お祭り広場の実施設計は丹下事務所だったとはいえ、地下構造の担当は最後まで京大から丹下事務所に出向していた上村篤郎だったからである。

「ところが塔は残った。撤去反対の署名運動もあって、茅《かや》先生（茅誠司《せいじ》東京大学名誉教授）の施設処理委員会が一九七五年に永久保存を決定した。解体されるいうたからパチッたんやで。そんなんやったら置いといたらよかった。盗んでしもたやないか」

太陽の塔は修復され二〇一八年に再公開されたが、展示室から忽然《こつぜん》と消えた「地底の太陽」は行方《ゆくえ》知れずのままなのである。

「大阪湾の埋め立てに使ったとか、神戸の動物園に置いてあったとか、不確かな情報が交錯するだけで、いまも現物は見つかっていない、と世間的にはそうなっているが、二〇二五年に二回目の万博が決まった」

上村はしばし間を置いてから言った。

「西山先生、丹下先生、どうしましょ。あれ、返したほうがええでっしゃろか。私は天に訊ねたよ」

「天に訊ねたですって？　だいたいおふたりの先生は、盗んだこと知ってるんですか」

「さあ、どうやろね。せやが、こうなったら正直に訊いてみるしかないやろ」

「正直って、どういう正直ですか」

上村は真面目な顔で続けた。

「訊ねたら、返事も聞けたわ」

聞けたはずはないが。

「どんな返事です？」

「その時までに返しとけ。盗ったんは君らや。責任や」

天にいる先生方も、俗な上司のような答えを返している。いや、上村先生の心の声だろう。

和彦は言った。

「とにかく、行方不明とか言われてる『地底の太陽』を、上村先生が持ち出したのですね」

「磯崎も嚙んでる」

「とにかく、いまさらですが、それを返却するということですね」

遅きに失するとはいえ、返すのが筋だろう。

和彦はあらためて訊ねた。

「それで先生、どこに隠したんです」

小さなおばんざいの店。女将さんも聴き入っている。漂う空気が動きを止めている。格子戸の外。足音が過ぎていく。上村は顎をちょんと上に向けたまま黙った。

「あ、そういうことか」

和彦は上村の返事を待たず言ったのである。

「松丸の地下！　京町家のからくり。ってことは、西山先生もまるまる絡んでる」

上村は否定しない。ということは、そういうことだ。

ゆっくり時間をかけて取り出すという段取りにも合点がいった。次の大阪・関西万博に合わせようとしているのだ。そのタイミングで広報活動、とはそういうことだ。

「でも先生、どうやって返すんですか。すみませんでしたって、あやまるのが広報ですか。そんなんで済むもんでもないでしょう」

「もうちょい時間ある。考えたらええ」

「もうちょいって、考えてないんですか？」

「僕は引退した身。そやから辻内くん、君に考えてほしいんや」

「そんな」

「まあ、飲め。ほれ」

二

上村の話は、まだ半ばであった。なぜ松丸なのか。

それは次のようないきさつだった。

西山夘三は驚異的といえるほどの記録魔、メモ魔であったが、メモ一枚ですら作品である。画家としての力量が高いうえ、ラフなスケッチ画にすら、市井《しせい》の研究に生涯をかけた情熱と気合いと、そして愛が満ちている。資料は一人の人間が残したとは思えないほど膨大であったが、後進の建築家が百名規模の有志団をつくり、数年かけて整理し、大手ハウスメーカーをスポンサーとして《西山夘三記念すまい・まちづくり文庫＝通称西山文庫》が設立された。

西山には著作も多い。とくに名著と呼ばれる「日本の住まい」は和彦の愛読書である。阪大の上村ゼミでも西山研究をしたし、和彦は著作すべてを読んだ、つもりだった。

しかし原稿のすべてが書籍になったわけではない。未発表の原稿がある。と上村は言った。

「『京の謎屋敷』というのがある。隠し部屋とか、からくりとかの研究よ。松丸も調査させてほしいとお願いした。佳つ代さんは京大の先生方になじみが多かったこともあってね。すると逆に佳つ代さんから『西山先生なら、お茶屋をバーに改装する相談したい』と持ちかけられた。そして、予備調査を始めたところ発見があった。信じられないようなからくりが見つかったんや。大人数をかくまえるくらいの大きな地下洞。僕も呼ばれて本格的な調査になった」

「それでですか」

和彦は勢い込んだ。

「先生はもっけの幸いと、『地底の太陽』を持ち込んだんですか」

「飛ばしすぎやて。話はまだ途中。結論から言えば、そういうことにもなるが」

「そういうことにも……」

「持ち込んだだけなら、松丸をうまいこと利用しただけ。女将さんが盗人の片棒をかつぐまでにはならん」

「盗人？　佳つ代さんもどろぼうなんですか！」

「いよいよ話のメインコース。こっからが面白い」

女将さんも料理の手を止めている。

「さて、新しい人物、田辺嘉右衛門さんが登場する」

「田辺さんって」

「こっからが面白いと言うたでしょ」

松丸の座敷にかかる毛筆の揮毫。署名は紀文堂書店創業者の田辺嘉右衛門。

佳代さんが「母がひとかたならぬお世話になった」と話したひとだ。

「紀文堂書店の設計が前川國男先生なのは知ってるね」

「はい。コルビュジエの前川先生」

「梅田店の開店は一九六九年の十一月。盛大な開店パーティーがあって、経済界や芸能界からもゲストが来た。元芸妓で、当時祇園でいちばん繁盛していたお茶屋バーの安藤孝子さんが佳つ代さんを連れていった。佳つ代さんはそのとき二十八歳独身、水も滴《したた》るいい女。田辺さんは佳つ代さんに、脳天をぶち抜かれてしまった」

上村は続ける。

「時を同じくして西山先生は、松丸の地下室を復活させる改装に取り組んでいた。田辺さんも松丸に通いはじめていて『地底の太陽』を持ち込む話を知った」

「なんで知ったんですか」

「佳つ代さんが話したからよ」

「女将さんが？」

「最初はね、僕から佳つ代さんに打ち明けた。秘密にしておけるはずもない。地下を、かくかくしかじか、使わせてもらえないか。そしたら佳つ代さん『幕末には志士をかくもうた松丸どす。お請けいたしましょ』と逆に乗っかってきた」

「乗っかってきた？　話、盛ってませんか」

「佳つ代さんは楽しいひとでね。そやから田辺さんのような方とも仲良くなったんやろ。そしたら話を聞いた田辺さんも田辺さんや。一味に入れてくれと頼んできた。しかも資金の提供を申し出た。こんなことを言うたらしい。『悪企《わるだく》みは金を出す人間がいちばん悪い。佳つ代さんは騙された、建築家の先生たちも知らずに働かされた、そういうことにしてくだされればよろしい』」

「進んで悪者になったんですか」

「佳つ代さんとのきっかけ作り」

「大金出してまで」

「悪ぶるのは格好いいっちゅう、江戸っ子の粋《いき》とかなんとか。知らんけど。そういうことで、なんやかんやで半年後、松丸はお茶屋バーになった。地下室もできた。しかし地下は地底の太陽で満杯。使われへん。そしたら佳つ代さん『閉めときましょう。ほとぼり冷めるまで』と結局、そのまま五十年」

どこまでマジな話なのか？

しかし『地底の太陽』が松丸の地下にある。それは事実らしい。

和彦は言った。

「いよいよほとぼり冷ますんですね。『地底の太陽』を取り出すのですね」

「そういうこと」

「返し方は僕が考えるんですか」

「まあ、私も考えるよ。生きてたらな」

あたりまえや。生きといてくれ。

なんで自分かとも思うが、恩師の上村先生に指名された。西山先生や丹下先生、前川先生にもつながる縁だ。

いきさつを、とにかくは知った。人を殺《あや》めたり傷つけたりはしていない。金銭的な問題もなさそうだ。ひょっとしたら、盗人にならずに済ませられるかもしれない。

「この日のために保管しておきました」

記者会見を開き、大っぴらにしてしまうのが正解か。

妙なところへ連れ込まれた感触だが、建築史に名を残す先生たちの企《たくら》みに、時をまたいで参加している。楽しんでやるしかない。

それに、なんといっても佳代がいる。


松丸へ戻った。熊沢も入れて今後の段取りを相談していると佳代も帰ってきた。

上村は言った。

「佳代ちゃん、今日はどっか、ごはんでも行こか」

「ふくさん行ったはったんでしょ。もう、おなか空いたんどすか」

「いっぱい話したから、もうちょっと呑みたいかな」

「お酒どすかいな。ほんなら、うちでどうぞ。貸し切りどすさかい。そや、お酒の肴《さかな》にえもんもろうて来ました」

佳代は奥へ入り、大皿を一枚手に出てきた。

「猟師さんが射止めたしし肉を薪《まき》で炙ったはったのを、おもたせにしてくれました」

それで、あと一時間ほど、と呑み直しになったのである。

カウンタに座った。上村が訊ねた。

「辻内くんは、最近どんな仕事をしてるねん。町家の再生とか、やってるんか」

和彦はその問いかけに思い出したことがあった。

「そうでした」

「そうでした？」

「上村先生に相談させてもらいたいことがあったんです。町家復興の広報活動で、大阪市と商工会議所、大学といっしょに展覧会をすることになりまして」

大阪もタワーマンションが林立する街になった。ビルは増え、古い家は減り続ける。耐震課題もあって致し方ない情況もあるが、暮らしの「匂い」は守りたい。昔ながらの大阪を研究しよう。大阪の人たちが、肩寄せ合って暮らしてきた歴史を見直そう。ネット通信がなかった時代でも、いや、なかった時代だからこそ、住まいには工夫があった。工夫を勉強し、テクノロジーの時代に適合させよう。そういうヴィジョンをかかげた産官学一体のプロジェクトがスタートしている。

「まさしく西山先生の『すまい学』です。いまこそ、膨大《ぼうだい》な研究資料を使わせてもらいます。西山研究室の愛弟子だった上村先生には、ぜひとも顧問《こもん》で入っていただきたい」

上村は即座に答えた。

「辞退するよ。君らに任す」

「そんな、あっさり」

和彦は意地悪く言った。

「悪だくみなら考えられるんですか？　正義の活動にも頭を貸してください」

上村は佳代に顔を向ける。

「ここの仕事は正義とちゃうらしいわ。僕は悪者やて」

「やっと気づかはったんどすか」

「これはやられたね」

「とりあえず先生、昭和の街並みや住まいの写真を集めています。でね」

和彦はかばんを引き寄せ、ファイルを取りだした。

「そんなとき、すごい写真を見つけたんです」

ページを繰る。モノクロの写真を一枚、カウンタに出した。

「ほんまに驚きました」

三十歳くらいの男性が腕に赤ちゃんを抱いている。

和彦は見つけた時の興奮のまま言った。

「赤ちゃんは僕なんです。そして父と母。五十年前の千日前」

男性は白いカッターシャツ。髪は形の整った七三分け。割烹着《かっぽうぎ》の女性が寄り添っている。背景に写るのは《辻内写真館》。

和彦には父の思い出がない。写真を商売にしていたくせに、家族の写真がないのだ。母に訊いても、

「仕事で撮っても、撮られるのは嫌やったんや」

と言うばかり。

「父の顔をはっきり見たのははじめてでした。もう、なんと言ったらいいか」

佳代も写真に顔を寄せた。

「和彦さん、お父さんに似やはったんやわ」

「そうかなあ」

「目もととか、眉毛とか。生き写しどす」

「そうかなあ」

上村は老眼鏡をかけ、写真を取り上げた。

和彦は言った。

「誰にも、こういう一枚があると思うんです。集め出したらたぶん、僕みたいに、すごい事実に突き当たることがあるかもしれない」

「ほんまどすね」

「それぞれの人にそれぞれの人生、ってことですかね」

上村は写真を見つめている。

「先生、すごいと思いません？」

「いや」

上村は写真を置き、顔を上げた。

「昭和中ごろの千日前か。魅入ってしまうね」

「そうでしょ。こんな写真が集まりはじめてます。プロジェクトはいろいろな感動につながりますよ」

佳代は言った。

「和彦さん、えらい、はしゃいだはりますね」

しかしこの一枚の写真は、和彦の無邪気丸出しの喜びではすまなかった。辻内家に大きな転機をもたらすことになったのであった。

和彦にも愛子にも、そして彩にも。

彩の話　その四

辻内家の歴史　千日前から西成へ

一

父から電話があった。

「大阪市で写真展を進めてるんやが、ちょっと準備手伝ってくれへんか」

「どんな写真展なん？」

「大阪いまむかしというタイトル。中之島美術館でやる」

「ふうん」

「古い写真を整理せなあかんねんけど、めちゃ量が多いんや」

「私忙しいよ。本屋は年中ヒマ無し。おばあちゃんからSOS来るし」

「大手書店も参加する。紀文堂さんも入ってる」

「そうなん」

「彩はふるさとのことをもっと知りたい言うてたやろ」

「言うてたかなぁ。まあ、空き時間やったらええけど」

間違いではないので反論はしなかった。

昔の写真が集まっていて、ダンボール十個ほどを実家に持ってくると言う。父の設計事務所に置き場所はない（たしかに狭い）。

「彩の部屋使うてないやろ」

「服とか本とか置いたままやで。十三には持って行けてへんし」

「片付けてくれよ」

「いきなりやな」

「この際、断捨離したらどうや」

勝手な父である。

「いつなん」

「すぐ頼むわ。市役所の倉庫に溜まるばかりでな」

うちの会社もからんでいるという。私は上司に訊ねてみた。

「写真展だろ。参加するよ。記念の写真集も編纂《へんさん》するし、昔の大阪にちなんだ小説を作る。みんなにも伝えようと思ってたところ」

「そうなんですね」

「産官学連携で大阪のいろいろな人が関わる。新聞社とテレビ局と広告代理店と、大学は阪大、公立大、関大と近大。ディレクターが先日挨拶しに来られた」

「はあ」

上司は笑って私の肩を叩いた。

「彩のお父さんが担当ディレクターとはね」

「はあ」

「反応薄いな」

私は言った。

「写真の整理を手伝えって言われたんです。事務所に場所がないから実家の私の部屋使うって」

と言いながら私はまた訊ねた。

「会社として協力しているなら、これは仕事と思えばいいでしょうか。しっかりやりますけど」

「仕事とも言えるな」

「そしたら、実家で作業するのも出張になりますか。交通費精算できるとか」

「通勤定期あるやん」

「いまは十三です。ひとりぐらし。地下鉄定期持ってません」

「ほな切符買うしかないね。自腹で。文化事業やし」

文化事業やし？　それが社員に自腹を切らせる説明か？

まあ、いい。出張扱いにできるかとか訊ねたのはシャレである。大手書店とはいえ、認められる経費などない。小売業は耐えるビジネスなのだ。地下鉄代などたいした金額ではない。どのみち《ラブ》を手伝わなければならないし、いきなりのSOSよりは楽かもしれない。

そんな微妙に小さなことを考えていたが、資料整理はなかなか楽しい作業だった。父の持ち帰った写真には、昔の大阪がいっぱい写っていた。知らない景色もあった。

そしてその中に一枚、爆弾級の写真があった。

私は生まれてはじめて、祖父の姿を見たのである。

私は目を見開いた。

「これがおじいちゃん。これがおじいちゃん、これが」

何度も言った。

「おばあちゃんにも見せた？　確かめた？」

「まだ」

「でも間違いないんよね」

「ないやろ。隣に写ってるし」

「これが若いおばあちゃんか。けっこう美人や。なんで割烹着着てるん」

「それはわからんな。訊いてみたいけど、どこ行った？」

「飛田の防災会館」

「なんかの集まりか」

「西成ジャズ。最近盛んらしい。お酒呑んで、みんなで踊る」

「踊る？　腰悪いやろ」

「痛うなって帰ってくる。ほんでＳＯＳ」

「勝手な老人や」

親子でカラカラと笑う。その会話に弓ちゃんが挟まってきた。

「何かええことあったんですか。親子で盛り上がってますけど」

但馬さんも顔を上げたが、話しかけては来なかった。私は言った。

「昔の家族写真なんよ。たぶん昭和四十年代中ごろ」

「へえ」

弓ちゃんは写真を見て、それから父を見た。

「なるほど、親子ですね。雰囲気似てます」

「そうかなあ」

父は照れている。

弓ちゃんはもう一度写真を見て気づいた。

「となりのお店、《テツ》と違いますか?」

「え」

「のれんが見えるでしょう」

ピントは甘いが、文字は読める。

「テツって?」

「お好み焼きチェーンの喜久屋だと思います。大阪発で全国に五十店舗。記念すべき第一号店は千日前で、屋号は《テツ》でした」

　父も写真を再度見た。

「これ、喜久屋なんや」

「大阪再考という連載があって、会社の沿革を調べさせてもらったことがあるんです」

「弓ちゃんは新聞記者さんや」

「はい、いちおう」

　弓ちゃんは言った。

「辻内写真館の住所がわかれば確定ですよ」

「そこはうちの本籍。南区難波一丁目〇〇〇」

「確認しましょうか。でも辻内さん自身の記憶はどうです？　ご本人が写ってるし」

「赤ちゃんやで。何も覚えてないわ」

　父は言った。

「父はこの後すぐ亡くなった。私は父の顔を知らない。千日前の記憶もない」

「そうなんですね」

　私は明るく言った。

「それで盛り上がったんよ。おじいちゃんの顔をはじめて見たから」

「はじめてですって？」

写真屋だったくせに家族写真がまるでないことを説明した。父は言った。

「弓子さん、新聞社でぜひ調べてみてください」

「協力します。うちでできることでしたら」

「それに、喜久屋さんなら、直《じか》に訪ねてみたいよ。貴重な昔話がきっと聞ける」

父は写真展開催で、いろいろな情報を集めていることを話した。

「オーナーの中田鉄男《なかたてつお》さんはお元気ですよ。たしか八十二、三歳かと」

「おばあちゃんと同じじゃん」

と言った拍子におばあちゃんが帰ってきた。ちょうど六時。入口に座る但馬さんの肩をトンと叩いた。

「まだおるんか。閉店や閉店」

おばあちゃんは奥へ進み、背もたれのある椅子に沈み込んだ。

「腰痛いわ。彩、ちょっとさすってくれ」

「踊ったりするからや」

私はおばあちゃんをいったん立たせ、背もたれに胸を合わせるように座らせた。それから腰を強めにさすってやった。

「ええ案配《あんばい》や」

私は言った。

「おばあちゃん、お父さんがすごい写真見つけたんやで」

私は手をゆるめた。写真をカウンタから取り、おばあちゃんの目の前に出した。

「何が写っててんねん」

私は顔をおばあちゃんの顔の横に寄り添わせながら言った。

「おじいちゃんとおばあちゃんとお父さんやろ？　おじいちゃん、男前やな。お父さんに似てるな。これが辻内写真館なんか？　隣がお好み焼き屋なんか？」

「ぽんぽん言いないな。メガネ取ってんか」

私はカウンタにあったメガネをおばあちゃんに渡した。

「どれどれ」

おばあちゃんはしばし眺めた。

「古い写真やな」

父が言った。

「まさかうちの写真が見つかるとはびっくりや」

おばあちゃんは感心するでもなかった。

たのはじめてや」

「そうかって、びっくりもするやろ。誰が撮ったかわからんけど、父親の顔、はっきり見

「そうか」

祖父母が結婚したのは昭和三十四年。祖父が二十三歳、おばあちゃんは十七歳だった。情熱的な恋だったという。祖父は十八歳から二十六歳までの八年間区役所で働いたが、「やたけた」な公務員だった。ルールを守るのが嫌いで、頼まれると融通を利かせすぎた。そんな性格は街の人に人気があったので、上司も見逃していた。昭和の時代、大阪の公務員にはそんな人がいっぱいいたのだ。おじいちゃんは公務員に飽き、写真屋をはじめた。持ち前の愛嬌で、小学校の運動会や遠足について行って撮り、注文をもらって売った。町の人たちの「ポートレイト」も撮った。撮影の腕は確かだったらしい。しかし祖父は「やたけた」のままで亡くなった。詳細はわからないが、おばあちゃんと違う女性と一緒にいたとき、心臓を止めたという。三十三歳だった。写真館は人手に渡ることになった。父も生まれていた。おばあちゃんは義理の兄夫婦を頼って萩之茶屋へ移り、そこで暮らしを立てることになった。

おばあちゃんにとっては辛い思い出かもしれない。でもおばあちゃんは話してくれた。思い出は思い出。そう言った。

私は訊いた。

「おばあちゃんは、辻内写真館覚えてるやろ」

「二階に住んでたからな」

「隣のテッさんも覚えてるの」

「夫婦でお好み焼いとった。儲かって儲かって、いまは堺で豪邸暮らしや」

「え、もしや。何回か《ラブ》に来たことない？」

「一時は毎日来よった。新世界にも店出したからな」

「堺の金ぴかおじさんや」

イメージが蘇った。

「吉本新喜劇に出てるみたいな人やろ」

「息子に社長を譲ってからは、西成なんぞには来よらん。ゴルフにヨットに北新地」

父が言った。

「喜久屋さん紹介してくれへんか？　昔の情報集めたいねん」

「鉄かい」

弓ちゃんが言った。

「鉄っていうんですか。じゃりん子チエみたいですね」

それを聞いて突然、但馬さんが笑った。はははは。みんなそっちを見た。

おばあちゃんが言った。

「笑えるとはええこっちゃ」

「それはどうも」

但馬さんが喋った。ひょっとして声をはじめて聞いたかもしれない。

店が何やら和やかな気分に包まれた。

「ほな、帰りますわ」

但馬さんがまた喋った。

但馬さんは、目の前のハイライトをひとつ取った。そして、タバコとコーヒーの代金七百七十円を出し、照れを貼り付けたままの顔で、店を出て行った。

私はテーブルに置かれた百円玉たちを見つめた。おばあちゃんも、但馬さんが出ていったドアをしばらく見ていた。

家族の話だ。但馬さんも家族を思い出したのだ。

伴侶がいて、子どもがいて、絆《きずな》がある。何気ない日常に、ぬくもりがある。

いま彼が開けたドアは、彼にとっての新しいドアになったかもしれない。

生まれたばかりの父、笑顔満面の祖父、割烹着で微妙に寄り添う祖母。

事情はいろいろあったにせよ家族だ。

私は思った。

私はどんな家族を作るのだろう。

いい機会だ。写真展を手伝ってみよう。私がこれから紡《つむ》いでゆく、人生という名の、長い物語のヒントが、どこかに見つかるかもしれない。

そしてそれは見つかるのであった。

しかしそれがとんでもなく予想外であったことなど、その時の私は知らなかった。

二

美月からごはんに誘われた。

「おじいちゃんが彩ちゃんも誘えって」

「上村先生が？」

「彩ファンなんは知ってたけど、何かあったん？」

「さあ、覚えはないけど」

ビッグマン前で待ち合わせするという。火曜日の七時半。宝塚歌劇団員にとっては休前日。お酒もちょっとは飲める。私は言った。

「ビッグマン前でええの？　目立ちすぎひん」

「変装するから大丈夫。つば付き帽子にサングラスにマスク」

「よけい目立つよ」

「おじいちゃんはあそこが好きやねん。祈りの気持ちになって、青春が蘇《よみがえ》るらしいわ」

「祈りって……」

私はおばあちゃんの言葉を思い出したが、美月はあっけらかんと言った。

「彩が訊いてみたら？　いろいろ喋るかもしれん。知らんけど」

七時に仕事を終え、着替え、メークを整えて広場に出た。ふたりは来ていた。美月は怪しく目立っていた。女優のお忍び。無理がある。

茶屋町の中華レストラン《春蘭門》を予約していた。阪急インターナショナルホテルの二階。

上村先生は食べるのが好きだ。露店居酒屋へもお連れしたいが、タカラジェンヌの同行は無理。ファンに殺されてしまう。

春蘭門は個室を提供してくれた。同じビルに梅田芸術劇場があり、芸能人の対応に慣れている。美月は大食漢だ。身長百七十センチと大きいうえ、舞台も稽古も、激しく体力を消耗する。食べないと維持《いじ》できない。おいしい食事ならなおさら食べる。ガツガツ食べる姿をファンに見せられないが、今夜は個室だ。私もお昼抜きで空腹絶頂だった。女子ふたりは挑《いど》みかかった。

前菜の五種盛り合わせ。続いて北京ダック、フカヒレの姿煮、伊勢エビ、鮑《あわび》、海の幸と冬瓜の団子、牛ロース。おいしすぎて箸《はし》が止まらなかった。上村先生は適当につまむだけ。紹興酒《しょうこうしゅ》で額を火照《ほて》らせていた。

「おこわもご用意できますが、お召し上がりになりますか？　デザートはタロ芋杏仁豆腐です」

上村先生はグラスを持ち上げながら言った。

「私はこれでじゅうぶん。君たちは好きなように」

用意してもらったならいただきます、と答えて、私と美月はコース料理を満喫《まんきつ》した。

「たくさん食べる若者は気持ちがいいね。幸せになるよ」

私は言った。

「お孫さんと水入らずではなかったですか。お邪魔してすみません」

「だから、彩がご指名やったんよ」

美月は言った。

「ね、おじいちゃん」

上村先生は言った。

「写真展手伝ってるそうじゃないか。どんな写真が集まったのかな」

「昭和の大阪って、すっごくおもしろいんですよ。びっくりしました。堂島《どうじま》や道頓堀《どうとんぼり》の繁華街はもちろん、商店街や路地で遊ぶ子どもらまで大阪らしいというか、カメラ目線でふざける人いっぱい。でもそれより、祖父の姿をはじめて見たんです」

私はあの写真を説明した。上村先生は訊ねた。

「昔の実家あたりの写真は、他にも見つかったのか」

「それが、たった一枚なんです」

私は言った。

「写真屋やってたくせに、自分たちの写真がぜんぜんないんです」

「それは残念やな」

上村先生は、お酒をチビチビ飲んでいた。

それから私は堺の豪邸へ出かけたことを話した。

父が「お好み焼き屋の鉄」との約束を取り付けたので、私もついて行ったのだ。

成金趣味のでっかい邸、とおばあちゃんに聞かされていた。興味しんしんだった。

住所は浜寺。松林に囲まれた浜寺公園は日本最古の公立公園で、佇《たたず》まいに気品がある。海辺はかつて「東洋一の海水浴場」と呼ばれたリゾートだ。私も小学生の頃、何度か海水浴に来た。幼い私に気品がどう、とかはわからなかったけれど。

「南海電鉄の浜寺公園駅は明治時代の建築で、設計者は辰野《たつの》金吾《きんご》先生。駅舎が国の登録有形文化財になっている」

建築の話をする父はいつも愉しそうだ。

駅前にスーパーやコンビニ、ドラッグストアなどの店は一軒もない。

めちゃ上品な街だ。

どこが成金趣味か、と思いながら歩いていたところ、中田邸は現れたのである。

お寺のような門構え、門柱は金色だった。

「おお、これは、また」

父も感嘆至極の様子だった。建築的観点からか、そうではないのか、それはわからなかった。

二十畳ほどの応接間に入った。動物の剝製《はくせい》がいくつもあった。虎に鷲にウミガメに豚。豚？　私は興味が湧き、その小さな目を覗き込んだ。

鉄さんは大柄で胸板厚く、物腰はかくしゃく、肌は艶やか。八十代とは思えない。聞けば筋トレを欠かさず、メンズエステにも通うという。

鉄さんは千日前のこともよく覚えていて、昔の写真も保管していた。ところが記念すべき第一号店《テツ》の写真だけがなかったのである。屋号を《喜久屋》と変え、千日前商店街で心機一転した以降の写真は山ほどあった。

鉄さんは父が見せた一枚の写真に激しく感動した。

「まさにこれです。うちもここからはじまったんですよ」

握りしめ、涙をこぼした。大きな背中を震わせ、声を上げさえした。

奥さまも「うちの店や」と驚き、食い入るように見つめたあと、目尻を指先で押さえた。

奥さまは言った。

「愛子さん、きれいやったわ。この赤ちゃんが和彦さんか」

「おふたりは私の祖父を覚えておられるのですか？」

「遠い記憶やねえ」

鉄さんは写真をもう一度見たが、

「だんなさんのことはあんまり覚えてへん。早う死んでしもうたさかい。こんな顔やったか」

「さあ、どうやったかいな。うちらも忙しかったから」

奥さんはため息まじり。

「遊び人でね。愛子さん苦労しはった。それは覚えてる」

鉄さんが言った。

「さあ、酒にしようや」

奥さんが立ち上がる。

「そうですね。そうしましょう」

「鮓《すし》言うてくれ」

鮓言うてくれ……それは「出前をとれ」ではなかった。板前がやって来たのだ。開店前なので鮨ネタは何でもあった。贅沢《ぜいたく》この上なかった。

はからずも、豪勢なお酒とごはんをいただくことになった。

「ひとつ思い出すと、記憶がいろいろとつながりますな」

鉄さんと奥さんは、苦労を重ねた人生を思い、笑い、涙ぐみさえした。

たくさんの話を聞けた。

「いつでも来てくれ。今度はフレンチにしよか。満漢全席でもええで」

帰るとき、ご夫妻は門の前に並んだ。そして私たちの姿が見えなくなるまで、腰を曲げていた。

熱い人たちが、ここにもいた。金の柱が光っていた。

「そんな生活してる人いるんやねえ。びっくり」

あたたかいジャスミン茶が出ていた。美月の白くて長い指。白磁の茶杯が似合いすぎる。

上村先生も言った。

「浜寺で金の門柱ですか。おお、それは、また」

父と同じようなリアクションだ。私は言った。

「私たちが四つ辻を曲がるまで見送ってくれたんですよ。お隣さんも出てきてました。ちょっと恥ずかしかった。おばあちゃんに報告したんです。そしたら『金ぴか趣味なんぞアホまる出し』って。奥さまは『愛子さん、きれいやった』と言うてくれたのに」

上村先生は笑った。

「ははは、アホまる出しって言うたんか。愛子さん、ひどいね」

「ほんと、ひどいでしょう」

杏仁豆腐とジャスミン茶は相性がよかった。いっぱい食べたあとの、胃袋を爽やかにしてくれた。いや、爽やかになったかもしれないが、デザートの分、体重は増えている。

それから北新地のサロンバー《ムルソー》へ移動した。マスターのトシオさんは新地飲食店組合の理事長。お偉いさんだ。推理小説ファンで、週に一冊買いに来る。イギリスものが好きで、私がオススメすることもある。七十二歳だが、仲良しのひとりだ。新地の中の人に知り合いがいることは、私のちょっとした自慢のひとつだけれど、トシオさんは「そんなん、何の自慢にもなりませんで」と笑うばかりだ。

美月は現役のタカラジェンヌなので、呑みに出かけることはまずない。しかし明日は休みだし、祖父と私だし、ということでついてきた。グラス一杯だけの短時間だったが、トシオさんはタカラジェンヌに会えて平身低頭、来店感謝。路上まで出てお見送り。それでおしまいになった。

上村先生が言った。

「楽しかったよ」

「私こそ、ぜんぶごちそうになってしまいました。ありがとうございました」

「また誘っていいかね、彩ちゃん」

「ほんまですか」

美月も笑った。

「だからファンなんだって」

私は質問した。ふとした疑問だった。

「上村先生、私のおばあちゃん、知ってましたっけ」

「なに？」

「だって、おばあちゃんを愛子さんって、さっき言いませんでした？」

「話の流れだろう。お会いしたことないと思うよ。《ラブ》も行ったことないし」

「《ラブ》っていうのも知ってるんですか」

「そりゃ、辻内くんの実家でしょ。何度も聞いてるよ」

上村先生はぽよんとした目をしていた。美月がタクシーに手を上げた。すぐに一台停まった。

「送って行くわ。おばあちゃんにもあいさつしてから帰る」

ふたりはタクシーに乗り込んだ。ガラス越しに手を振り、車は走り去った。

さ、私も帰るか。と思ったとき、スマホが震えた。麻里からのメッセージ。

——カンナ・リリーにいる。来る？——

芝田町の隠れ家的バー。若いマスターの雄介くんと麻里は仲良しだ。ということは私も仲良しである。

「えー、これからか」

と思う端から、

――行く――

と返信した。

ムルソーにちょっとしかいなかったので、なんとなく中途半端な気分もあった。雄介くんは調理師学校など出ていないが、酒の肴を作るのがとても上手《うま》い。天才的でもある。まだ食べるのか私、と自分を笑いながらも、徒歩十分ちょっとの距離だ。腹ごなしにちょうど良いかも。

とかなんとか自分に言い、御堂筋を北へ歩きはじめた。

夜空に満月が白かった。

和彦の話　その三

佳代

一

年を越した。一月七日。

祇園にも雪が降った。

工事を始めて五ヶ月になる。

「底冷えがきついでしょう。松の内くらい中断しませんか？」

熊沢は言った。

べた。

「ゆっくり掘るのも段取りのうち」

まあ、そうなのではあるが。

床の間には真っ赤な寒椿。青竹を鉢に見立てて挿《さ》してある。

佳代が七草がゆを作ってくれた。小ぶりの土鍋に湯気が立つ。熊沢もありがたそうに食べた。

しかし段取りとは何か？　ゆっくり掘るのも？　不明だったが、和彦はそんな熊沢のやり方に感謝さえしていた。残土を使って庭を整える、工事の進捗を確認する、と、松丸を正々堂々の理由で訪問できるからだ。何をたいそうな、何が正々堂々か。自己弁護に呆れたが、時を過ごすうち、佳代との距離は間違いなく縮まった。佳代は京都以外でも、和彦と会いたがるようになった。食事や買い物で大阪に出て来た。

佳代はさくらではない。しかし違いは見えなかった。三十六歳で亡くなったさくら。同じ齢《よわい》の佳代。佳代と歩く御堂筋《みどうすじ》、道頓堀、文楽、通天閣にのぼり、花園のラグビーにはしゃいだ。さくらもラグビーが好きだった。まるで思い出をなぞるようだった。

和彦はそんな想いを隠さなかった。

「うちと、そんなに似たはるんどすか」

佳代は最初のうち受け流したが、しだいに客あしらいのような態度をあらため、ふつうになった。和彦の心はざわつく。ふつうがいちばん沁《し》みる。日常を共に、あたりまえのように過ごしてきた妻、好きでたまらなかった妻、それをいま、現実の存在としての佳代に投影している。

買い物を終え、阪急梅田駅へ向かう道すがら。多くの人が行き交うビッグマン前広場に出た。ぜんぜんロマンチックな場所ではなかったが、和彦の心が熱くなった。

和彦は心を鎮《しず》め、しかし気合いを込めて言った。

「も、もしよければ、これからも、こうして、会ってもらえませんか」

騒ぐ心が唇を震わせた。佳代はふつうに、そっと言った。

「しょっちゅう、会うてるやないどすか」

「そうですけど、はい」

「どないしはったんどすか」

「い、いえ、すみません」

「ふふ、子どもみたい」

佳代は微笑みながら伏し目がちになった。

「そのお訊ねは、お付き合いしましょう、と言うことどすか」

「はい、ま、その」

「もう、付き合うてる、と思うてましたけど」

その答えに、和彦は一瞬、眠りに落ちそうになった。

さくらの瞳にも催眠作用があった。何時間でも見ていられた。

そして佳代の瞳。この瞳こそ生き写し。佳代の瞳にも、永遠の光がある。

佳代はその瞳で、まっすぐ和彦を捉えた。

そして細くて白くて小ぶりな手を、和彦の手に重ねた。

「これからも、よろしゅうおたの申します」

二

佳代はさくらとは別の人格、とようやく意識できはじめたのは、このロマンチックなやりとりをやり終え、肩肘張らない会話ができるようになってからだった。姿かたちが似ているとはいえ違う存在。あたりまえと言えばあたりまえである。さくらは大阪の下町で育ち、教育大学を卒業して国語の教師になった。佳代はお茶屋の娘として生まれ、大学にも通ったが、生きる道として花街を選んだ。ふたりの根っこは相当違う。時を経るほどにわかってきたが、和彦は佳代の生活態度に馴染んだ。

佳代は祇園のひとらしく、二十四節気を守って暮らしていた。萩之茶屋のがちゃがちゃした生活とは別世界。この歳になってまったく違う人生が訪れるなど神が与えた奇跡。そんな風にさえ思った。

熊沢は日暮れとともに帰る。佳代はちょうちんに灯を灯し、商売をはじめる。店をしまうのは夜の十一時ごろ。和彦の仕事も立て込んでいたが、十時には梅田から阪急電車に乗り、佳代の部屋で夜を過ごすことも増えた。

佳代は大学生の頃、結婚を考えた人がいた。創業二百年となる造り酒屋の長男で、いずれ社長となる人物だった。しかし彼の親が反対した。

「京都らしい理由どす。花街の女を正妻にしてはあきまへん。それでうちは松丸に戻ることにしたんどす。うちにはうちの場所がある、ということどすかいな」

ふたりは人生を語り合った。ゆっくり、ゆっくり。

朝目覚める。洗いざらしのシャツを着る佳代がいる。

小さなテーブルでの朝餉《あさげ》。茶碗によそぐ白ごはん、塗り椀のみそ汁、だし巻き、漬け物。洗顔したばかりの佳代の顔。きれいな歯並び、梳《と》かしたばかりの黒い髪、細い指。和彦は見つめる。佳代は箸を置く。

「なんどすか」

和彦は言った。

「僕たち、結婚できるかな」

佳代はまた箸を持ち、玉子焼きを一切れ口に入れた。

もぐもぐもぐ。

和彦はそんな態度がうれしかった。朝から高ぶる気持ちのままに訊ねてしまったが、返事はなくていい。

佳代は箸を置き和彦に向き合った。そして言ったのである。

「はい、お嫁に行かせていただきます」

「え?」

「え?　って和彦さんが訊ねはったんどす」

「はい」

「たよんないことどすね」

佳代は言った。

「たしかに、整理せなあかんことがたんとあります。京都はめんどくさいことが多い。これからも、めんどくさいことはずっとめんどくさい。そやけど、そんなんはええんどす。

それより家族になるなら、和彦さんにお話ししとかなあかんことがあります」

「……」

「片づけてしまいますさかい」

佳代は奥へ立った。皿を洗い、テーブルに戻ってきた。

「ほな、よろしおすか」

「待って。とんでもない話と違うの。いま、言うてええの」

「いつ言うても同じどす。よろしおすか」

「わかった。じゃあ、聞く」

佳代は眦《まなじり》を絞った。

「うちは非嫡出子でした。ずっと」

和彦は、佳代が母子家庭で育ったことは知っていた。

さまざまな事情が積み重なる花街に、かつてはありがちだった生《お》い立ちなのかもしれない。しかしその事情が濃密なものだったとして、墓まで持っていくつもりなら、自分が詮索《せんさく》することはない。大切なのは本人だ。佳代と出会って半年であったが、彼女を想う心はどんな障害も乗り越える。どんな事情を打ち明けられようと惑うことはない。

和彦の真剣なまなざしを受け止めたものか、佳代の瞳が艶やかになった。涙に濡れはじめたのかもしれなかったが、しずくは落ちては来なかった。佳代は言った。

「こんな女でも、よろしおすか」

「なんの関係がありますか」

和彦はすぐ答えた。

しかし、ずっと非嫡出子、とは、妙な言い方だ。

「父親と暮らしたことがありません。誰が実父かも知らしまへんでした、ずっと。でも、母が最期《さいご》に教えようとしてくれたんどす」

「教えようとした」

和彦は訊ねた。

「実の父が誰かと」

「そうやと思います。教えようとしたんやと思います。いまわの言葉は切れ切れで、ようわかりまへんどした。せやけど、母が亡くなった後になって、わかったことがあるんどす」

佳代は肩をゆるめた。重たい何かを、そっと下ろしたようだった。

「和彦さんにはお話しせんとあきません。でも日にちをください。お母さん、娘さんにもお話しさせてください。家族になる方と、一切の秘密を持ちたくありません」

母は大丈夫だろう。波乱に満ちた人生を生きた人だ。

娘は微妙かもしれない。

佳代の生い立ちがどうこう、ということではない。

彩は母が好きだったのだ。とても仲がよかった。いまも節季《せっき》に墓参りを欠かさない。

和彦には、再婚のせいで娘と絶縁した友人がいた。娘がストレスで修復不可能になった。

「もう無理」と愚痴《ぐち》を聞かされたこともある。

いや、彩は大丈夫だ。弱い性格ではない、西成で鍛《きた》えられている。

いやいや、そんなことより……。

佳代を見たら彩はひっくり返る。驚きどころではないはずだ。あり得ないほど大きな口を開き、言葉を忘れ、夢とうつつを往き来するに違いない。

和彦は真剣なような、じゃれたような、感情の種類が説明できない微妙な表情になってしまった。

佳代は真剣に問い続けた。

「おふたりに承知いただくことは絶対条件どす。だめならお申し出は受けられまへん」

しかし和彦は目のふやけを押さえられなかった。彩の驚きを想像すればするほど、愉しさがあふれるのである。

佳代は怪しんだ。

「和彦さん、失礼な感じどすえ」

「いや、これはすまない」

和彦は手のひらで自分の頬を叩いた。

「母は問題ないですよ。でも、娘には気を使わんとあかんね。さあ、どうするかな」

和彦は言いながらも、やはり、あふれ出る想像はまんがだった。彩はよだれを滝のように垂らしたあと、目を剝き、両手を振り回しながら走りまわったのである。

和彦はまた、笑ってしまった。

「やっぱり失礼やわ」

佳代は言いながらも、釣られて笑った。

彩の話　その五

父の再婚、京の事情

父からとんでもない話があった。

再婚したいという。

「いつのまに？　いつから？」

反射神経で質問を投げたが、

「紹介する。くわしい話はその時」

と言われた。

おばあちゃんのＳＯＳもあって実家に戻った。おばあちゃんも知っていた。

「五十過ぎた大人や。好きなようにしたらええ」

そう言うだけだった。

私は仏壇の前に正座した。お母さんの遺影は出していない。仏壇の引き出しにしまわれている。それもそうだろう。亡くなって十一年が経つ。

私はそれを取り出して訊ねた。

「お母さんはええの？　違う女の人が来ても」

もちろん、返事はない。

この日の《ラブ》はヒマだった。私が来た情報は回らなかったようだ。警察は大きな事件でもあって、それどころではないのかもしれない。

ヒマすぎて脳を雑念が駆け回るだけだった。からだでも動かすかと、おばあちゃんの腰を、ていねいに揉《も》んであげた。おばあちゃんは言った。

「今日は整骨院行かんでええわ」

麻里にメッセージを送った。彼女と話したい。

――ごはん行こ――

夕方、麻里はメルセデスに乗ってきた。西成に高級車は似合わない、とは言えない。日常的に外車が走り、ロールスロイスが路地から出て来たりする。不思議な街だ。

「お母さんが心斎橋《しんさいばし》で用事あってな。呑むから乗って帰ってってって」

麻里はおばあちゃんに挨拶した。

「アサリちゃん、どんどんええ女になっていくな」

私と麻里とどっちがいい女か。どっこいどっこいだと思うが、おばあちゃんは麻里が来るたびに言う。

麻里は「いつもすみません」と照れる。何がすみませんだ。私はエプロンを外す。

「どこいく？」

「呑めんから、定食でも食べよかな。洋食にせえへん？　明治軒か自由軒か、重亭かはり重か」

「ミナミ行かんでも、ここまで来たら《マルヨシ》」

麻里も手を打った。

「ロールキャベツや」

グリル・マルヨシは、あべの銀座というスーパーローカルな商店街の、限りなくこぎたなく、限りなく怪しい脇道にあった店だったが、木枠のドアを開けると景色が一変する名店だった。サービスマンは黒服に蝶ネクタイ、シェフはまっ白な厨房着にコック帽。ハンバーグやカレー、ポークチャップなどの定番メニューの中でも、ロールキャベツが名物だった。トロトロに煮込んだ特製挽肉を、ソフトボールサイズのキャベツに包み、カレー風味のデミグラスソースをかけている。一口食べるとキャベツの甘さにスパイス感が広がる。それで千五百円。私は小さいときから連れて行ってもらった。四天王寺高校の時には、私が麻里を連れて行った。あべのハルカスが建ち、街ぐるみの再開発であべの銀座は消え、マルヨシも新店に移った。かつての怪しい脇道の「はきだめの鶴」のような気分は消えたが、ロールキャベツは受け継がれている。

昔もいまも予約を取らない。この日もとりあえず行った。でも六時前だったのでカウンタに座れた。食べ終わる頃には表に二十人ほど並んでいた。

二人そろってロールキャベツを注文した。ひと口食べたとたん、おいしくて、懐《なつ》かしくて、頬がゆるんだ。シェフは私を覚えていて、おばあちゃんの近況など訊ねた。

私だけビールの小瓶を頼んだ。シェフは「呑むようになったのか」という目をしたが、

「ビール一丁!」と声を上げた。

私は呑みたい気分だった。手酌でひと口、麻里に父のことを話した。

「お父さんって何歳?」

「五十三かな、四やったか」

「お相手はいくつなん」

「聞いてないねん。『今度話す』と、ブチって切られた」

「五十代前半なんてぜんぜん現役やん。私かて、そのくらいの人でもええわ」

「ダンナさんおるやん」

「そういう話やない」

麻里は言った。

「現代の日本男子は、一人前になるのに時間がかかる。うちのダンナはめちゃ子ども。育ててる最中。育ってくれたらええけどな」

男子の話は同感だった。私にしても、元カレ拓也のお子ちゃま加減に呆れることが多かった。拓也に関しては育った環境のせいかもしれないが、同級生も男子はだいたいがチャラく、社会性を纏《まと》いはじめた同年代の女子と意識の差があった。拓也は特例ではなく、日本男子全体の鏡かもしれなかった。育てる、というような目で見てやれば、別れなかったかもしれない。でも私は切った。拓也と時を過ごすたび、彼の若さに触れるたび、私の中にある、私がかろうじて保っている「ピュアな価値観」が削られていく気がしたからだ。

とはいえ、成熟した大人の男がいいとも限らない。

「六十歳と二十五歳とか、いまは普通にあるやん。加藤茶夫婦は六十八と二十三で結婚したんよ。結婚は出会いやからな。歳の差がどうこうとかは、あとで理由をみつくろう。彩もどうなることやら」

　私が五十歳や六十歳、ましてや七十歳の男性に惹かれることなどあるだろうか。ない、ない、ない。

「そやからお父さんのお相手が二十五歳とか、私らと同じ世代もあり得るね」

「ううん、わからんけど。でも、どこで知り合うの。まさか、学生に手を付けたとか」

　父は高校生だった母に結婚を申し込んだのだ。

「気を揉《も》むことないよ。会うんでしょ。いつ？」

「今度の日曜」

「すぐやん」

「ああ、どきどきするわ」

　父の報告に不安と心配が募《つの》っていたが、麻里と話し、ビールを飲み、不安は好奇心に変わりはじめた。どんな人なのだろう。

「どんな感じか教えてね。小説にできるかもよ」

「妙な小説にせんといてよ、人の家庭を」

　麻里は二週間に一度のペースでスマホ向け小説を書いている。三文恋愛作家である。奇妙な愛、病的な愛ほど受けるという。

「無理やり過激にもって行くんはどうなん」

「過激は装《よそお》ってるだけ。上品に仕上げてるでしょ」

たしかに、彼女の育ちかもしれないが、奇想をきれいに描く才能はある。

麻里は話を変えた。

「結婚と言えば、今日の来しな、お母さんと話したんやけど」

とそこまで言って、麻里は思い出し笑いをした。

「フフ」

「何なん、きしょい」

「ぜんぜんきしょない。お兄ちゃんなんやけど」

麻里の兄はカリフォルニアのパロアルトにいて、家業の子会社である投資顧問会社の代表を務めている。三十五歳の御曹司は、いずれ本社へ戻り社長になることを嘱望《しょくぼう》されている。

「婚約者がいたんよ。いっしょに住んでたし、両親に紹介もしてた。ユダヤ系アメリカ人で、弁護士で、三十二歳ながらメチャやり手。その彼女がヘッドハントされてニューヨークへ移ることになった。で、結婚をどうするか話し合いになって、価値観の違いが露骨に出たらしい。結婚は証明書一枚のことと、彼女はまあ、言ってみれば、『現代アメリカ知識人階級的に』気にしなかったけど、兄はいつか本社に帰るでしょう。奥さんがそういうことでいられるはずはない。そんなふたりだから、仕事を取るか私を取るか、とか、単純比較にはならなかったけど、兄によると『倫理観を小難しくした言い合い』になったらしい。タイミング的に、イスラエルの件もあるんだって」

「イスラエル？」

「アメリカが大使館をエルサレムへ移したでしょ。それも彼女の転職に関係あるらしい」

「頭が良すぎると、めんどくさいもんやな」

麻里はそこでまた笑った。

「フフ」

「その話のどこが笑えるん。ほんま、何なん？」

「それから彩の話になった」

「え？」

「お母さんがね、『息子の嫁はやっぱり日本人がいい。彩ちゃんどうかな』って」

「わたし！」

「さすがにびっくりした。私も言うたった」

「言うたって、言うたって」

「本屋で本売ってる子やで。そんなんでええの」

「ひどーい！　それはひどい」

私は目尻を引き攣《つ》らせた。狐の目で麻里を睨《にら》んだ。

麻里は悪いことを言ったとはぜんぜん思っていないようだった。

「お母さんは彩が好きなんやって。そういうこと」

「何がそういうことや」

「でも可能性ゼロでもないでしょ。ほんまもんになるかもよ。思えへん？」

「ゼロです。あり得ません」

と言いながら、私は憤慨《ふんがい》していなかった。夢想が頭をよぎった。麻里の兄、史岳さんには何度か会った。彼はほんとうに格好いい。背は百八十、スタンフォード卒、テニスの腕はプロ並み。実家は金持ち、将来は大企業の社長。

私は社長の奥さま。

いや、あり得ない。

「本売ってる子でじゅうぶんです。バカにしちゃあ、いけません。私は書店の未来を開く女です。けっこうなお話、ありがとうございました」

ビール瓶を持ち上げてみれば空だった。私は「もう一本」とシェフに言った。

シェフは目をまるくしたが、「ビール一丁！」と声を上げた。

さて、日曜日になった。
私はその人に会った。

上村篤郎のひとりごと

上町の老夫婦

冬の夕陽は座敷の畳へ長い光を届けたあと、庭を囲む板塀に朱《あか》い色を残しながら姿を消していく。

上町《うえまち》台地はかつて夕陽の名所だった。

朱い色は太古の昔と同じだろうか。篤郎はときどき、そんなことを考える。

陽が落ちると夕餉《ゆうげ》になる。おおよそ六時にはじまり、簡単に終わる。夫婦揃って八十歳を超え、消化器官は強くない。これが食べたいという欲望もない。付き合いや、息子夫婦、孫娘との外食もあるので、家では粗食だ。この日はサワラの味噌漬け、豆腐のみそ汁、白ごはん。

庭にちらちら雪が舞っている。

「良昭《よしあき》はまたアメリカらしいな」

ひとり息子が大学病院で病理医をしている。四年ごとに海外で働く。

「今度はテキサスですって」

「カウボーイか」

「カウボーイもいるでしょうけど、オースティンというところは、若者憧れのクリエイティブ・シティらしいですよ」

郁子の実家は開業医である。彼女は京大病院の看護師として働いていたが、二十八歳の時、京大工学部の助教授として建設省から移ってきた篤郎と知り合った。救急患者だった。東大路で自転車を漕《こ》いでいて事故に遭い、右足を骨折したのである。患者が看護師と恋に落ちるナイチンゲール症候群。あまたの恋における勘違い恋愛の王様だが、この出会いでは見舞いに来た篤郎の母も郁子を気に入ってしまい、ぜひとも息子の嫁にと懇願《こんがん》したのである。郁子はその後五年間勤務を続けたが、子どもが生まれて家庭に入った。

ひとり息子の良昭は小さいころから医学部を目指していた。しかしそれは、郁子や郁子の実家が勧めたわけではない。顕微鏡を覗くのが好きな少年が研究職になったのだ。

その良昭も五十歳を超えた。

「親は八十、子は五十。老々介護も近い」

「私はお世話になんてなりませんよ」

篤郎は縁側のガラス障子を引いた。冷気が足下に差し込む。

「愛子さんとはときどき会うのか？」

郁子は流しに立っていた。水を使いながら答えた。

「ふた月に一度くらいね。ご飯はもちろん、歌舞伎やらお芝居やら、先月はスポーツ観戦したんですよ。卓球って、面白いですね」

「そうか」

「思えばもう五十年のお付き合いよ」

郁子は蛇口のハンドルをひねって止めた。手ぬぐいで手を拭きながら言った。

「新春の文楽公演をご一緒しますよ。六代目竹本綴太夫《たけもとしころだゆう》の襲名披露狂言でね、演目は七福神宝の入船《いりふね》。呂太夫《ろだゆう》さんの楽屋も訪ねるの」

「そうか」

篤郎は戸を閉め、ゆっくりと席へ戻った。

「そうかそうかって、どうなさったんですか。何かありまして」

「辻内くんが再婚するらしいのよ」

「あれ、そうなんですか」

郁子もテーブルへやって来た。

「奥さま亡くされて十一年ですね。でもまだ五十歳ちょっとでしょ。それでお相手はどなたなんですか」

「それが奇縁よ。お前も会ったことがある」

「ほんとですか、いったいどなたさん」

「佳代ちゃんよ」

郁子は息を飲み込んだ。その顔のまま、篤郎の向かいに座った。

「佳代ちゃんって、松丸の佳代さん？」

「びっくりやろ」

「びっくりしますよ。前からの知り合いだったんですか？」

篤郎は松丸を改装する仕事を和彦に頼んだことを説明した。密命については話さなかったが。

「夏前にはじめて会ったと思う。たった半年でこうなるとはね」

「祇園の女をモノにするとは、和彦さんもやりますね」

「そういうのとは違う気もするが」

「違う気って」

「お前はさくらさんを覚えてるか。私はあんまり記憶がないが」

「覚えていますよ。やさしくていい人でした」

「性格というより、顔とか姿かたちよ。辻内くんによると、佳代ちゃんはさくらさんに生き写しらしい」

「生き写しって、似てるってことですか」

「そうらしい」

郁子は目をまるくしたまま、まばたきした。

「どうだったかしら。佳代ちゃんには一度しかお会いしていないし、和服だったし」

「私にもわからんのだよ。でも辻内くんは、佳代ちゃんに最初会ったとき、目を剝《む》いて驚いていた。しかし僕だって驚いたよ。ぜんぜん付き合うような気配はなかったし、何がどうなったんだろうね」

「どちらにせよ。幸せになっていただきたいですね。私たちは祝福するしかないですよ。そうじゃないですか」

篤郎は返事をしなかった。目を閉じ、動きを止めた。ゆっくり目を開けると、郁子が見つめていた。

「何を考えていらっしゃるのですか」

篤郎は答えた。

「家族のことかな」

「家族ですって」

柱時計が時を刻んでいる。

「辻内くんが大阪の昔の写真を集めていて、千日前の辻内写真館が見つかった。生まれたばかりの彼が父親の腕に抱かれていた」

郁子は篤郎の最後の言葉を、無言で、からだに染み込ませるように聞いた。

座り直した。そして両手のひらで両頬を覆い、しばらく黙った。

郁子は気づいたのだった。

「なるほど、わかりました。それで、愛子さんと会ってるのかとか訊ねたんですね」

郁子は言った。

「ともかく、まずは和彦さんにお祝いを申し上げましょう。それから《ラブ》に行きましょう。あなた、一度も行ったことないでしょう。愛子さんにも、お祝いを申し上げないといけません」

「そうだな」

　郁子は篤郎の思いを簡潔に言い表したのである。篤郎はただ同意するしかなかった。自分から、たくさんの説明をしなくてもいい。郁子は何もかもわかっている。

　郁子は訊ねた。

「それで、彩ちゃんは？　彼女も知っているのですか」

「今度の日曜日、佳代ちゃんと会うそうだ」

「彼女にも新しい家族ですね」

　篤郎は立ち上がった。

「ちょっと散歩してくるわ、月もきれいやろうし」

「おやまあ、寒空に風流なことで」

　郁子はまた台所に立った。

「お早うお戻りやす。今夜は、晩酌でもいたしましょうか」

彩の話　その六

松丸家の事情　辻内家の事情

一

日曜日、私は勤務を抜けられなくなった。風邪が流行《はや》っていて五人同時に休んだからだ。私にも大切な用事がある。ひょっとしたら人生に関わる重大事かもしれない。直訴しようと思ったが父は言った。

「そしたら紀文堂に連れて行くよ。仕事終わりで食事しよう」

「お店に来る？」

普段の姿を見せるのもいいだろう、とかなんとか。

必死のパッチで働く書店員を見てどうする。欠員だらけの店頭勤務。髪は逆立ち白目は充血。でも六時に来ることになった。その時間には上がらせてもらおう。

人生の一大事です。と上司に話した。笑っていたが、それでいいという返事だった。ところが夕方からすごく混んだ。ぜんぜん上がれる様子がなかった。レジに立ち、接客し、お金を勘定した。六時になった。お客さまが途切れるたび、店の外へ視線を向けた。なぜビッグマンか。大切な待ち合わせを、どうしてこんなクソ忙しい場所にするのか。でも店の真ん前。たしかに便利だ。必然だ。気持ちをあたふたさせながら、次のお客さまに笑顔を向けた。

その時、私の視線が広場の一点に張りついた。

「あ！　あ！」

母が見えた。たむろする集団の向こうに母がいたのだ。

何で？　何で？

お盆か？　輪廻転生《りんねてんしょう》か？

以前、同じ景色を見た。でもまぼろしのように消えた。じっさいまぼろしだと思った。

でもいま、女性はそこにいる。

と、そこに父が現れた。

女性の傍《かたわ》らに寄り、あいさつをしているではないか。

私はレジのお客さまをほったらかし、店を出て父の前に走り込んだ。

父は驚いた。

「彩、何で走ってるんや」

私は女性に釘付けとなった。肩を触《さわ》った。腕を撫でた。腰を触った。

「わあ、おる。おる。ほんまにおる」

女性は身を反《そ》らせながらも、私に触られるままにしていた。

「彩、落ち着けって。気持ちはわかる。僕も同じやったからな」

「同じ？」

「紹介するわ。松丸佳代さん」

「こんばんは」

多くの人が、待ち人を探している。私は佳代さんを身体《しんたい》検査している。

父が私の腕を取った。

「あっちへ行こ」

私たちは書店の通用口側に寄った。ガラス越しにレジが見える。突然お客さまをほったらかしにした私を見つけた同僚が、口パクで「やばいよ」と合図を送っている。

私はあたふたした気分を引きずっていたが、父は落ち着いた口調だった。

「縁あって結婚を申し込んだ。お前にも認めてもらいたいと思う」

認めるとか認めないとかじゃない。

えーっ>>

私はまた佳代さんに見入った。

お母さんや……。

「パパミラノ予約したから。話はそっちで」

阪急グランドビル二十七階のパノラマ夜景レストランだ。紀文堂の事務所が同じビルの十階にある。その上か。え、でも、この人ヤバすぎ、ほんで、え、どうすんの？　着物姿やん。ほんならイタリアンでも箸で食べるの？　とか、意味もなく考えた。

「出られそうか」

「わ、わかった。訊いてくる」

レジの端っこに上司がいた。大きな声ではなかったが、彼の耳に噛みつくような声を出してしまった。

「ヤバイです課長。ヤバイです。上がらせてもらっていいですか」

彼は何がヤバイのかは訊かなかった。私の顔を見て「何やこいつ」という目をした。でも前もってお願いしていたことでもあったので、許可してくれた。

私はまた広場へ出て、三十分後に行くと伝えた。


ふたりは夜景のきれいな窓際にいた。

高層ビルが増え、大阪の夜もなかなかの絶景になっている。

しかし景色など目に入らなかった。コース料理がはじまっても、佳代さんを見つめるばかりだった。

佳代さんは前菜のサラダに箸を付けようとしたが、また箸を置いた。

「おたの申しますわ。そんなに見られたら、困ってしまいます」

その言葉遣いに、やっと私は答えた。

「京都のひとですね。言葉が違う。でもやっぱり、驚きました」

父が「詳しいことはおいおい」と言いながら、佳代さんの紹介をはじめた。

あれこれ、しかじか。

それから私に訊ねた。

「何でさっき走ってきたんや。佳代さんを撫でまわすのは、まあ、わからんでもないが」

「ほんとに、すみません」

私はあやまった。それから説明した。前に一度、今日と同じようなことがあった。母が見えたと思ってレジから飛び出した。

「四～五ヶ月前どすか。うちゃったかもしれませんね。ここで待ち合わせしたことありますから」

「ほんまですか」

そういうことなら、そうだったのだろう。まぼろしではなかったのだ。

しかし似ている。私はまだ驚いていた。父は私以上に驚いただろう。お母さんは、父が人生ただひとりと決めた女性だったのだから。

佳代さんは祇園の日常をどう過ごしているか、簡単に話してくれた。

私はその内容を脳内に巡らせ、咀嚼《そしゃく》した。それから訊ねた。

「結婚するとしたらどっちに住むの？　大阪？　京都？」

父は言う。

「いろいろと手続きがある。祇園はしきたりの多い町らしくてな。そういうのをひととおり済ませてから決める」

「そうなんや」

「未知の世界やが、佳代さんはそんな世界で生きてる」

父が未知なら、私にももちろん、質問できるような知識はない。

それからやっと食事が進んだ。

食べはじめると打ち解けたが、驚きはなおも続いた。声も母と似ている。口を隠して笑う仕草も、びっくりするほど似ている。でも話を聞くほど母ではなかった。彼女の人生は祇園の女そのものだった。とはいえ、年齢が三十六と知って驚きがぶり返した。母が亡くなった年齢ではないか。父も、まさしく奇跡と思っただろう。

デザートの皿も引かれてお茶になった。夜景が静かだった。佳代さんも頰を染め、穏《おだ》やかな目を大阪の夜に向けている。

父は襟《えり》を正した。そして私に訊ねた。

「彩、賛成してくれるか」

反対する理由はない。佳代さんはとても素敵な人だ。

私は天の母に訊ねた。

そして母は、こう言うだろうと思った。

父を幸せにしてくれる人が見つかってよかったねって。

私は佳代さんに頭を下げた。

「父をよろしくお願いします」

二

佳代さんは京都へ帰った。

父とふたりになった。

「次はお母さんに会うてもらわんとあかん」

「賛成やろ」

「しょぼい家に来てもらうのもなあ。せやけど事実や。隠すこともない」

気持ちはわかる。

「佳代さんもうちへ来て、家族三人揃ったところで伝えることがあるらしい。親子関係やら親族やらの事情と思うが」

彼女が母子家庭で育ったことは、私も聞いた。

「お父さんは気にしてないんやろ？」

出生の事情がどうとか関係ない。いまどう生きているかが大切。父もはっきり伝えたが、
佳代さんはさっきの席でも、

「ご家族みなさんに、お話しせんならんことがあります」

と言ったのだ。

しかし佳代さんが《ラブ》に来る。あの《ラブ》に来る。

祇園の女が西成の、萩之茶屋の、オッサンだらけの街の、がちゃがちゃした店に来る。

父はすぐに電話をして、おばあちゃんにその件を伝えた。ふたこと三言のやりとりだけで通話を終えた。私は訊ねた。

「おばあちゃん、何て？」

「来てもらわんでええって」

「ええ！　そんな」

「自分が京都へ行くって」

「えええ！」

おばあちゃんが祇園？　ほんまかいな。

しかし、いざ行くとなると、商売がある、寄り合いがある、腰が痛い、とかいろいろ、ぜんぜん日にちを決めなかった。挙げ句の果てに言った。

「私はもうじきあっちへ逝くさかい。気にせんでええ」

でも、結婚を反対しているのではなかった。おばあちゃんはお墓に参り、亡くなったおじいちゃんや、私の母に報告をしていた。

それで、スケジュールが決まらないなか、私が父に連れられ、松丸を訪問させてもらうことになった。

「彩さんにお越しいただくのはええかもしれません。あれも見てもらえますし」

あれって何？

とにかく私ははじめて、祇園という町を訪れた。

阪急河原町駅で地上に出る。高瀬川の流れがある。四条大橋を渡ると祇園。突き当たりに八坂神社。

花見小路を折れて奥へ進んだ。

歌舞練場の手前を西へ入り、さらに南へ入る。軒を連ねる京町家は静かな佇まいに沈んでいる。松丸はすぐにわかった。灯は入ってないが、屋号を染め抜いた赤いちょうちんを軒先に吊している。父が格子戸を開いた。

「おじゃまします」

「おいでやす。わざわざすんまへん」

私は靴を揃えようとしたが、

「そのままお上がりやす」

佳代さんが玄関へ降り、私たちの靴を揃えた。

私はちょこと一礼し、座敷へ上がった。

触れたことのない空気。自然に声が出た。

「こんなとこ、来たことない」

二間続きの座敷。一間は畳。板敷きのほうにバーカウンタがしつらえてあった。南蛮趣味の大きなカゴに、ウイスキーのボトルが入っている。客席に朱色の座布団が敷いてある。壁は京漆喰（と父が解説した）で、床の間に水墨画、違い棚に置かれた花瓶に桔梗《ききょう》が一本。

座敷奥の庭に、紅葉がゆるく揺れている。

なんと上等なリビングルームか。

ガラス障子の向こうに動く人がいた。近づいてみれば、スコップで地面を掘っていた。

父は障子を開いた。

「熊沢さん、お疲れさまです。今日は娘を連れてきました」

私も縁側に出た。ぺこりとおじぎをした。

「彩です。お疲れさまです」

松丸は改装の途中と聞いていたが、くわしく訊ねることはなかった。父の仕事と私の生活が交わることは、これまでもなかったからだ。母の死後、父はひとり暮らしをはじめ、私も東京に住んだりして、触れ合う時間は盆暮れくらいだった。

ところがいま、変化の兆《きざ》しがある。松丸の仕事を請けたことで父は佳代さんに出会い、私も雅な世界へいざなわれた。

「どうぞ、お座りやす」

父はカウンタ席に座ったが、私は鑑賞し足りなかった。庭に沿って離れがあり、廊下から手水《ちょうず》に手が届く。私は縁側から佳代さんに呼びかけた。

「さすが京の花街ですね」

「あとで家をご案内します。中はせわしい暮らしどすけど」

「そんな、ぜんぜん。素敵すぎます」

「一服しておくれやす。お茶でもどうぞ」

私も座ろうとした。ところがそのとき、長押に架かる額が目に入った。

和髪の人魚の絵。小さな老人（？）が人魚の背に乗っかっている。そして末に署名。

――田辺嘉右衛門――

「ん？」

私は目をこすった。

「これって、うちの田辺嘉右衛門さんですか」

「そうどす。その嘉右衛門さんどす」

近づいてまた目をこすった。ほんまや。

「どんなご縁なんですか？　こんなのを飾るくらいやから、よっぽどのお客さんやったんですね」

「僕も縁を感じたよ。彩が社員になったんやからな」

「でも、これ、なんの絵ですか。ファンタジー？」

「さあな」

佳代さんも微笑んだ。

「うちも、さあ、どす」

「事情を知ってる人、おらんらしい」

「彩さんが紀文堂にお勤めしたはるって、狭い世間どすね」

「何のご縁なんでしょう」

言いながら私は父の隣に座った。足元は掘り込まれていて、温かいこたつになっていた。

「なにからなにまで最高ですね」

お茶が出てきた。佳代さんはゆっくりと注いだ。

急須を置いた。佳代さんは正座のままでおじぎをした。

「本日は、お越しいただいておおきにどす」

佳代さんは顔を上げ、座り直した。

「おいそがしいでしょうから、さっそくお話しします」

いそがしくはなかったが、反論はしなかった。

「ちょっと複雑な話になります。登場人物も多いかもしれまへん。和彦さんはご存じの内容もありますけれど、彩さんにははじめてお話しします。お訊ねがあればその都度、お答えできることはいたします」

私はうなずいた。

佳代さんは話しはじめた。

「母の佳つ代が女将をさせてもろうてた時代の終わりごろどす。昭和四十五年に松丸はお茶屋から今の商売へ変わりました。改装をお願いしたのが京大の西山先生で、お弟子さんやった上村先生にも手伝っていただいたそうどす」

「上村先生って」

父は私の目を見ながらうなずいた。

「そうなんや」

「西山先生のお弟子さんが上村先生で、上村先生のお弟子さんにあたるのが和彦さんどす。つながる縁にも驚きました」

西山先生が誰かわからなかったが、それは後で訊ねることにした。

「これからお話しすることは、そんな人のご縁に関係します。和彦さんにもまだお話ししてまへん」

父は黙っていた。

「松丸改装の件、西山先生は研究の一環ということで、無報酬だったそうどす。とはいえ工事には、それ相当のお金が必要どした。古い家なので補強工事も要りましたし、設備の入れ替えもありました。町家の修繕というのは、はじめるとあれこれ出てきます。お金の面倒をみてくれたのが田辺嘉右衛門さんどした。結構な額だったはずどす。地下室も作りましたし」

「地下室があるんですか」

「いろいろありますでしょ。でも地下の話はのちほど。前置きはここまでどす。本日は松丸家の歴史を確認いただきます」

佳代さんは一枚の書類をカウンタに置いた。戸籍謄本。婚姻届を出すということは、戸籍を書き換えることでもある。事務手続きといえばそれまでだが、佳代さんは伝えることがあるという。

「うちのも用意してきました」

父も同じような書類をテーブルに出した。

「一方の家系だけ確認ということはありませんから」

昨日の夜、父が見せてくれた。私は戸籍謄本というのをはじめて見たのだった。いままで必要とする機会がなかったこともある。

ただの紙。でも、そこには家族の歴史がある。愛子おばあちゃん、その息子である父、その娘は私。父の欄には、私の祖父である「辻内由彦の長男」と書いてあった。

佳代さんは松丸家の戸籍にある自分の名を示した。父親の欄は空欄。事前に知らされてはいたが、私のこころにも迫るものがあった。ここにどれほどの重さがあるのだろう。

事実を目で見る。それが目的なのかもしれない。確認すべきことを確認し合い、あとは家族として暮らせばいい。

しかし佳代さんが伝えたい話はここからだった。

佳代さんは一冊の手帳をテーブルに出した。

「松丸家の過去帳どす」

手のひらに隠れるほどの小ささ。

「うちらは子ができると、役所への出生届と同時に、お寺の過去帳に書き入れてもらいます。古い家は、ご先祖からのつながりが江戸時代から連ねてあります。松丸家の墓は大谷《おおたに》祖廟にあります。手次寺《てつぎでら》は本願寺《ほんがんじ》さんで、そこに過去帳を置いてもろうてます」

過去帳は蛇腹《じゃばら》に開いた。

毛筆の縦書き文字が並んでいた。佳代さんは蛇腹を引き、最後に記入された場所を示した。

佳代さんの母、佳つ代の名があった。そして長女の欄。「佳代」ではなかった。「るす」と書いてある。

「これがうちどす。るす、と書いてありますでしょう」

「るす?」

「るすどす。お留守のるす」

父は訊ねた。

「どういうことなんですか?」

佳代さんは微笑んだ。そしてすぐにあやまった。

「すんません。笑うたりして。せやけど『るす』なんて、いまあらためて見ると、しゃれたこと言わはるわ、て思うてしもうたんどす」

ぜんぜんわからない。父の頭上にも疑問符が浮かんでいる。おかしい場面なのか？

「これは、実の父が留守のときに子が生まれたということらしいどす。子とはうちどす」

佳代さんは「るす」と書かれた隣を指さした。

「小さな字で書いてあります」

付属記事、と題字めいた言葉に、次の文が続いていた。

――佳代、昭和六十三年三月三日生まれ。ここに親子の関係を示すため、父の名を記す。

そして名が書かれていた。

――田辺嘉右衛門――

流れるような毛筆文字。

父も私も、その文字に釘付けだった。

「母は父の名を書かずに役所へ届を出したけれど、住職さんには報告してたんどす」

父も私も声を飲み込んだまま。

「でも、わかれへん」

父はやっと声を出した。

「わからない？」

「嘉右衛門さんがお亡くなりになられたのは、私が生まれた翌年どす。そして母は最期の床で、うちにこれを見せました。でも意識がもうろうとして、声が出てませんでした。私は訊きたかった。ほんまにうちはそのおひとの娘どすかって。そやかて、おかしい」

　佳代さんは言った。

「単純な計算どす。嘉右衛門さんがうちの父としたら、彼が七十五歳の時に母が身ごもったことになります。五千人斬りとか伝説のあるお方どすが、ほんまでしょうか。母は二十八歳どした」

　七十五と二十八。最近はそんな歳の差もあるとか麻里と話した。私にはあり得ないと笑い飛ばした。それが、こんなところに？

　佳代さんには今も残る疑問がある。

「花街にはいろんな事情があります。ふたりに何らかの決めごとがあったのかもしれません。それで戸籍に載せなかったのか。それとも、ぜんぜん違う理由があったのか。嘉右衛門さんのご遺族は私をご存じではないはずです。お目にかかったことはありませんし、うちから確かめることもしてまへん」

　佳代さんの静かで熱い告白。松丸の座敷が人情劇の舞台になったかのようだった。

　静けさの中でスコップの音は続いていた。土を掘る作業が私たちと現実をつないでいるかのようだった。

　佳代さんは正座を解いて立ち奥の間へ入った。そしてしばらく出てこなかった。父と私は話し合うこともなかった。規則正しく続くスコップの音を聞いていた。

　佳代さんが戻ってきた。顔の色が薄くなったように見えた。でも変わらぬ所作で正座した。

「何やら複雑な話ですんませんけど、うちは、ほんまに知らんのどす。でも、この町の親子関係には、ままある話でもあると思うとります」

　父は言った。言うことを、前もって決めていたようだった。

「佳代さんの父親がどなたであろうと、不詳であろうと、私には佳代さんだけが大切です」

「どうもおおきに。ほんま、うれしいどす」

　父は腕を伸ばし、佳代さんの手を取った。

「きっと、しあわせにします」

　ふたりは見つめ合った。

　ありゃりゃ、照れるやんか。親のロマンチックを見るのは妙な気分だ。

　スコップの音が止んでいた。熊沢さんは縁側に座り、空を見上げていた。

私は湯飲みを持ち上げ、残ったお茶をすすった。

佳代さんは父の手をほどいた。それから私の手に自分の手を重ねた。

「彩さんも、どうぞよろしゅうおたの申します」

私の頬がほてった。

「わたい？」

「いえ、いえ、わたいなんか」

「い、言い間違いです。わたし、わたくしです。わたしのほうこそ、どうぞ、おたの申します」

佳代さんは微笑んだ。手はとてもやわらかい。

「しかし、彩さんが紀文堂書店におられるとは、狭い世間というよりも、前世からの約束かと思うてしまいますわ」

「ほんまですよ。ほんまにほんま」

私の調子こいた反応に、佳代さんはまた笑った。

調子もこくだろう。私の周《まわ》りに巻き起こる出来事がいちいち想像を超えていくのだ。それも妙に愉快な方向へ。

私はからだをひねり、あらためて額を見上げた。

「でも田辺嘉右衛門さんですか。へぇ……ですよ。わたしにとっては伝説のお方ですけど。会社の偉い人、これ知っている人いるんかな」

上司に、あるいは店長に訊ねてみようか。俗っぽいことを思ってしまった。しかし会社のことなど、いきなり、どこかへ飛んだ。突然、とんでもないことに気づいてしまったのだ。

「たいへんや」

声が震えた。

「お父さん、たいへんや。これがほんまなら、田辺嘉右衛門は私のおじいちゃんやないの」

私は父を見つめ、佳代さんを見つめた。

「そうどすね。うちが和彦さんの妻になれば、うちの父は彩さんには祖父どす」

佳代さんはあっさりしたものだったが、私は過去帳の文字をもう一度見た。

父は苦笑いしている。確かめようもないことに、言葉もないだろう。

私にしても同じだ。でもおかしい。めちゃおかしい。

私は深呼吸した。私は過去帳のその名に向かって言った。

「嘉右衛門さん、あなたが蒔《ま》いた種ですよ。どう責任を取るんですか。私に新しい家族ができるではないですか」

「彩さん、うれしいことを言わはりますね」

「そうですか」

「彩さんと新しい家族になれるの、うちはうれしいどす」

「それは、わたしもそうどす」

三人とも笑った。なんと、クマさんも笑っている。

笑い声がひとしきり収まった。

「このさい、これもお伝えしておきましょう。これこそ、ほんまとは思うてもらえんでしょうけど」

「ええ？　まだあるんですか？」

「うちは一度だけ、嘉右衛門さんにお会いしたことがあるんどす」

「亡くなったのは佳代さん一歳のときでしょ」

「会うたんどす。でも現物ではありまへん」

「現物？」

「座敷わらしどす」

「座敷わらし？」

「家に出たんどす。気配にふり向くと、座敷の隅っこに、子どもサイズの姿で座ったはった」

「えー」

「うちにはまぼろしとも嘘も思えへん。いまでもそのへんにいたはる気がしてる」

父は言った。

「家に憑いて佳代さんを守っているんですよ」

「ありがたいことどす」

私は座敷の隅を見つめた。座敷わらしが出るらしい。

佳代さんはまた正座しなおして言った。

「お母様に、ごあいさつに伺います。必ず参ります」

「そうですか」

父は短く答えた。

おばあちゃんも、西成には来んでええとか、言っている場合でもないだろう。

今日の話は深刻で複雑だけど、複雑以上におかしい。おかしいというか愛すべき内容だ。

おばあちゃんもこれを聞いたら、きっと佳代さんを好きになる。

事実はどうあれ、開けっぴろげな人間関係は清々《すがすが》しい。おばあちゃんこそ、そういう人たちの中で生きてきたではないか。佳代さんに来てもらおう。《ラブ》に来てもらおう。お父さんの再婚相手がやってくる。しかも京都の祇園から。しかも亡き母の生き写し。警察がまた情報を漏らす。「警察なめんなよ」とかアホなこと言うて。観客がわんさかやって来る。観客は盛り上がる。

おかしい妄想はふくらむばかり。

しかしその時、父のスマホが鳴った。答えた父の顔が曇った。

「すぐに戻ります。病院はどこですか」

「病院？」

父はスマホを耳からはずして私に言った。

「お母さんが救急車で運ばれたらしい」

「えええええ！」

父は通話に戻った。

「彩ですか？　いっしょです。スピーカーモードにするんで話してください」

「彩ちゃんか。倉岡や」

「倉岡警部？　なんでなん。事件なん？　おばあちゃん襲われたん？」

「そんなんちゃう。胸を押さえて床に転がったんや。たまたま中島《なかじま》先生がいて心肺蘇生してくれた。先生は市民病院へ付き添うて行った」

中島洋輔《ようすけ》先生は近所の開業医である。七十を超えているがぜんぜん現役で、たくさんのおっちゃんたちの主治医だ。

「倒れたときは顔色蒼白で、冷や汗かいてた。唇は乾いて皮膚と爪の色は青黒かった。けど先生の処置で、運ばれるときには顔がピンク色に戻った」

さすが刑事さんだ。こういう報告に慣れている。私はそんなことを思った。倉岡さんは言った。

「私も今から病院行くし、中島先生おるから大丈夫や。あわてんと気ぃつけてな」

通話は終わった。

「うちも行きます」

佳代さんが言った。

父は黙ってうなずいた。

三

おばあちゃんは大イビキで寝ていた。中島先生はざっくばらんな格好（ツンツルテンの開襟シャツ、お腹が出っ張っている、雪駄《せった》履き）で、若い白衣の先生と談笑していた。

ダサいのは関係ない。おばあちゃんを救ってくれた先生だ。

私は部屋に入るなり言った。

「先生、すみません！」

先生ふたりが同時にふり向いた。中島先生が答えた。

「落ち着いてるよ。イビキも絶好調」

若い先生が言った。

「不整脈ですね。強いストレスなどで突発的な症状が出ることはあります。私は飯田《いいだ》と申します。中島先生のずーっと下の後輩です」

父は訊ねた。

「強いストレスですか。何かあったんでしょうか」

「別に普段と変わらんかったで」

中島先生が言う。

「腰痛い、コーヒー作るの面倒や。ぶーたれるのも、いつものこっちゃし」

倉岡さんが来た。スタバのコーヒーカップを三つ持っている。

「ラブで飲みそこのうた。今日のところはスタバにしといたろ」

倉岡さんは先生ふたりにカップを配った。

私は訊ねた。

「倉岡さんええの？　いつも忙しいやん。事件も家も」

「どっちもいまんとこ平和や。何かあったら駆けつけるけど。こっちが一大事やて」

父は飯田先生に訊ねた。

「やっぱり一大事なんですか」

「落ち着いておられますよ」

中島先生は言った。

「かんたんにくたばったりせんで、まだまだ」

病室は笑いに包まれた。すると、

「うるさいなあ。寝てられへんで。あーああ」

おばあちゃんが大あくびをした。私はベッドに寄り添った。

「おばあちゃん、生きてる？」

「生きてるわいな」

おばあちゃんは背を起こそうとした。飯田先生がからだを支えた。

「なんや、いっぱいおるな」

おばあちゃんは父を見つけた。

「お前も来とったんか」

飯田先生はベッドサイドでいくつか検査をした。いったん病室を出ていったが、すぐに帰ってくると言った。

「ご高齢ですから無理はなさらず。今日のところはこのままいてもらってもかまいませんよ」

「帰るわ。泊まる気はないで」

私は言う。

「いらちやなあ、倒れたんやろ。寝とったらどうなん」

「いそがしいんや」

中島先生が笑う。

「店でテレビ見てるだけやないか。喫茶店のくせにコーヒー淹れるのもめんどくさがるし」

倉岡さんもうなずいている。私も釣られたが、

「あ、やばい。忘れてた」

廊下へ出た。佳代さんはビニール張りの長椅子に座っていた。座面の端が破れているよ

うな椅子だったが、座る姿勢も美しい。そのおかげで、安物さえ気品があるように見えた。

　私は言った。

「あ、あのう、大丈夫みたいです」

「そうどすか。安心どすね」

　父も出てきた。

「どうぞ、入ってください、と言いたいところですが、こんな状況で母に紹介するのも、どうかな」

　佳代さんはゆっくり立った。

「こういうときこそ、どす」

　なるほど。こういう場合にこう言えばいいのだ。佳代さんはかっこいい。

　佳代さんは普段着とはいえ和服姿。このあたりにはめったにいない、おしとやかな立ち姿。病室に現れたとたん、中島先生、倉岡さん、飯田先生がそろって背筋を伸ばした。

　父が紹介した。佳代さんはベッドの傍らへ寄ると、両手を帯の太鼓に軽く重ね、おじぎをした。

「お初にお目にかかります。松丸佳代でございます」

　おばあちゃんが答えた。

「遠いとこから、すんませんな。みっともないこって」

佳代さんも、大丈夫ですか、元気ですか、など問いかけはしなかった。

ふたりはちょっとだけ視線を交わしたがふたりとも、それ以上何も言わなかった。

男性陣の緊張はあからさま。誰もが黙っている。そろっておしゃべりな中島先生、倉岡警部もフリーズ。

「なんやなんや。みんな、こちこちやないか」

おばあちゃんは両腕を天井へ上げて背のびをした。

「さあ帰ろ。倉ちゃん、パトカーで送ってくれ」

その言葉で倉岡さんのフリーズが解けた。倉岡さんは言った。

「あかんて。パトカーは事件の時だけや」

「これも事件やろ」

「愛子ばあさんのすってんころりん事件かいな。そんなんで動いたら、警官何人おっても足らんわ。タクシー呼んだるさかい、それで勘弁しい」

病室はまた笑顔にあふれた。佳代さんも笑った。

家に戻った。私はおばあちゃんの部屋にふとんを敷いた。

「お客さんおんのに、なんでふとんやねん」

「寝とかんでええの？」

「いらんいらん」

ならと、私は風呂場とつながる洗面所へ入った。バケツに水を満たし、腕をまくり、ぞうきんを絞った。

「何しよんねん」

「拭き掃除や」

「普段せんようなことを。せわしないわ。じっとしとき」

おばあちゃんは私を叱り、佳代さんに言った。

「せまくるしいとこやけど、まあ、のんびりしてくださいな」

のんびりと言っても、応接間などない。一階は喫茶店とつながるおばあちゃんの部屋と仏壇のある部屋、台所、洗面所、お風呂。二階が二間（かつての私の部屋も）。佳代さんには台所の四人掛けテーブルに座ってもらうしかなかったが、その場所こそ私が子どもの頃からごはんを食べたテーブル、そして母さくらもいた場所なのだ。

今日、そこに佳代さんがいる。不思議が満載。蠱惑《こわく》的でもある。

「彩、お茶出してくれるか」

おばあちゃんも座った。

「よいこらしょと」

父が訊ねた。

「ほんまに大丈夫なんか？」

「この歳や。からだもガタ来るわ。そういうのんも全部、ふだん通り付き合うていくだけ。心配いらん」

「心配いらんって、心肺蘇生したんやろ」

「中島はエロ医者や。私の乳触りよった」

「何言うてんねん。心肺蘇生してくれたんやろうが」

佳代さんは目をまるくする。

「ほんま、品のないことで」

佳代さんは口元を隠しもせず肩をふるわせた。

「やっぱり大阪ですね。うらやましいどす」

おばあちゃんは言った。

「さくらさんに似てるいうけど、佳代さんは佳代さんや。京都のひとは上品でええ」

「佳代さん、すみませんね、こんなんで」

私は言いながらお茶を出した。

歓談は進んだ。おばあちゃんもふだんと変わらなかった。いや、ふだん以上に、なんだか張り切っていた。父から前もって、佳代さんのことを聞いていたからかもしれない。話が脱線することもなかった。

ひと区切りついたところで、父は書類を出した。

「戸籍を持って来てくれた。これや」

戸籍謄本の写し、そして本願寺の過去帳。

佳代さんが説明した。そこにだけ書かれた名前についても。

おばあちゃんは書類を見た。過去帳も蛇腹を繰ったが、あんまり興味を示さなかった。

佳代さんが話をはじめた最初から、興味なさそうだった。

「うちのほうも説明したよ。お互いやからな」

父は辻内家の戸籍もテーブルに置いた。するとおばあちゃんはメガネを掛けた。そして書類を上から下まで確認した。

なんでじぶん家《ち》だけのをじっくり見るのか、

柱時計がガチャと音を立てた。昔はボーンと時刻を告げていた。部品が取れてねじのからむ音だけが残っている。

おばあちゃんはメガネを外し、佳代さんに向き直った。

「佳代さん、ほんまによろしいんか。苦労かけるかもしれませんで」

ガチャガチャした台所の、使い古したテーブル。

佳代さんは頭を下げた。

「よろしゅうおたの申します」

おばあちゃんはめずらしく、照れたような声で言った。

「なんや、祇園に来た気分ですわ。私らこそ、よろしゅうおたの申します」


佳代さんは帰り際、仏壇に線香を上げた。

母の遺影は仏壇の引き出しにあった。私はそれを取り出した。

「なるほどどす。よう似たはります。おふたりのお気持ちがわかります」

佳代さんはしばし見つめた。私は父に訊ねた。

「写真見せるの、はじめてなん？」

「そこに入ってたんやな」

父はもちろん、引き出しにあるのを知っている。

佳代さんが遺影を私に返した。私はそれを位牌の隣に置いた。線香のけむりが母の笑顔を包んだ。

おばあちゃんはただ座っていた。

父はむせび泣いた。

私は泣かなかった。母と佳代さんが目の前に並んでいる。

奇跡の出会いだ。私の感動は涙を超えていた。

四

季節は駆け足で過ぎる。三月になった。

ところが寒い。関西でも零度を下回る日が続いた。

「地球をなんとかしないと」

麻里は環境問題に熱い。政治、経済、外交、社会課題と関連させて話す。深い。さまざまなたとえを持ち出しながら、話はスムーズで、むずかしい話題とて聞き手を飽きさせない。インテリゲンチャという輩《やから》。私はいつも、なるほど、と思ってしまう。とはいえ彼女は変わり者。最近、環境怪奇恋愛小説という分野を思いついたらしい。ネタを繰っている。

私は言ってやる。

「そんなん読みたないわ」

「フフフ」

麻里は不気味に笑う。

私たちは食べ歩き、呑み歩く。麻里とはだいたい週に二回。

佳代さんの登場で、私たちの食べ歩きに雅気分が付け加えられた。お金持ちマダム友恵さんとの三つ星レストランもうれしい非日常だが、そこに、祇園に生きる佳代さんのオススメが加わった。謎の多い京都の、さらにその内側にだけある秘密に迫るような店にたどり着いたりするのだった。

父と佳代さんと三人で《ふく》にも行った。上村先生やその師匠の西山先生とか、一時は建築家の隠れ家にもなったというおばんざい屋には、田辺嘉右衛門さんも来たことがあるという。

今度は嵯峨野《さがの》あたりがいいな、なんてお願いしてみれば、佳代さんは言った。

「大阪にええとこいっぱいありますやん。安うておいしいのは、ぜんぜん大阪どす」

それはそうかも。でも、と思う。

「わかりますけど、佳代さんは大阪も行きますか？」

「うちのいちばんのお気に入り、教えましょか」

「あるんですか」

「芸妓さん辞めはって、はじめはった小料理屋さんが、道頓堀にあります」

「道頓堀」

「グリコの辺やおへん。堺筋のほう、太左衛門《たざえもん》橋の近所どす。《せつ》さん言います。お商売はじめはって四十年にならはりますけど、女将さんお元気どす。せつさんは母の古い知り合い。年に一度はお訪ねします」

節子が女将さんの本名で、かつて大繁盛した南地大和屋《なんちやまと》の芸妓だったという。大和屋はお茶屋商売を辞めたが、今も料理旅館として昔と同じ場所にある。

「大和屋さんは上方文化の殿堂どす。明治時代には芸妓養成所という学校も創立しはって、名妓をたんと育てました。その成功を見て、小林一三さんが宝塚少女歌劇を創立したと言われてます」

「へえ、そうなんや。勉強になります」

それで《せつ》を紹介してもらった。堺筋道頓堀、北側路地西入る。大阪に京都みたいな住所表記はないが、佳代さんはそう教えた。確かに、西に一すじ入った。

せつさんは七十歳だという。五十くらいにしか見えない。

肌つやよし。きれいな人で、若い頃は相当な美人だったにちがいない。面影がある。松丸からの紹介と知り、とても喜んでくれた。

「佳つ代ねえさんにはいっぱいお世話になりました。佳代さんもお元気ですか」

佳代さんが義理の母になる、と伝えると、せつさんの美人な瞳が大きくなった。

「そんなご縁があるんですね」

L字形カウンタに六席。せつさんひとりで切り回す小皿料理。

魚、野菜、焼き物、煮物。季節に合わせ、素直な味付けをするという。

「旬の材料がいちばんです」

味噌、しょうゆ、かつお節、こぶ、などはこだわる。永年、同じところから仕入れている。

「出汁《だし》をきっちり引いといたら、旬ものはなんでもおいしい。大阪らしゅう、始末もします」

始末とは、皮でも根っこでも、捨てるところなく工夫して、材料を使い切ることだ。麻里が言った。

「うちのお母さんも始末、始末、言います」

武野家はセレブだが、船場商人らしい「しぶちん」も守っている。

「大事なことですよ。お嬢さん方」

「はい。心します」

鯛の造り、きずし、鰻の白焼き、わけぎの酢みそ、冬瓜《とうがん》の薄葛まぶし、水茄子《みずなす》の田楽《でんがく》、たこのしんじょう、牛肉の炙り、だし巻き玉子……お酒はとりあえずのビールと、オススメ上喜撰《じょうきせん》を常温で二合ずつ。

しめて五千円だった。

「どうぞ、また来てください。武野のだんさんにも。よろしゅうお伝えください」

「父ですか」

「お付き合い、かれこれ三十年です」

この店にはひとりで来るという。

武野家はええなあ、私はため息をついてしまった。

「大会社の社長に、こんな娘。京大出た医学博士のくせに小説家目指してる。どう思いますか？　せつさん」

私はブーたれただけだったが、せつさんは目を輝かせた。

「麻里さん、小説書いてはるんですか」

「はあ、まあ、すいません」

「大和屋には決まって年二回、司馬遼太郎《しばりょうたろう》先生がお越しになられてました。田辺聖子《たなべせいこ》先生や陳舜臣《ちんしゅんしん》先生、小松左京先生とかお誘いになって、芸者さん上げて盛り上がってね。みなさん、あちらへ行って仕舞われましたけれど」

「そんなことがあったんですか」

「武野のだんさんも、司馬先生や小松先生と仲良しでした」

帰り際、私は言った。

「すごいなあ。お父さん、作家の大先生と知り合いやったんや」

「聞いたことないわ」

「武野家は文筆家とも縁があったんや。それで麻里も」

「さあね」

店を出て大劇の南筋を歩く。

「しかし、ええ店やったな」

佳代さんには二軒目も紹介してもらっていた。飲み足りなかったら、どうぞ。

住所を辿ると……味園ビルではないか。さすがに私たちは立ち止まった。

スマホに備忘録。お店の名前は《昇り龍》。

「ほんまか。味園やん」

激しく錆《さび》の浮いたらせん階段を昇った。まさに裏なんば、スーパー・ディープ大阪。二階に上がる。廊下に響く昭和歌謡。壁から突き出すシカの首、ワニ、シカ、ラクダ、ダチョウ。ビビリながら、《昇り龍》を見つけた。赤い扉。開いてみれば、店主らしきおニイさんと目が合った。首筋に覗く龍の入れ墨。

もういっかいビビったが、

「はじめてですけど、ええですか」

おニイさんは黙っている。ところが、

「松丸佳代さんに教えてもらってきました」

というと、おニイさんは目を剝いた。

「祇園松丸の佳代さん?」

「はい」

「それは、どうぞ、どうぞ。僕は弟です」

「えーっ」

「ウソです」

会話は弾み、二杯飲んで十曲歌った。

ひとり千円だった。特別ではなくて、いつもの値段だという。

おかしいやろ。

そして佳代さんもおかしい。なんなん、この店。

その佳代さんが義母になる。

ただ、入籍日もまだ決めていなくて、結婚式をするかも未定だ。あいさつやら何やら、京都はいろいろあるらしい。

麻里が言った。

「結婚といえば、お兄ちゃんが帰ってくる。彩に伝えるの、お母ちゃんに頼まれてた」

「何を頼まれたんよ」

「お見合いかな」

「誰のお見合い？」

「彩よ」

「わたし？」

「そう」

「誰と」

「お兄ちゃんと」

「私が史岳さんとお見合いするって？　まさか」

私はかぶりを振った。

史岳さんは次の株主総会で本社の取締役に就任するという。海外子会社統括担当役員としてパロアルトの投資会社も引き続き代表を務めるが、生活のベースは東京へ移す。そんな変化もひとつの理由となり、婚約していた敏腕女性弁護士とは完全に別れたらしい。

「そやから、お嫁さんを探したいわけよ。お母さんとしては」

「友恵さんも冗談きついわ。無理無理」

答えながら、私の胸はちょっとときめいた。

セレブとはいえ、武野家はざっくばらんな雰囲気の家庭だ。言いたいことを率直に言うが、物腰は丁寧《ていねい》で偉ぶったりしない。船場の薬種商であったころの「人としての心忘れず」という初心を守っている。ひとつの態度として、家族全員、昔の船場ことばを話す。

史岳さんとは何回か会った。たくさん話してはいないが、スーパーなナイスガイだ。武野家の長男、次期社長、スタンフォード大卒、身長百八十、テニスの王子、そして男前。

麻里は言った。

「金曜日に帰ってくる。関空へ迎えにいくとき、彩ちゃんを連れて行きたいって。その場でお見合いということはないと思うけど」

「そりゃ、そうやろ。でも、ほんまにわたし行くの?」

「とりあえず金曜ね。夕方の五時に迎えに行くわ。準備しといて」

見合いなんかぜったい無理、と言いながら、否定はしなかった。

心が弾んだ。

次の日、速攻、シフトを代わってもらって金曜日は休みにした。

そして当日。朝十時に、開店すぐの阪急百貨店に入った。朝の婦人服フロアは空いていて、皆にかしずかれるお姫様の気分で買い物をした。花柄ノースリーブのワンピースとシャギーのショート・カーディは憧れだったステラ・マッカートニー。マノロブラニクのヒールサンダルも買った。ボーナス一回分がまるまる飛んだのは後で気づくことだ。コスメフロアへ移るとシャネルで赤色ばかりを試し、みずみずしく濡れる「ルージュ・ココ四六六番カルメン」を買った。十二時には美容室へ。髪を亜麻色に染め、ソフトウェーブをかけた。十三のマンションへ戻ったのは四時過ぎ。お腹が空いていることを突然のように思い出すと、ちょうどランチパックがあった。いつも買うピーナッツとツナマヨ。素早く食べ、歯を磨いたついでに、鏡の前で三十分、メイクに手抜かりがないか確認した。

そんなところへ、迎えのメルセデスが来た。

運転は黒いスーツの男性だった。麻里は助手席から私を見て目をまるくした。友恵さんは後部座席から降りてきた。あからさまにうれしそうだった。だって、私を抱きしめたから。


車は十三大橋を渡った。

友恵さんと和やかな話が進んだ。私、この人たちの家族になるのか？

なんか、どきどきする。

夢の想いが空へ駆け上りそうだった。この日の淀川もまたセーヌに見えた。

阪神高速を湾岸線に入った。そのとき、ハンドバッグのスマホが震えた。

父だった。

「はい、何？」

「彩、ひょっとしたらやけど、えらいことかもしれん。夜に帰ってこれるか？」

「何なん、それ」

「話はその時」

「夜って何時？」

「時間は合わせる。僕は七時に行ってる」

「わからんなあ」

だって今日は、どんな展開になるか、予想できないではないか。

「また連絡する」

と電話は切れた。

「父でした。話があるから夜に来いって」

「おやまあ」

友恵さんの目が輝いた。

「タイミングって、重なるものね」

友恵さんのいたずらな目。何か仕込んでいるのだろうか。私のことを史岳さんに伝えたのだろうか。え？　ひょっとしたら、史岳さんは私に会うために帰国するのか。ひょっとしたら、花束を持って降りてきて、私を抱きしめたりするのだろうか。

関空に着く。車を降りてロビーへ。サンフランシスコからの便を待つ。ビジネスクラスなので最初の方に出てくる、と友恵さんは言った。

数分後、史岳さんが現れた。

スウェットのフーディーにジーンズ、赤いバッシュ姿。ラフなカジュアルでもハンサムガイだ。あら、私、おしゃれしすぎたか。史岳さんは友恵さんを見つけ、まっすぐにやって来た。そしてしっかりとハグ、妹ともハグをした。アメリカで慣れ親しんだやり方なのだろう。

次は私か。花束は？

と、史岳さんの傍らにはひとりの女性がいたのだった。一歩前へ進み、友恵さんと麻里におじぎをした。

史岳さんが紹介した。

「中村沙紀《なかむらさき》さん」

「中村です。よろしくお願いいたします」

私と同じくらいの背格好。真っ黒でストレートな黒髪。ニットのアンサンブルにジーンズ、ニューバランスのスニーカー。清潔で素直な感じの女性。

史岳さんは彼女の肩を抱き寄せた。

「婚約したんだよ」

友恵さんは息を飲み込んでいる。

史岳さんが私に気づいた。探《さぐ》るような目のあと、ぱっと顔がゆるんだ。

「ひょっとして彩ちゃん？」

「はい」

「いやあ。どこのきれいな女性かと思ったよ。元気ですか？」

「は、はい」

「見違えたよ。ほんとに」

私は黙っていた。麻里が言った。

「ちょうどいっしょにいたのよ。お兄ちゃんを迎えに行くと言うたら、ついてきてくれた」

「それはうれしいね」

史岳さんは言った。

「やっと帰国しました」

史岳さんは私にも沙紀さんを紹介した。

「婚約者の中村沙紀さん。グラッドストーン研究所で山中先生を手伝っているんですよ」

私は黙り込むしかなかったが、麻里は驚いた。

「ほんとですか！」

沙紀さんは言った。

「麻里さんもｉＰＳ研究所におられたんでしょ。私たち山中先生のきょうだい弟子ですよ」

ふたりはいきなり盛り上がった。聞いたこともない英語の単語が飛び交った。

私は目だけでも笑おうとがんばった。友恵さんが私を出口へ誘った。口は半開き。言葉を出そうか出すまいか、迷いが明らかだった。

わかっています。大丈夫です。しょせん、あり得ない話です。

何も言ってほしくなかった。そこへ史岳さんが来た。

「じゃあ、母さん、行こうか」

麻里は言った。

「一台に乗れないね」

五人いる。

「俺と沙紀はタクシー摑まえるよ。ぜんぜん大丈夫だから」

「いえいえ、ご家族一緒にどうぞ」

私はさっと言った。

「私は電車に乗ります。ちょうど実家へ向かうので。ラピートなら一本で行けます」

事実だった。乗ってしまえば新今宮まで三十分。

史岳さんが進み出た。私の手を取った。力強い握手。

「彩ちゃん、わざわざありがとう。またうちへおいで。いや、どこか素敵なレストランへでも招待するよ。積もる話もあるし」

積もる話……私はないけど。

じゃあ、と爽やかさいっぱいのふたり。運転手に誘われ、信号を渡って駐車場へ向かった。

友恵さんは私に詫びるような、詫びないような微妙な目をしていた。それからやっと、自分の舌がどこにあるか見つけたかのように、声を出した。

「彩ちゃん、私も知らなかったのよ」

私は明るい声。

「友恵さん、息子さんとお話もあるでしょう。いっぱい聞いてあげてください」

「そ、そうね。ありがとう。じゃあ、彩ちゃんまたね。麻里、行こうか」

「私は彩と電車で行くよ」

「そうなのね」

私は麻里を友恵さんの方へ押し出した。

「いいって、家族は一緒に行って」

友恵さんは私の手を両手で包んだ。

「またごはん行きましょう。何でも食べたいもの言って。ほんとうに何でもいいわ」

いま、何が食べたいと訊ねられ、思い浮かぶものはなかった。母と娘は名残惜しそうに手を振り、運転手について行った。

後ろ姿を見送った。友恵さんがまた振り返った。私は手を振った。

そしてやっと、みんな、駐車場ビルへ消えた。

この三日間、私の心のどこかにある、いちばん女の子らしい部分が熱くなっていた。それが一気に冷え、ぶすぶすした炭になった。

父に今から向かうと電話した。ラピートの切符を買い、座席に沈み込んだ。

奮発してスーパーシートに乗った。一席独立シート。誰も隣に座ってほしくなかった。奮発といったって二千円もしない。ステラのドレス、マノロブラニクの消費税よりずっと安い。贅沢とは、それをどう捉えるかだ。私にも哲学くらいできる。

夜が来ていた。窓に映るソフトウェーブの髪、真っ赤なシャネルのルージュが哀しかった。

ぼんやりしている間に新今宮に着いた。実家まで歩いた。

いつものテーブルで父とおばあちゃんが向かい合っていた。父がなにやら気負い込んでいる。

「ただいま」

おばあちゃんと目が合った。

「おお。来たか……どうしたんや」

「ん？　何がどうした？」

「結婚式でも行って来たか」

「普通の格好や。どこも行ってない」

私は唇を尖らせたが、私の気分など、どうでもよかったようだ。

父は言った。

「とんでもないことがわかった」

「え」

おばあちゃんは黙っている。神妙な感じ。

テーブルの上に辻内家の戸籍謄本。昨日、佳代さんも来て、結婚前の書類仕事みたいなことをした。父は言った。

「さあ、話してくれ」

なにこれ。

私が椅子に落ちついたところで、おばあちゃんは言った。

「戸籍はな、嘘なんや」

「僕の父親は由彦やない、ということらしい」

私は祖母と父の言葉を染み込ませるのに、しばし間を取った。

私はお尻を動かして座り直した。

「どういうこと？」

父は写真を出した。千日前の辻内写真館。赤ん坊の父が祖父に抱かれている。

「写真展のおかげで、いろんな歴史を調べた。堺に宮原さんも訪ねた。《喜久屋》の社史も調べさせてもらった。そしたらわかった。辻内写真館の隣に《テツ》が開業したのは、昭和四十五年の十月。由彦が亡くなったのは昭和四十四年の九月。僕が由彦の子ならこの赤ちゃんのはずがない。計算が合わん」

「じゃあなんで戸籍に」

私の疑問におばあちゃんは答えた。

「私がそう届けた」

父は言う。

「らしいわ」

私はふたりのやりとりを耳に留めてから訊ねる。

「ほな、この赤ちゃんは？　別の誰か？」

おばあちゃんは言う。

「赤子は間違いなく和彦」

私はまた訊ねようとしたが、おばあちゃんは遮《さえぎ》った。

「墓の中まで持っていくつもりやった。せやけど、佳代さんとの婚姻で明るみに出た。そやから話すわ」

明るみに出た？

おばあちゃんは話しはじめた。

五

「辻内由彦とは恋愛結婚というやつやが、いまとなっては、ほんまに好き同士で結婚したのかどうか定かやない。多分そうやったとは思うがな。五〜六年くらいは無事に暮らしとった。けど写真屋はじめて二年くらいで、由彦はまったく家に居着かんようになった。家の金を使い果たし、挙げ句の果てに女の腹の上で死んだ。私はその十月あとに和彦を産んだ。父親無しで出生届を出そうとしたが、そのときまだ、由彦の死亡届を出してないのがわかった。変死やったやろ。検死解剖になったんや。解剖に同意する書面に判子押したから、それでええと思い込んでたんや。実際のところ役所には出してなかった。ちょうどええわ。いま出したれ。由彦を父と書いたらええ。和彦を父《てて》なし児にしとうなかった。そやからそうした。ウソの申告や」

「え、ちょっと待って、どういうことなん」

私は訊ねた。

「父親無しで出生届？　え、なに？」

父は憮然《ぶぜん》としている。怒りと不信と苦悩が混じる目。

「詐欺やないか」

おばあちゃんは言った。

「末期養子とも言うで。お家取りつぶしを避ける情け深い相続や。お上も大目に見とった」

「そんなん、江戸時代やないか。あほくさ」

父はあきれかえったが、私はただ写真を見つめた。

生まれたばかりの父。はにかむように寄り添うおばあちゃん。

笑顔で父を抱くこの人が別人なのか。鉄さん夫婦も否定しなかったけれど、由彦さんのことはあんまり覚えていないと言っていた。じゃあこの人はいったい誰なのか？

父は言った。

「もう、知らんままではすまん」

「わかっとる。せやけど二～三日待ってくれ。話をせんならん人がおる」

おばあちゃんの人生模様。一筋縄ではいかないようだ。我が家に新たな危機。いや、ところが、私は期待に胸がふくらんでしまった。ドラマの世界ではないか。こんなことが、わが家で起こるのだ。

わおー、ほんまに。

「二～三日待てばええんやな」

父は神妙だった。

「ひとつだけ教えてくれ。その人は今も生きてるんか」

「それも含めてな。ちょっと待ってくれ。他人さまに迷惑かける話やさかい」

おばあちゃんは次の日の土曜日、朝から出かけたらしい。

そしてその夜、父から連絡が来た。明日、家に帰れと言う。

「その人が《ラブ》に来る」

日曜も出勤日だったが、「人生の一大事」とシフトを外してもらった。

「これからも何回一大事があることやら」

上司はひと言を忘れなかった。私は「テヘ」と頭を搔いた。

そして、その人はやって来た。

六

私の父はその父の顔を知らない。私も私のおじいちゃんにあたる人を知らない。早く亡くなったのだから仕方がない。そう思っていた。

実の祖父がいる？　そんな話が出たことはなかった。

私は昨夜からそわそわしていた。父の動揺は私以上に違いない。

午後一時に《ラブ》だという。

日曜日は夜明けに起きた。からだがモヤモヤするので、淀川の河原を走った。じゅうぶん汗を搔き、お風呂にお湯を溜めて入った。ごはんを炊いて朝食を作った。それでも八時。洗濯した。掃除した。窓を拭いた。日曜の朝、ふだんはテレビをつけないが、ニュースバラエティを二時間も見た。さあ、行くしかない。出かけた。でも早い。梅田で喫茶店に入った。お腹は空いていなかったが、ランチセットを食べた。

なんやかんやで午後一時、《ラブ》に着いた。

実家なのに緊張した。

扉に手をかけた。店に笑い声。女性の声。おばあちゃんじゃない。

ん？

「よし」

日曜は定休日。しかも緊張するイベント。お客さんを入れてる？

定休日であろうと勝手に来る客も多いが、その明るい笑い声は、まるで西成的ではなかった。

扉を引いた。

「彩、来たか」

おばあちゃんと向かい合って、ひとりの女性が座っていた。私を見ると立ち上がり、おじぎをした。私も店に入ってあいさつを返した。

壁の時計を見た。一時一分前。

こんな瀬戸際に誰か？　これから祖父がやって来る。ふたりで何を楽しげに話しているのか。

扉が開いた。父だった。店内を見渡している。見渡すほどもない店だけど。父は興奮を押し留めているに違いなかったが、女性は父にもあいさつをした。父は驚きの顔になった。

「え、どうしてですか？」

「ご無沙汰しております」

「でも、どうして？」

父は同じ質問をくり返した。女性は私に言った。

「上村です。彩さんにも、拙宅でお目にかかったと思います」

「上村さん？」

わかった。

「上村先生の奥さん」

「はい、郁子です」

私はあらためて頭を下げた。

「こちらこそご無沙汰しております。先生にはおいしい店に連れて行ってもらったりして。何もお返しできず」

「そんなのぜんぜん。若い人はそれでいいんです」

上町のお宅に何度かお邪魔した。孫娘のタカラジェンヌ美月とは、上村家で知り合って仲良しになった。昨年は米寿のお祝いもあった。

おばあちゃんは言った。

「掛けてくれ」

父と私は並んで座った。

「前置きはなし。この話や」

辻内家の戸籍謄本がテーブルにある。

おばあちゃんが書類の「父由彦」と書かれたところを指しながら言った。

「これはウソの申告。それは話した」

父と私の目が「それで？」と訊ねた。

ところが、答えたのはおばあちゃんではなく、郁子さんだった。

「和彦さんの実父は、上村篤郎なのです」

空気が固まった。

父こそ固まった。どの筋肉を次に動かしていいのかさっぱりわからないように。

「質問は山のようにあると思います。私がどこまでお答えできるか、わかりませんが」

父の訊きたいことは私も同じだろう。私は固まった父に代わって訊ねた。

「どうして奥さまが来られたのですか？」

それにはおばあちゃんが答えた。

「郁子さんとはかれこれ五十年来の知り合いでな。昨日今日はじまったもんやない」

「でも、五十年前って……」

と、郁子さんが肩を震わせはじめたのである。

おばあちゃんは郁子さんの肩に手を添えた。

そして父と私に語りはじめた。

愛子の話　一九六九年〜

よくもまあ、そんな人生が

一

東京オリンピックから大阪万博へ。前のめりな気分が続いている。世界も動いている。人種解放、女性の権利、パリでは五月革命、アポロが月に着陸。成金を目指すもの、解放を叫ぶもの。とにかく、世界はエネルギーに満ちている。日出《ひい》ずる国ニッポン。いよいよ先進国の仲間入りだ。愛と進歩と、豊かな暮らし。そして大阪こそ変わる。万博に世界中からお客さんを迎え、大阪は世界の大阪になるのだ。みんな、がんばろう。いまやらなくて何とする。残業いとわず働こう。睡眠は三時間でじゅうぶん。やればやるだけ給料は上がる。ホワイトカラーもブルーカラーも月曜から全力疾走。

土曜日の陽が落ちると、スイッチが切り替わる。千日前は不夜城となり、歓楽のエネルギーに満ちる。ひと夜の息抜き、ストレス発散。命の充電。男たちの汗と体臭、女たちの香水と吐息が夜を覆い尽くす。

そして夜をまたぐ。生乾きのにおいに陽が射し、街は新陳代謝をはじめる。

辻内写真館は毎朝八時に商売を始める。

目覚めのいい愛子だからこそ続く習慣でもあるが、上階が住居なのだ。下に降りて店のシャッターを上げさえすればいい。

早い時間の売上は少ないが、ゼロという日もない。時代に勢いがある。行楽へ出かける人が店前で待っていたりする。そういうお客さまこそ大切にしたい。この日も、生駒山《いこまさん》へ出かける夫婦にフィルムが売れた。

近所にいつも忙しい丸福珈琲店がある。ウエイトレスは朝から走る。シャッターを上げていると、声をかけてきた。

「おはようございます、愛子さん」

「おはよう。あとでうちにもホット頼むわ」

「ひとつですか」

「亭主はおらんわ」

インスタントでいいかもしれないが、丸福の濃いコーヒーがいい。それに、ちょっとした売上を融通し合うのも、商店街の付き合いだ。

淹れたてコーヒーで過ごす朝。愛子は新聞を広げながら客を待つ。

四ヶ月後に迫った大阪万博のドタバタが毎日載る。混乱が直前まで響いているらしい。建設工事は突貫も突貫。ほんとうに間に合うのか。

スポーツ面はオフシーズンさえ王・長嶋か阪神タイガース。地元には南海ホークスがあるけれど、鶴岡監督が勇退した今年は最下位。ヤケクソになったのか飯田監督と野村のけんかが絶えなかった。ファンは離れ、シーズン最後の数試合は観客が千人いたかどうか。記者は自虐記事を書くばかり。

——呑み客だらけの千日前。満席にあふれた客が『空いてる大阪球場でカップ酒』とやって来る。酔っぱらいのヤジは最低。卑猥、中傷、差別。文字にできない毒舌。選手やる気無し。監督も更迭《こうてつ》確実——

「野村に期待するしかないね。阪神は村山、西鉄は稲尾。新しい時代の到来や」

新聞をひととおり読み終える。客がいなければ、それからは読書。

本から知識を得ることが好き。愛子はかなわなかった人生を取り戻すかのように文字を追う。違った人生があるのなら上の学校へ進み、きっと文学を勉強する。

石川県中島町に生まれた愛子は十一人きょうだいの末っ子。半農半漁の家では、上級学校への進学などない話だった。それなら大きな街へ行こう。図書館も映画館もある。芝居や歌舞伎、文楽も観られる。愛子は中学卒業と同時に大阪へ出て、下寺町の賄《まかな》い付き下宿屋の女中として働き始めた。

そこの下宿人に、市役所に勤める辻内由彦がいたのである。

由彦は愛子に惹かれた。本好きの愛子のため、大工仕事で食堂の片隅に「ライブラリー」をこしらえた。給料をやりくりして本を買い書棚に加えた。文学好きの愛子のために。川端康成、三島由紀夫、小島信夫、庄野潤三、丸谷才一、チェーホフ、スタインベック、フィッツジェラルド、クリスティ。

二人は二年後、結婚することになった。

愛子は十七歳、由彦は二十三歳だったが、おたがい、この人しかいないと思ったのだ。ふるさとの親も、早すぎると言わなかった。

公務員はクビになることはない。薄給とはいえ、定年まで勤め上げれば恩給は厚い。

「遅うなるよりなんぼかええ。親方日の丸は金に苦労せん」

愛子の両親はそう言って末の娘を嫁に出した。

しかし時代は動いていた。二人の暮らしにも波が押し寄せた。

由彦も若かった。波にあおられた。

「商売するんや。公務員の二倍、いや五倍は稼げる。日本国民全員、がんばりどきなんや」

結婚して五年後、役所を辞めてしまった。

由彦は写真を趣味にしていた。マミヤ6を抱《かか》えて街を歩き、景色を撮り、同人誌に採用されたりしていた。由彦はそれを仕事にするという。

「写真屋も未来の暮らしをになう」

とか言った。

しかし、それで食っていけるのか？

愛子の疑問に、由彦は一枚の写真を見せた。

四つ切りの大判。美しい女性がカメラ目線で微笑んでいた。

「どや」

「どやと言われても」

愛子は戸惑いながらも、背筋に電気が走った。

そのポートレイトには言葉にできない魅力があった。笑顔のような、色気のような、正面を見据える女の目の引き込まれそうな強さ。

由彦は感情を写している。文学にも通じる表現だ。

「あんたが撮ったんか？」

「お客さんをな、こんなふうにな、めちゃきれいに撮ったんねん」

「この女《ひと》、藤村《ふじむら》志保《しほ》さんみたいに見えるわ」

由彦は開けっぴろげに喜んだ。

「そうやろ、そうやろ」

由彦には、人の感情を引き出す腕前があるらしい。

「これを飾って客引きする。撮影でもいっぱい稼いだるわ」

由彦の瞳が黒く澄んでいる。まじめに考えてるんや。

「いっしょにやろ。な。お前となら、きっとやれる」

愛子も時代の波に未来を見たのだった。愛子は微笑んだ。

「ついて行くわいな。女房やないか」

千日前通にある元薬局を周旋《あっせん》された。少し手を入れさせてもらって借りる算段だったが、時代は銀行の査定もゆるくしていた。若いふたりにも与信《よしん》をくれた。それでえいや、と店ごと買ったのである。

三ヶ月後、辻内写真館ができた。

開店の日、通りに面してその女の写真を飾った。キャッチフレーズも書いた。

――あなたの美人を惹き立てます――

ベタというか、国語が間違ってると愛子は思ったが、新しい辻内写真館には未来を感じさせる気分があった。カメラ本体と交換レンズが並ぶショーケース、カラーフィルム。狭いながら照明機材を置いたスタジオ。ポートレイトや風景写真を額装して壁に飾ると、ちょっとした美術画廊に見えた。

客は来た。昭和四十年代、新しい生活への憧れが急速に高まりつつあった。

千里山《せんりやま》のニュータウンには、日本初の「3DK」という間取りが出現した。ダイニング・キッチンや内風呂のある暮らしの情景は、吉永小百合《よしながさゆり》や田宮二郎《たみやじろう》が主演する映画にさえなった。ニュータウンの抽選会は熱を帯びた。入居を果たした人たちは、映画の中でしか見たことのない、未経験のライフスタイルを現実のものとしたのだった。

由彦の「未来の暮らしをになう」という読みは確かだった。郊外住宅に住み電車で通勤しよう。新生活を記録しよう、家族の団らんを撮ろう。カメラは売れ、フィルムも売れた。撮影も安定した稼ぎになった。「美人を惹き立てる」ポートレイト、小学校の遠足や運動会。南海ホークスの指定業者にもなり、選手の写真をウインドウに飾った。

稼ぎは公務員時代の二倍になった。二年目には一気に五倍となった。

愛子はフィルムを売りながら、客がはじめた新しい生活の様子を聞かされ、自分の未来も夢想するようになった。夢想というより手の届く未来と感じ始めていた。ニュータウンに申し込んでみようか。庭付きの家を建て、阪急で通勤するのも夢じゃない。子どもを作ろう。にぎやかな家庭を作ろう。子どもは二人か、三人か、息子ふたりに娘がひとり。

とはいえ、人生は思ったようにはいかない。身ごもる気配は訪れなかった。

夫婦仲に倦怠気分が漂いはじめた。おたがい「子どもがほしい」と強い気持ちをもった反動だったのかもしれない。

そして金だった。儲けがぎりぎりだったら、ふたりは肩寄せ合ってがんばり続けたかもしれない。幸か不幸か儲かった。開店から三年間、利益は倍々ゲームで増えた。

金というものは、あればあるで人生がおかしくなる。

由彦は公務員のころ、安い飲み屋へ出かけていたが、金が使えるとなって新地に入り浸るようになった。愛子は割り切っていたし、経済的に家庭を支える由彦を頼りもしていた。

しかし、由彦は商売に熱が入らなくなった。朝帰りが日常になり、出かけたきり、数日帰ってこない日も増えた。学校にも球場にも行かなくなった。

愛子はひとりで店番をするようになった。客には愛嬌を振りまくが、客が引いて一人になると情《なさ》けなくなる。知らずの涙にむせぶことがあった。

「私、なんで泣いてんねん」

自分を励まし、次の客にまた笑顔を向ける。

師走《しわす》に入ると、千日前はがぜん騒々しくなる。しかし愛子にとってはそんな活気も、うそ臭いものに思えた。

二

金曜日の遅い午後。居酒屋は準備に慌ただしいが、辻内写真館は閑古鳥《かんこどり》であった。由彦は一昨日出かけたきり。

愛子は店で本を読んでいた。三島由紀夫《みしまゆきお》《豊饒《ほうじょう》の海》の第一部《春の雪》。明治末年の西郷家と皇族の妃殿下候補の悲恋物語。四年前、文芸誌に発表されたときにも読んでみたが、輪廻転生という主題がよくわからず、続編に手を付けていなかった。三島ファンなのだが、この物語は哲学的過ぎるというか、むずかし過ぎた。しかしいま天啓《てんけい》が訪れた。古代宗教から抜け出たような象や蛇が描かれた新装の表紙に、三島が書こうとした真理に突然気づいたのだ。

それを気づかせてくれたのは、新しい書店の紀文堂であった。

本好きの愛子にとって、パラダイスのような場所が先月、梅田にできたのである。

「すごい本屋」

という噂が流れていた。新聞にも紹介記事があった。

阪急三番街という未来的な街にあり、本屋はその一階を占めていた。地下にはなんと川が流れていた。そして本屋はただ広いだけではなかった。書棚も、家具も、照明も、サービスも、まるで一流ホテルだったのである。愛子は上質な気分に包まれ、我を忘れ、気づけば一日のほとんどを紀文堂で過ごした。

それから通った。無常に苛《さいな》まれる日常を忘れるため、精神の平穏を保つために通った。水曜には商売を休む。その日は決まって本屋に半日以上いた。タカラジェンヌとも出会った。聞けば歌劇団も水曜が休みで、彼女たちも本屋に来るという。

そしていま、まさに読まれるべき物語として、《豊饒の海》が愛子を待っていたのである。

焦がれるようにページを繰った。読み進めるほどに没頭した。生とは、愛とは、無常とは、生とは、死とは、転生とは。


背広姿の男性が店にいた。愛子は気付きもしなかった。

「辻内さん」

呼びかけられて、血の気が引いたほどだった。

「あ、すみません。これは、佐々木《さ さ き》さん」

なにわ信用金庫の行員、佐々木だった。

本に栞《しおり》をはさんで椅子に置く。意識を日常に戻す。

「いつもお世話になっております」

「こちらこそお世話になっておりますが、ちょっとよろしいですか」

「ぜんぜん大丈夫ですよ。コーヒーでも頼みましょうか」

「いいえ、結構です。まあ、お座りください」

佐々木は神妙な目をしていた。愛子は質問を先取りしたつもりで言った。

「売上減ってますわ。申し訳ありませんね」

佐々木は言った。

「商売に浮き沈みはありますし、写真は期待値の高い商売です。心配しておりませんが、ただ現状、お店は奥さまひとりで支えておられるのですね」

心配していないと言いながら痛いところを突いてくる。銀行らしいといえばらしい。

「フィルムなんかは私でも売れますけど、カメラやレンズはようわかりまへん。今もねえ、いつもなら新年に向けて売上上がる時期ですけど、亭主商売身が入らずでね。撮影の仕事もさっぱりやらん。はい、銀行さんにええかっこはできません。ちゃんと言い聞かせます」

佐々木は黒縁メガネの縁を指先でちょっと持ち上げた。

「借入金の返済も滞っておりませんし、定期預金もあります。ただ、ひょっとして、奥さまはご存じないかと思って」

「へ、なんですかいな」

「ご主人が当座預金の半分を下ろされました。運転資金かと思ったのですが」

「え」

まるで知らない。お金に関して、愛子は小口現金をやりとりするくらいで、預金とか運転とか、いわゆる財務は由彦任せだった。

「下ろしたって、なんぼですか」

「四百万円です」

「ええ！」

大卒の初任給が三万円の時代だ。大金には違いない。しかし愛子には判断の基準がなかった。

「ご依頼がある以上、お引き出しに問題はありません。お宅さまのお金です。ご事情があっての資金でしたら、当行をいかようにお使いいただいても結構です。ただ、奥さまにはお知らせしておいたほうがよいかと思った次第です。取り越し苦労かもしれませんが」

「いえいいえ、まあ、そうですか。四百万……大金や」

佐々木は黙っている。愛子は訊ねた。

「半分と言われましたか。ほな、口座にはまだ、同じ額が残っとるんですか」

「はい、ぴったり四百万円です。本日は取り急ぎお知らせに参りました」

佐々木は最後に言った。

「口座名義人はご主人です。引き出しのご依頼を受けて、当行が拒否することはありません」

佐々木は帰った。

客が来たので笑顔をつくった。カラーフィルム十二枚撮りですか、二百九十円です、どうもおおきに、またお越しください……。

接客を終えたとたん、顔にも心にも紗《しゃ》がかかった。からだから力が抜ける。

そしてそんな日の暮れ、由彦が帰ってきた。

愛子に言葉をかけもせず、店を素通りして階段を上がった。

帰ったかと思いきや、無言のまま出ていくようなことも多いのだ。

二階へ追いかけた。由彦は台所で炊飯器を覗き込んでいた。

「めし食いに帰っただけかい！」

愛子は由彦を居間へ引っ張った。

「何やねん、いきなり」

久々に聞いた亭主の声だった。畳に座りこんだその目はどんより灰色だった。

「銀行の佐々木さんが来たんや。金下ろしたと言われたわい」

愛子はまくし立てた。

「あんた、四百万もなにすんねん。言うてみ。商売が傾いとんの知っとるな。お客さん減ってんの、知っとるな。学校の仕事辞めさせられたん、知っとるな。野球もや。ぜんぶあんたがぐうたらなせいやないか。ええ、四百万なにすんねん。店に使うてくれるんか。考えがあるんなら言うてくれ。改装する、新しいカメラ仕入れる、うちはなんも反対せえへん。写真屋は未来や、言うてたあんたはどこいった。うちにはええお客さん、いっぱいおるやないか。その人らも、うちだけが留守番しとる写真屋は頼んない。うちはニコニコ笑うてるだけなんやで。お客さんと写真の話をしたりいや。好きではじめた商売やろ。ウィンドウのポートレイト、自慢やないんか。遠足も運動会も、ええ写真撮ってもうてありがとうって、いっぱい言うてもろうたやないか。これからどうすんねん。どうしたいねん。四百万、何に使うねん」

愛子はにじり寄り、由彦の顔を両手で挟み込んだ。由彦の目を真正面からのぞきこんだ。目は泳いでいる。肌に精気がない。口びるは乾いている。

死人みたいな顔や。ほんま、どうしてしもたんや。

「あんたが稼いだ金や。使うたらええ。せやけど、夫婦やないか。何でも言うてくれよ」

「何もないわい」

由彦は愛子を振り払った。立ち上がるとそのまま階段を降りた。

由彦は通りへ出ようとした。愛子は「どこ行くねん」と追いすがった。腕をつかんだ。

「離してくれ」

由彦はまた愛子を振り払った。

愛子は腕をめくらめっぽう振り回した。由彦の胸や顔を叩いた。足も振り上げ膝や脛《すね》を蹴った。由彦はからだが大きい。小さな攻撃をやり過ごしながら、哀しい目をしていたが、一閃《いっせん》、愛子の頰を張った。

愛子はよろめいたが、また腕を振り回した。

「あほ、あほんだら。お前なんか死んでまえ！」

隣のお好み焼き屋やから、亭主と奥さんが出てきた。亭主は由彦に、奥さんは愛子に抱きついた。

愛子は抱きつかれながら声を振り絞った。

「どこでも行け。お前なんか死んでまえ！」

由彦は罵倒《ばとう》されながらも、遠い世界でも見ているかのように、眼球を漂わせていた。

その時の由彦の目を、愛子は一生忘れない。

それは無関心に見えた。哀しさを超えた哀しさの色に見えたのだった。

三

夜寝るときにはふとんを並べて敷く。染みついた習慣。

そして朝、きれいなままの亭主のふとんを、また押し入れにしまう。

あくる金曜日と土曜日も由彦はいなかった。

情けなくて泣きそうになる。文句を垂れる。

お好み焼き屋の夫婦が顔を見せては親身になってくれる。

「男にはそういうときがある。お金下ろしたんも理由があるはずや」

人生は、それを良い方から見たほうがええ。逆から見たら、哀しくなるだけ。

夫婦は同世代で若かったが、かけてくれる言葉は人生の教訓だった。

そうかもしれない。この夫婦はともに小学校しか出ていないが、苦労を重ね、力を合わせ、念願の店を持ったのだ。

愛子は呆れることにも飽きていたが、励まされて店に立った。とはいえ、ぼやきは尽きない。

「世の中好調らしいけど、どうすんねん」

新聞にまた万博の記事。

――大阪の未来がはじまる――

「店の未来はうちが支えるわい。あいつはもうあかん。死んでもうたらええねん」

この数日、何度「死んでまえ」と口走ったことか。大阪の人は、あほ、くそ、死ねとよく言う。口癖のようなものだ。私はその百倍言うてるけど。

昼下がり、「教授」がやってきた。月に一～二度やって来るお得意さん。

「フジカラーの二十枚撮り、もらえますかな」

「はいはい」

愛子は腰を浮かせた。

「いつもの、ASA100でよろしいですか」

白髪まじりの六十二歳。上品なセーターにスラックス、革靴はいつも磨いてある。

「教授」の愛称を持つ男性だが、じっさい阪大の先生だったひとだ。定年退職したが、研究で写真を撮ったことで面白さを知った。同人サークルに入り、仲間と連れだって山や川、京都や奈良へ撮影に行くようになったという。

辻内写真館はときにこんな仲間のサロンとなる。数名顔を揃えれば丸福からコーヒーをとって、写真談義をはじめるのである。各自のベストショットを壁に飾る。自慢を語りあえばフィルムはもちろん、交換レンズ、フィルター、新しいカメラの購入にもつながる。

そして類は友を呼ぶ。大学関係者に医師、弁護士、出版、舞台人、待ち合わせするわけでもなく集まる文化サロン。スタンリー・キューブリックの「二〇〇一年宇宙の旅」が封切られたとき、その映像美にサロンは白熱した。愛子もすすめられ観に行ったのだが、ストーリーはまるで意味不明だった。しかし感性が揺り動かされた気がした。確かにその映画は未来だった。愛子がそんな感想を漏らすと、サロンはまた盛り上がった。

満足な教育を受けられなかった愛子の、入ってみたかった知的な社会が、図らずも店に出現したのだ。セクトやオルグやらの難しい革命会議みたいになったこともあったが、そういうのも含めて、愛子は彼らの話が楽しかった。

由彦も最初のころは写真談義に混じっていたが、いつしか興味が失せ、知った顔が来ても、おざなりなあいさつをするだけになった。

それでも彼らは店に集まった。それは愛子の存在だった。

愛くるしい若奥様。偉そばらない。あっさりしているところがまた良い。そのうえ好奇心を尊敬している。

「若かったら、ぜったい結婚申し込むけどなあ」

教授と同年代のオヤジ連は茶化すばかり。愛子が夫婦仲の悪さを嘆くとそこにも突っ込む。盛り上がる。若い独身男性たちは茶化しきれずにいる。まだ二十七歳の愛子は愛くるし過ぎるのだ。教授の教え子で阪大の助教授、上村篤郎は愛子の熱烈なファンだが正直な性格で、しょせん無理な話と真面目に発言する。

「愛子さん、人妻ですよ。結婚申し込めませんやん」

「上村くん、略奪や」

　年寄りチームはあおる。

「恋は壊すところからはじまるんやで。ええ女が空き部屋なはずがないやろ。それに、夫婦仲ややこしいとか、言うとるやないか」

　そや、そや、とはやし立てる声。愛子も笑っている。

「勝負してみい。獣道は恋の基本や」

「ケモノミチねえ」

「ギリシャ神話でも源氏物語でも、昔から変わらん恋の基本。なあ、諸先輩方」

　そうや、そうや、と声、声。

「君らの世代は根性足らん。わしらみんな獣道を通って来とる」

「しかしご同輩」

　もうひとりの男性が突っ込む。

「獣道の先に獣が居るとはつい知らず、ではないですか」

「これはまた、真理ですな」

　別の男性は都々逸《どどいつ》をうなった。

「昔の乙女いま太め、かつての美少女いまケモノ」

　笑い声が爆発する。

　愛子にとっても、上村はあこがれの人だ。京都大学卒で中央官庁に入り、阪大の先生となって実家のある大阪へ帰ってきた。違う人生があるなら、こんな人の奥さんになりたい。愛子の夢想だ。教授は言った。

「せやけど、上村くんには許婚《いいなずけ》がおるしな」

「いや、決まったわけやないんですけど」

　このひと、どう答えるのだろう。

　愛子は上村の相手のことは聞いていた。

　京大病院の看護師で、両親とも医師という家庭のお嬢さんである。

　患者と看護師という立場で出会った。交通事故に遭って搬送されたのが馴れそめ。入院一ヶ月。上村は彼女の人柄を知り、家庭的な感じに好感を持った。

「とてもいい人だった」

　と退院後、母に話した。すると母は正式な見合い話にしてしまい、張り切って進めたのである。

「間違いのない方ですよ」

母は言い、上村も、結婚とはこういうものか、と思っていた。

しかし上村は愛子に、そういった結婚観とは違う想いを持ったのである。


愛子と上村篤郎がはじめて言葉を交わした場所は、梅田の紀文堂書店だった。

写真サロンに来るので顔は知っていたが、話をしたことはなかった。

その彼が、本屋にいた。

ふたりとも本好きで、本のことを話した。本屋のことも話した。

さらに知った。その素敵過ぎる本屋は、篤郎の師匠筋にあたる先生が設計したというのだ。

愛子の知的好奇心は痛いほどうずいた。

「すごい世界のお話ですね。いろいろ教えてほしいです」

「もちろん」

愛子は思い切って言った。

「次もここでお会いしましょう。本屋でデート」

篤郎は一瞬返事に困ったが、落ち着きを保った。

「そうしましょうか。阪急でライスカレーも食べましょう」

「ライスカレー。すてき」

それから、ふたりは、

――紀文堂で待ち合わせ――

と毎度の約束を交わすようになったのである。


愛子は人妻である。それ以上、どうなるものでもない。

篤郎の見合い話も進んだ。愛子の家庭を壊し、自分の縁談を反故《ほご》にする。そんなことは空想、ドラマの世界だ。篤郎が「獣道」に分け入ることはなかった。

愛子も同じだった。最悪の伴侶となった由彦に恋のかけらもなくなり、恋の心を、大学教授の奥さんになってみた空想へ、広げてみただけである。

いらつく気分はなかなか晴れない。この夜も店をしめてから梅田へ出ることにしていた。《春の雪》を読み終え、続編を買わずにいられなかったこともある。物語は、悲恋の末に死を選んだ主人公が転生するという。どんな結末へ至るのか。

教授が声をかけた。

「ASAは100でいいよ」

「は、そうでしたね」

愛子は棚からフィルムをひとつ取った。

「フジは製品が新しゅうなりました。ずっときれいに撮れるみたいです」

「そうやね。シャッター切るのが楽しいよ」

「風景ですか」

「いやあ、孫の七五三なんよ。おじいちゃんは写真が上手いとかほめられてね。息子夫婦がちっちゃい孫に言わせよんねん。かなわんで」

——写真屋も未来の暮らしをになう——

こういったお客さまが買い物に来る。亭主は言い当ててる。せやけど由彦、そう思うなら働かんかい。帰ってこんかい。お客さんを大事にせんかい。

教授は愛子との会話に自分自身を盛り上げたのだろう。二十枚撮りを二箱買った。

「お孫さんのええ写真、撮ってくださいね」

「言わんといて。プレッシャーや」

「まいどおおきに」

教授は言った。

「愛ちゃんは今日も上村くんと本屋デートかな」

「さあ、どうでっしゃろ」

待ち合わせといってもゆるい。同じ時間、同じ本屋にいるだけ。今日は三島の続編を買うだけ。でも、阪急でライスカレーを食べるかもしれない。そのあと、街をちょっと歩くかもしれない。

「恋とは危険な火花である、と言うしね」

「そそのかさんといてください。ちゃいます」

教授は笑いながら帰っていった。

なにわのことは夢のまた夢。夢は叶わないから美しい。

愛子ははたきを出してきて、値引き品を並べた店前ワゴンをパンパン叩いた。

四

篤郎は辻内写真館のサロンに来たとき、何度か由彦と挨拶を交わしたことがあった。顔色悪く、愛想ひとつないという印象だった。夫婦が話す場面は一度も目撃しなかった。夫婦ならではの無言のやりとりなのだろう。他人にはわからない。

愛子も篤郎のお見合い相手と会ったことがあった。髙島屋の買い物帰りで、彼女が写真屋に行ってみたいと言ったという。清楚なたたずまいのお嬢さんだった。やたけたの暮らしをしている自分とは違う。交わることのない世界。だから愛子は本屋でも、波を立たせない鏡面のような心でもって、篤郎と待ち合わせた。

写真屋の二階が自宅だ。窓の向こうは千日デパート。雑多のかたまりのような店。安売りショップにお化け喫茶、最上階のアルサロはヌードショーをやっている。屋上には観覧車。壁に奈良ドリームランドの垂れ幕が下がっている。田舎から出てきた頃は、こんなのも大阪らしいと、雑多な景色に元気をもらうこともあったが、最近はうっとうしく感じるばかりだった。

新しい街はいい。阪急三番街。千日前から来ると、こっちは未来都市だった。自分が暮らしてきた大阪とは文化が違う。

そして未来の都市に最高の本屋。

愛子には書棚さえ光り輝いて見えるのだった。

この夜はさっそく、豊穣の海第二部《奔馬《ほんば》》を心はずませながら買った。期待感でからだが熱い。これで帰ります、と言いだそうとしたとき、

「じゃあ、ごはんにしよう」

と上村に阪急百貨店の食堂へ誘われた。

愛子の熱さは続いてしまった。ライスカレーを食べながら、おしゃれな食堂にふたり、

という状況もあったが、篤郎が本屋を設計した建築家のことを話したからである。愛子の知らない話ばかりだった。こういう話をまるで知らないまま生きてきた。本を買って満たされたと思った心の上から、別の何かが乗っかってきた。心の水面は波立たずにいられなかった。堪らないものが胸に迫った。涙の粒が目尻からこぼれ、ライスカレーに落ちた。

「うえーん」

と声さえ出してしまった。

客の視線。篤郎はオロオロするばかり。それで懐のハンカチを出しそびれた（とあとで気づいた。ハンカチーフとは自分で使うものではなく、お相手のために使う。それが紳士と教えられていたのだが）。

立ち番のウエイターがめざとくナプキンを持って来た。

愛子はナプキンを引っつかむと洟《はな》をかんだ。

現実的な音だった。

篤郎は一転、笑ってしまった。

万博は開催間近。篤郎は超多忙の日々だったが、飯は食う。通勤に梅田を経由している、と時間をひねり出しては愛子と待ち合わせた。

ふたりにとって、それはこころ和む時間だった。
ただ、ふたりとも心をそれ以上広げなかった。熱くなることを戒めていた。
決まった伴侶がいる。
それを変えることを、互いに思う事はなかった。
あっさりと別れた。この日も。

千日前に戻ると街はにぎやかだった。そして自宅に明かりはなかった。
すぐにでも《奔馬》を読みたい気は静まっていた。
愛子は寝支度をして、ひとり眠った。

次の日。土曜日。愛子はいつも通り朝八時に店を開けたが、人通り少なく、客が来る気配がなかった（実際、午前中の客は二人だけだった）。
愛子は《奔馬》を読み進めた。

現世は仮の宿である。
人は死後、童子の姿に戻って宙に浮かぶ。

新しい父母を見定め、母胎に宿り、転生が成る。

生とは、死とは。


いまの私の心ではないか。


昼を過ぎた。空腹でもない。一食飛ばすか。腹と相談していると、なにわ信用金庫の佐々木がやってきた。

神妙な表情。

「ご主人は、いらっしゃらない、ですね？」

訊ねているような、訊ねていないような。

「おりませんけど。また何か」

「ご主人とは午前中に銀行でお目にかかったのですが」

「そうですかいな」

なにわ信用金庫は徒歩五分の距離にある。

「近くにおるなら帰って来たらええのに」

佐々木は重ねて訊ねた。

「戻っておられない」

「はずかしいことですわ」

愛子は佐々木に椅子をすすめたが、佐々木は立ったまま、表へ漏れるのを恐れるかのように声をひそめた。

「ご主人が当座の残額を下ろされました」

「え」

佐々木の声はさらに低い。

「残額って、よ、四百万円ですか」

「やはりご存じない」

愛子の声が撥《は》ねた。

「あわせて八百万！」

佐々木は愛子の腕を押さえた。声も抑えたままだ。

「先日も申し上げましたように、ご名義人の出し入れは自由です」

「ほなら、その金、何に使うんですか」

「それは私どもにはなんとも。運転資金として置いておられたのでしょうし」

「亭主はどこにおるんですか」

愛子は佐々木の腕を握り返した。

「朝に会うたんでしょ」

佐々木はやさしく愛子の手をほどきながら言った。

「私はただ、そういうことがあったと、奥さまにお伝えに参っただけです。出金はやはりご存じない。そういうことですね」

「知らんわい、なんも」

愛子は椅子に落ちた。肩も落ちた。

「口座は残っております。継続でご利用いただけます」

とか、佐々木が言ったような気がした。

銀行員は帰っていった。

由彦はその日も帰ってこなかった。

五

日曜日の朝。夜明け前から目は覚めていたが、ふとんにくるまったままイライラしていた。

「今日は休んだるわ」

天井に言葉を投げつけ、寝返りを打った。

「あほ、ボケ、カス」

またひとりごちる。布団にくるまる。

そんなとき、呼び鈴が鳴った。

何事や。まだ暗いがな。目覚ましを引き寄せれば、六時である。

寒いなあ、もう、と半纏を羽織って階段を降りた。

呼び鈴だけでは埒《らち》があかないと思ったのか、シャッターを叩いている。

「叩かんでもよろしい。何ですか。朝っぱらから」

「警察です」

警察……。

シャッターを引き上げた。

「辻内愛子さんですね。大阪府警捜査第一課の蒲田《かまた》いいます。辻内由彦さんのことでお話があります」

店の前にパトカーが止まっている。

通行人が何事かとたかっている。巡査が運転席を出て野次馬を堰《せ》き止めている。

「おじゃましますよ」

巡査ではなく私服の刑事だ。捜査一課？

店奥の簡易スタジオ。証明写真とか撮るところ。丸椅子をふたつ出し向かい合った。

「それで、なんですかいな」

蒲田は神妙な目をしたまま、十秒ほど黙った。

「なんですの」

寒い。半纏《はんてん》の前を両手で締めた。

蒲田は言った。

「ご主人が亡くなられました」

「え？」

「ご愁傷《しゅうしょう》様です」

「死んだって？」

愛子は訊ねた。

「なんで？　どこで？」

「九条新地の《富家》という旅館です。今し方、現場検証終わりました」

「現場検証って。まさか、殺された」

「捜査はこれからです。現場で見てきたことを話します。それから、いくつか質問させてもらうことになります」

蒲田の説明は次のようなことであった。

朝の四時、《富家》の二階から女の悲鳴が聞こえた。一階で寝ていた番頭は飛び起きて駆け上がった。番頭とは旅館のオーナーでもある調所忠彦《ずしょただひこ》。客室のふすまを開けると、ふとんの上に重なりあう男女がいた。女は「旅館従業員」の赤井志津《あかいしつ》。男の下で動けなくなって声を上げていた。男は微動だにしない。すぐ救急車を呼んだが救急にできることはなかった。医者が呼ばれ死亡を確認。その後検視医と鑑識が到着。死亡時間、死因、情況などを検分した。蒲田は遺体を警察へ移送指示。志津には服を着せ、旅館内に留めおくよう指示。そしてここへ来たという。

「死因はしっかり調べさせてもらいます」

愛子の感情は無色だった。どういう感情を持てばいいのかわからなかった。

ほんとに死んだのか?

亭主はクズ男に成り下がっていた。愛子は恨み辛みをぶつけ、けんかをした。そうは言ってもつい先日まで、生身の人間だったではないか。

蒲田は言った。

「お悔やみ申し上げますわ」

「私……」

愛子は訊ねた。

「遺体を確認に行くんですか。でも、ほんまに主人なんですか」

「調所さんが証言してくれたんでね。身元は判明したと考えとります。せやが近親者に確認してもらわんとあきません」

「調所さん？」

「《富家》のオーナーで、ご主人とは五年前からの顔なじみとか」

会ったことのない人だ。

「知らんのも当然ですわな。世の奥さまが、九条新地を知るはずない」

愛子は刑事の言葉をうっちゃって訊ねた。

「なんで死んだんですか」

「急に心臓が止まったようです」

「心臓が止まった？　なんでまた」

「それを調べんとあきまへんので、奥さんには検視解剖の許可をいただきたい」

「解剖って、やっぱり事件なんですか」

「警察はね、さまざまな方向性で調べなあかんのです」

「殺されたかもしれん」

「さまざまな方向性で調べるということです」

「首を絞められたとか、毒を盛られたとか？」

愛子は必死に訊ねた。何の必死かわからない。蒲田は質問で返した。

「ちなみに奥さんは昨晩、どちらにおられましたか」

「わたしですか。家で寝てました。どこ行くいうんですか。毎日毎日、上で寝てますわ」

刑事は表情を変えない。

「奥さんは、何か心当たりがありますか」

「心当たりって」

「ご主人が事件に巻き込まれているような気配とか、突然死するような健康問題とか」

この二年間、由彦のことはまるで知らない。体が悪いのか悪くないのかも知らない。

心当たりといえば、先週二回にわたって預金を下ろしたことだ。信用金庫から聞いた。

隠すことでもないわ。愛子は話した。

蒲田はメモを取りながら言った。

「八百万か。大金やね。ちょっと電話貸してもらえますか。署にかけます」

愛子はカウンタの向こうから電話機を持ち上げてショーケースの上に置いた。

「市内通話。十円分だけ」

そんなんはどうでもええ。

蒲田がダイヤルを回すと。すぐに相手が出た。

「蒲田や。いま千日前やが、《富家》へ戻って赤井志津を聴取《ちょうしゅ》する。あっちに誰か残ってるか。おらん。ほな須藤《すどう》、お前すぐ行って見張っといてくれ。まだ任意やけどな。ここの電話番号は……」

愛子は店のカレンダーを示した。お客さんに配るようにと毎年作っているものだ。いちばん下に店の番号がある。

蒲田は番号を伝えると受話器を置いた。それから訊ねた。

「八百万はお店の金ですか、それとも個人の」

「口座名義は主人ですわ」

「何で引き出したかわからない」

「わかりません」

「ご主人から何も聞いていていない」

「聞いてません」

蒲田はひと息つく。

「ご主人は木曜日と土曜日、二回にわたって合計八百万円を引き出した。そのお金がどこにあるか知らない」

「ぜんぜん知りません」

「金曜日から土曜日に起こった事を、順序立てて教えてもらえますか」

愛子は話した。むかつくことの連続。

蒲田はメモを見ながら復唱した。

「ご主人は木曜日に四百万円引き出した。それを奥さんは、訪ねて来たなにわ信金の佐々木行員から聞いて知った。ご主人は金曜日の夕方に一度帰ってきたが、けんかになって出ていった。その様子はお隣のお好み焼き屋《テツ》の夫婦が了解している。その夜ご主人は家に帰ってこなかったが、土曜日に再度、なにわ信金で四百万円を引き出した。それもまた奥さんは訪ねて来た行員から聞いて知った。ご主人は土曜日の夜も帰ってこず、日曜日の朝、旅館《富家》で亡くなった状態で発見された。いっしょにいたのは赤井志津、二十五歳」

電話が鳴った。

「デカ長。《富家》に志津がいません」

「なんやて。調所さんは」

「います。でも知らんそうです」

「留めとけ言うとったやないか」

「現場検証終わるまでと思うてたらしいです」

「そうか。とにかく探せ」

蒲田は受話器を置いた。

「ご主人と一緒におった女がおらんようになりました。辻内さんの金を持ってるかもしれませんな」

金を女に渡した？

ほんで死んだ？

「とにかく調べます」

「どうなんねん」

愛子は声を上げた。

「私はどうなんねん！」

愛子の声は通りへ飛び出した。吠えるような声には泣き声が続いた。通行人が立ち止まる。近所の人が集まる。覗き込む。愛ちゃん、どないしたんや、ちょっと入れてんか。巡査が堰《せ》き止める。関係ない人は退いてんか、声が飛び交う、何が関係あって、何が関係ないんや、説明せんかい、愛ちゃん、泣いとるやないか、警察、なんとかせんかい、巡査ともみ合いながらも愛子に呼びかける、どうしたんや、大丈夫か、ワシらにできることあったら言うてくれよ。蒲田が言い返す。みんな静かにしてんか、難儀な情況なんや、群衆が蒲田をにらみつける。何が難儀なんや、愛ちゃん、泣いとるやなかいか、店に入って行く。蒲田は巡査に言う。笛や、笛吹け、巡査は警笛を口に咥《くわ》える。ピー、ピー、ピー。ピッツピッツピー！、群がる連中はひるんだが、笛がまた人を集める、たばこ屋に、薬屋に、喫茶店に、アルサロに、愛ちゃん大丈夫か、警察が何かしよったんか。蒲田は怒鳴る、あほ抜かせ、警察は正義の味方や。庶民は言い返す、ほんならどろぼう捕まえんかい。このへん引ったくりにスリだらけやないか……。

とその時、タクシーが店前に止まった。タクシーらしからぬ急停車。パトカーのすぐ後ろ。

今度は何や、群衆が目を遣《や》ると、タクシーから降りてきたのは黒髪長髪の女、ひと目で美人とわかる顔のつくりだったが、化粧は剥がれている。

女は辻内写真館の看板を確かめると群衆を掻き分け、店に入った。

蒲田は言った。

「志津やないか」

「刑事さん……」

「逃げたと思うたで」

「逃げた？　何で逃げるんです」

志津は答えながら、店の奥に愛子を見つけた。

「あちらが辻内さんの奥さまですね？」

志津は奥へ入ろうとしたが、蒲田は押し留めた。

「何しに来たんや。探しとったから、ちょうどよかったけど」

「探していたって。私をですか？」

蒲田は言った。

「あんた、ひどい顔やで、しょうみなところ」

野次馬が何事かと騒がしい。応援の巡査が三人やって来て、群衆を店から離しはじめた。

そこへ駆け込んできたのは須藤刑事。蒲田を見つけるなり言った。

「デカ長、志津がこっちに向かったようです。タクシーの運ちゃんに行き先言うの聞いた人がおって、え？　おるわ」

蒲田は須藤に相づちしてから志津に言った。

「ここへ来たっちゅうことは、あんた、悪いことしとらんようやな」

志津は蒲田の言葉に、目をきつくつむって顔を伏せた。感情をこらえているように見えた。それから顔を上げ、ふう、と息を吐いた。

志津は言った。

「私、悪いこと、してます」

声が震えている。目尻から涙がこぼれている。

蒲田は巡査に、誰も入れんようにしてや、と指示し、志津を店の奥へ誘った。

「泣きな。話を聞かせてもらわんとあかん」

予想できないことが連続で起こる。愛子の涙は引っ込んでいた。

志津は愛子の前に来た。そして、深々と腰を曲げた。蒲田が言った。

「ご主人と最後、いっしょにいた女性や」

志津は頭を下げたまま。

「署で事情聴取したいところやが、どうするか」

蒲田はそれだけ言ったところ、志津は膝を折り床に正座した。愛子の顔を上目遣いに見たが、両手のひらを床に貼りつけ頭を下げた。額も床に貼り付けた。そして言った。

「何があったのか、わたしにも、ぜんぜんわかりませんが、その場にいたのは奥さまではなく、わたしでした」

頭を小さく左右に振る。涙をこぼす。言葉は途切れ途切れになる。

「奥さま、ほんとうに、申し訳ありません。もう、わたし、わたし、どう申し上げていいのか、わたし」

蒲田は志津の肩に手を置いた。

「とにかく、ちょっと座ってんか。話を聞かせてもらわなあかん」

志津は蒲田に支えられ、徐《おもむろ》に顔を上げた。

「はい、すみません……」

愛子は志津を見て驚いたのだった。化粧は乱れていたが、彼女こそ辻内写真館に飾られたポートレイト、その女性だったからである。

こんなふうに撮ってな。美人に撮ってな。ウインドウの彼女を見てお客さんがやって来た。辻内写真館の評判を高めた写真の女。愛子は最初、視線が鋭すぎると思った。しかし見慣れるにつれ、その鋭さは哀しさに見えた。瞳には一点の光があり、哀しさの奥に秘めた決意があることに気づいたのだ。

その女性が目の前にいる。そして亭主が死んだことを詫《わ》びている。

どう答えていいのかわからなかった。愛子は黙ったままの態度で返すしかなかった。

六

蒲田は検視解剖を要求した。しかし毒殺などといった所見《しょけん》はなく事件性は認められなかった。推定死亡時、由彦といたのは志津だったが、志津にも殺害につながる動機は認められなかった。彼女は四百万円の現金を封を切らないまま持っていた。由彦が最初に下ろした四百万円は《富家》の帳場に預けられていた。旅館の支払いとともに、番頭の調所には盛り場のツケ払い精算も頼んでいたという。志津は全額そのまま返却した。調所も領収明細とともに残金を戻すと言った。由彦の死とこれらの金に因果関係はあるのだろうか。現金の行方は判明している。

そこへ、検視解剖で明らかになった事実があった。由彦の脳に腫瘍《しゅよう》があったのである。側頭葉のがんは末期で、長くて三ヶ月の余命だった。

愛子もはじめて知った。

本人は知っていたのか？

あの哀しい目は、死期を知っていたからだったのか。

警察医が愛子に訊ねた。

「ときどき、頭に鋭い痛みを訴えませんでしたか？　眼球が泳いだり、唇が震えたり、イライラが止まらなかったり。そうとう辛かったはずです」

医師はこうも言った。

「末期には記憶が飛ぶことがあります。自分がどこにいて何をしているのかわからないまま、行動していたとも考えられます。もはや診断はできませんが」

不機嫌はそのせいやったんか？　私に心配かけたないから、だんまりを通してたんか？しんどいなら言うてくれよ。なんで言うてくれん。私はヨメはんと違うんか。家族と違うんか。早うわかったら、なんとかなったかもしれんやないか。

外に女がいる。豆粒ほどのことだった。いずれ亭主は家に戻る。子どももでき、家庭を作る。

なにわのことは夢のまた夢。

愛子の感情は枯れて哀しみがこびりついた。その哀しみの種類はわからなかった。ひどい孤独感が残ったことだけはわかる。心が重すぎる。

しかし、孤独にひたる時間などない。

愛子は重い心をとにかく動かそうとした。動かさねばならない。

現実がある。やらねばならないことがある。
葬式を出す。喪主を務める。ひとつずつ、やることをやって日々を過ごすしかない。

現世は仮の宿である。
人は死後、童子の姿に戻って宙に浮かぶ。
時は偉大だ。孤独感など、全宇宙の時間と比べればちりひとつの大きさもない。
愛子は宇宙の壮大さを想い、想いの中に哀しみを溶かそうとした。
ところがそこに現実の音が混じった。
店の裏口がガタガタ鳴ったのだ。
呼鈴をならせばよいものを、なにしとるんや。
愛子が一階へ降りようとした矢先、逆に階段を駆け上がってきた男がいた。
現れたのは篤郎であった。

七

愛子の全身が固まった。

宇宙の中へ意識を溶かそうとした哀しさは、一瞬で遠い記憶になった。

愛子は篤郎を見つめた。足が、手が、固まった。しかし動かない筋肉とはうらはらに、涙はあふれはじめた。涙は小さな愛子のからだを支配し、いまにも殺してしまうかのように、上へ下へ震えさせた。耐えきれず膝が崩れた。

篤郎が愛子を支えた。強く引き寄せ、抱き留め、さらに額と額を合わせた。

掛け合う言葉はなかった。愛子はさらに泣いた。涙に濡れそぼれた。

ふたりは温かさを確かめ合った。背中や腕をまさぐり合った。

篤郎の指は愛子の髪を、首筋を、頬を撫でた。

愛子は篤郎の指を感じながら、引き締まった体を感じた。

熱があった。熱はさらに熱い熱になった。からだが、もっと親密に触れてほしいと願った。

孤独と絶望が熱によって、奥底に潜む女の性を目覚めさせたとしか言いようがなかった。

愛子は篤郎の顔を引き寄せ、唇を強く押しつけた。抱き合ったまま立ち上がり、腕にさらに力を込めた。哀しみはすべてをさらけだしたいという欲望に変わった。愛子は足を篤郎の股の間に差し込んだ。太股同士が絡み合う熱。気が狂いそうだった。もっと、もっと。私を壊して。ふたりは競い合うように、着ているものを脱いだ。

熱い息づかい。待ち望んでいた瞬間を思う心、さらなる孤独へ向かう闇の恐怖とのせめぎ合い。しかしそれらすべてを一緒くたに、女の情が爆発した。

愛子は燃え尽きた。

千日前通りの車音が窓ガラスをかすかに揺らせる。

熱は去り、冬の一日があった。

からだをあわせたまま、こころは平静に戻っていた。篤郎が目を開いて愛子を見つめていたが、愛子がその時思い出したのは、篤郎が連れてきた許婚だった。郁子さんというひとだった。

愛子は篤郎の目に言った。

「これはなかったことにしてや」

「何いうてんねん。僕は、愛子さんが……」

愛子は掌を、叩くような勢いで篤郎の口にかぶせた。

「あとは言うたらあかん」

なおも掌を外さずに言った。

「ぜったいにあかんで。上村せんせい」

愛子は立ち上がった。手早く服を着た。篤郎も急かせた。

髪の乱れに手ぐしを入れ鏡を見てひとりごちた。

「なんちゅう顔や」

ひと言吐いて、部屋へ戻る。篤郎に向き直った。できる限り、低い声にして言った。

「さあ、帰ってんか」

背中に手を添え、階段を下へ追い立てた。店の外まで。

ちょうど走ってきたタクシーを止めた。

愛子は言った。

「明日が通夜で明後日が葬式です。上村先生には縁もない男ですけど、線香でもあげに来てやってください」

愛子は篤郎に言葉を返させず、タクシーに押し込んだ。

ひと月後、篤郎は正式に婚約した。

結納も執《と》り行《おこな》われた。

八

あっぱれな死に方、腹上死は男の夢。などと表現されるのは小説や芝居の世界だ。

世間は表面的に同情し、じっさいは冷やかだった。

顧客がいるから商売は続けていける。居心地がいいと評判の写真サロン。私は看板娘、人気者だ（思いたくなかったが、そのくらい思っていなければ、やっていけない）。

しかし誰かが言ったという。

「あの店はゲンクソ悪い」

そんな陰口を叩かれて続ける意味あるか。

もともと、亭主の気まぐれではじめた商売やないか。

しまいや。もうしまい。

志津が金を返しにやって来た。封はされたまま。手を付けていないことは確かめるまでもない。四百万。なければ商売が傾くほどの金額。とはいえ受け取るか迷った。言葉にはしなかったが、ゲンクソ悪い金だ。金の大小ではない、嫌悪感を拭えない。

しかし、その感情は志津の話で変わった。志津が「旅館」に勤めたのには苦労の絶えない事情があったのである。しょせん他人事といえばそれまでだが、生《お》い立ちを知るにつれ、彼女がとてもいい人だとわかったのだ。

志津の祖父母は朝鮮半島から渡ってきた在日一世で、彼女は日本生まれの父親と、福岡出身の母との間に生まれたひとり娘だった。生家は三十年来、生野《いくの》で食品店を営んでいたが、両親が交通事故死する災難で困窮《こんきゅう》したうえ、店を人手に取られた。志津は店の再開を決意し「新地の旅館」で働くことにしたのだった。

哀しさの中にも強さをうかがい知る瞳の光は、世間の不純を濾過《ろか》して清《す》んでいた。ギリギリのところで人間の尊厳を維持する心の光、それがあの写真に写っていたのだ。

大陸出身者の血を受け継いでいるのか、肌は透き通るように白い。切れ長の目に尖った鼻、静かな眉、薄くて赤い唇、髪は黒々と艶やかだ。由彦はこの美貌に惚れたのか、あるいは彼女の苦難に同情したのか、今となってはわからないが、ふたりの関係は五年にわたった。そして一年前あたりから、由彦は破綻《はたん》しはじめたという。激しい頭痛に悩み、最近は自分のいる場所や、目の前の人物がどこの誰かもわからなくなってきたらしい。そして彼女は由彦の最期に居合わせることになった。由彦が息を引き取るその瞬間さえ、彼女は肌を合わせていたのだ。

なんちゅうこっちゃ。

妻として、自分がするべきだったことを、このひとがやってくれたのだ。しかも最後、とんでもないことに巻き込まれた。死体の下から助け出されたのだ。

志津はうなだれて肩を震わせ、しゃくり上げた。それから、目を伏せたまま沈黙した。札束が入った封筒が畳にある。分厚い。それをはさんでふたりの女が向かい合っている。

妙な連帯感が漂っている。愛子は感じずにはいられなかった。同じ女として志津に同情せずにいられない。でも同情は楽しくない。負けた者同士のちちくり合いに未来はない。縁を切ることが未来だ。この人もそれをわかっている。

何の因果もなければ、彼女とは友だちになれる。でも寄り添わない道を選ぶしかないのだ。

愛子は封筒を押し出した。

「これはあなたのお金です。返さなくて結構。そして、二度と私の前に現れないでください」

志津は封を見つめたまま顔を伏せていた。愛子の言葉を耳に溜めているように見えた。

「ありがとうございます」

志津は言った。か細い声だった。

「これで、お店を買い戻せます」

志津は顔を上げた。愛子は美しい瞳を見た。彼女の瞳には、哀しさと喜びと、決意とか感謝とか、燦爛《さんらん》とした色が混ざっていた。混ざってはいたが、それは嘘の混じらないきれいな色だった。

彼女が言ったとおりだろう。この金があれば店を取り戻せるのだろう。いまの哀しい商売から足を洗える。ところが彼女は、全額そのまま返しにやって来たのだ。

志津は両膝を揃えて正座しなおした。両手を畳に、頭を膝頭に付けるまで曲げた。

志津は言った。

「必ずお返しに参ります。私の一生を賭して」

透明な声だった。誠実な人柄そのものだった。

しかし愛子は返事をしなかった。

九

税理士の先生に店の経営状態を精査してもらった。八百万円は支払い準備金でもあったらしい。いきなりの現金不足。仕入れ代金を不渡りにしてしまうかもしれない。

「つなぎ融資は期待できませんね。晴れに傘を貸し、雨に傘を取り上げる。それが銀行です」

愛子には銀行の傘がどうこう、はどうでもよかった。言われるまでもなく、二度と金を借りるつもりなどなかった。税理士は言った。

「銀行は露骨ですよ。貸し剝がしに来るかもしれない」

店を閉めてしまうなら、取引先に迷惑をかけないで済むか、と訊ねると答えた。

「土地建物を売却すれば金は足りる。多少の現金も残る」

それで決まった。人生をやり直そう。他にも道はある。

決意は一方向だった。


しかし思い悩む日々が続いたことで、愛子のからだは変調を来していた。

貧血、吐き気。たまりにたまった疲れ。

「休みなさい。ビタミン注射でも打ってもらいなさい」

お好み焼き屋の夫婦にも言われ、町医者に通った。ところが疲労ではなかった。

これまた人生の一大事。

愛子は妊娠していたのである。

「おめでたです」

感情はあやふやだった。あやふやすぎるあやふやさ。笑みさえこぼれた。

医師と看護師は愛子の笑顔を、しあわせの象徴と祝福したが、それは人生の皮肉でしかなかった。

カレンダーに排卵日を♡マークで記し、子どもを授かろうとしていたのに、気配さえなかった。ところが、たった一度の交わりでできるとは。

愛子は思わざるを得なかった。

宙に彷徨《さまよ》う童子が、私の胎《はら》に宿ったのだ。奇遇や事故ではない。天啓なのだ。

——神秘というものは、こちらの意志にかかわりなく、理不尽に襲ってきて居すわる。

危険な贈り物——

危険な贈り物。でも、危険であったとしても、それは贈り物だ。子には生きる定めがある。この子を殺すことはしない。

愛子は店じまいに向けて段取りを決め、ひとつずつ片付けていった。

売り掛け、買い掛け金の整理、閉店セール、在庫処分、店の売却に思いのほか時間がかかり（買うと言ったがキャンセル、それが数度。ケチな評判が付いたおかげ）、結局、廃業は十ヶ月後になった。

そしてそれは臨月と重なった。

愛子は由彦の兄夫婦に妊娠を伝えていなかった。辻内家には縁のない話だったからだ。兄夫婦は愛子が臨月を迎えてはじめて事実を知った。あわててやって来ると揃って涙目になり、愛子を抱きしめたのだ。

「なんで言うてくれんかったんや。あんたには言葉にできんほどの迷惑をかけた。由彦との縁が切れても、あんたの面倒はみさせてもらうと決めてた。せやけど、うれしいやないか。あんな弟でも、種だけは残していきよった。ほんま、おおきに。間違いなく、あんたと子どもの後ろ盾をさせてもらう。住むところも、金のことも、生涯心配はさせせん」

愛子が伝えるべき真実は、兄夫婦の涙とやさしさに、津波のように覆われてしまった。

嘘の愛でもいい。愛がないより、ずっといい。

愛子はそれからの人生、ひとつの嘘を突き通すことに決めたのである。

息子は辻内和彦として成長した。

しかし人生は異なもの。
千日前の熱いひと夜は五十年の時を経て、新たなドラマへとつながったのである。

彩の話　その七

新しい家族

一

おばあちゃんは父に言った。

「私はお義兄さんお義姉さんに真実を伝えることなくお前を産んだ。辻内の家はたいそうな喜びやった。それでよかった。私は辻内の嫁として生きていく決意をした。ところが、この方が訪ねてこられた。お前が生まれた次の日、病院に花を持ってな。私は泣いた。ほんまに泣いたわ」

郁子さんが訪ねてきた理由は、子どもを認知することと、養育費の申し出だったという。

「この人は何もかも承知で、そんなことを言うてくれた。しかしこの子は辻内由彦の子として出生を届け、辻内家の息子として育てると決めていた。上村先生とは会わん。一生涯、知らん顔しといてほしいと頼んだ」

郁子さんは言った。

「それを聞いた主人は泣くことさえできませんでした」

郁子さんは指先で目尻を押さえた。

「主人は愛子さんにひとつだけお願いをしました。生まれた子を一度だけ抱かせてほしいと」

それがあの写真……。

父は言葉に詰まっている。

「それからも、私たちは何もできませんでした。愛子さんひとりに重い荷物を背負わせてしまったんです。ほんとうに、ほんとうに、重いものを」

「関わりのないあんたにこそ背負わせたやないか」

「そんなこと、まったくありません」

おばあちゃんは言った。

「郁ちゃんはええ人なんや。やさしすぎるほどやさしい。人の痛みを自分ごとにして辛い思いをしてしまう。私は、はじめて会ったその時から郁ちゃんが好きになった。それでお願いしたんや。ずっと友だちでいてほしいと」

私が店に入ってきたとき、ふたりはとても自然な感じで打ち解けていた。昨日今日始まった仲じゃない。五十年来の友だったのだ。

郁子さんは呼吸を整え、父と私に目を合わせた。それから言った。

「私が本日参りましたのは、お詫びを重ねることではありません。あらためて今お願いしたいことがあるからです。それをお伝えさせていただき、そのうえで次回は上村本人が参ります」

上村先生が来る。

そのとき父親の名乗りをすることになるのだろうか。

上村先生は父が阪大に入学し、しかも自分の研究室にやってきたとき、どんな縁を感じただろう。ふたりは研究や仕事で、長い時間をともに過ごした。いまも松丸の改装をいっしょにやっている。父はそこで佳代さんと出会った。佳代さんが松丸家の事情を説明することになったおかげで、秘められていた辻内家の歴史も明らかになったのだ。

でも、郁子さんのお願いってなんだろう。

郁子さんは言った。

「これはかねてから上村とも決めていたことでした。辻内家のみなさんにとっては今さら何を、というような申し出かもしれないのですが、先ほど、愛子さんにお話ししてみれば、私も驚きました。『じぶんもそう思っていた』とご承諾いただいたのです。それを和彦さんにお話しします。ご承諾していただけるものか、私にはわかりませんけれど」

「私が承諾するとは、どういうことなのでしょう」

郁子さんはおばあちゃんと視線を交わし合った。そして言った。

「上村篤郎が和彦さんを『子』として認知することです」

父と私は寸時固まったが、

「えーっ」

「えーっ」

とハモった。

父はのけぞった。

私は目をむいて郁子さんを見つめた。

おばあちゃんは無言だった。なにやら照れた目をしている。

父は両腕をテーブルに突っ張った。立ち上がった。

「いまさらですね。いまさらですよ。いまさら、どうするんですか」

父は狭い喫茶店の中を、右へ左へ、左へ右へ。

「いまですか。この時点でですか？」

父の息は荒い。

「いまさらの認知にどういう意味があるんです。僕にはわかりません」

私もわからないが、郁子さんは言葉を用意していた。

「上村は和彦さんに遺《のこ》したいものがあるそうです。それが理由のひとつかもしれません」

「遺す？　僕に何を遺すんです。遺産ということですか」

「そうとも言えるかもしれません」

「ご子息がいらっしゃるではないですか。不動産でも現金でも、息子さんに遺してください。僕には関係ない」

「和彦さんに遺したいのは、そういうものではないようです」

「そういうものではない？」

「それは、松丸の地下室にあるものだそうです」

父は立ち止まった。腕を組む。顔を天井へ向ける。言葉はない。

私は胸が高鳴った。だってそうだろう。なんと、松丸が登場したではないか。認知話に松丸。どういった縁がつながったものか。

「僕にあれを遺す？」

父は誰に話すのでもないようにつぶやいたが、すぐ郁子さんに向き直った。

「上村先生がそう仰ったのなら、そうなのでしょう。でも親子の問題とは別の話ではないですか」

そうだそうだ。どういう話なのか。

「別の話かもしれませんし、ひとつの話かもしれませんけれど、私がご説明申し上げることはできません。さっぱり何のことかわかりませんので」

郁子さんはあらためて姿勢を正した。

「私は本日、上村の意志を伝えに参りました。後日、和彦さんのご返答をお知らせください。認知をご承知なら、弁護士さんにお願いすることにもなりますので」

「弁護士？」

「特殊事情による戸籍の変更は、家庭裁判所の裁定を仰がないといけないそうです。でも、実父なので情況は勘案《かんあん》されるだろうと。必要ならＤＮＡ鑑定もいたします」

「ＤＮＡって」

父はつぶやいたが、鑑定などどうでもいいという目だった。

父はおばあちゃんに訊ねた。

「お母さんは承知したんやな」

おばあちゃんはまた照れたような顔をした。

「出生届はうそやしな。うそはやっぱりあかんやろ」

父は大口を開いた。思いっきりあきれた、というのはこういう顔だろう。

しかしギュッと閉めた。そして言った。

「よう言うわ。うそはあかんてか」

その言葉に、おばあちゃんは照れを超えて笑いだした。人生の一大事も笑ってしまう、大阪人の最悪なところだ。と思ったが、私も同じかもしれない。だって、今日のやりとりはいちいちとんでもなく面白い。私も顔のゆるみを抑えられない。父はそんな私を睨んだけれど、おかしい。すごくおかしい。だって、上村先生が父の父なら、私の祖父ではないか。

これが家族の真実らしい。

なのに私には人ごとのような、遠い世界のような、なにやら楽しい話に思えたのだ。

上村先生はいつも私にやさしい。

「孫娘みたいに思ってるのよ」

と美月に言われる。それもそうだ。実の孫娘なのだから。

上村先生には良昭さんという息子さんがいる。彼も青天の霹靂《へきれき》、兄の存在を知らされることになる。そしてそうなると、もうひとつの驚きがある。良昭さんの娘は美月。ということは、なんと、美月は私のいとこではないか。

タカラジェンヌのスターが私のいとこ。えらいこっちゃ。

想像の翼はまだ広がる。いや想像ではない。現実だ。

父と佳代さんが夫婦になったら、佳代さんの実父である（らしい）田辺嘉右衛門さんは義理といえ私の祖父ということだ。私は上村篤郎と田辺嘉右衛門という、二人の祖父を持つことになる。

母が早くに亡くなってから、この家は寂しかった。街のおっちゃんたちや常連さん、麻里のような同級生はいた。でも家族はずっと三人ぽっちだった。しかも生活時間が違うので、三人が食卓に揃うことも少なかった。

そこにいま、降って湧いたような勢いで家族が増える。系図的に親戚が増えるだけではない。新しい登場人物は個性にあふれ、刺激に満ちた人だらけなのだ。

二

父は佳代さんとの結婚を決意したとき、すぐに上村先生に報告していたが、それは上村先生が実父と知る以前であった。

それから一週間後、上村先生は実父として私の父と対面した。どうなることかと、私もドキドキしながら報告を待ったが、それは妙な感じで終わったという。

先生は米寿を超え、往年の活力は衰えている。縄文に関しての好奇心は衰えることなく研究を続けている、という具合だが、好奇心には体力が必要なようで、

「すぐに眠たくなってしまうんです」

と郁子さんは言う。たしかに私や美月と話すときもそんな感じだ。

興味のある話題を熱弁したと思いきや、あっという間に放心し、あとはニコニコしている。老齢というより、妙なバランスの上に性格が乗っかっているおじいちゃん。

父と対面した時も得意の古代話ではじまり、それに続いてさくっと告白したらしい。

父が私に報告したとき、父の顔に力がないのがわかった。

「毎度の縄文話ではじまって、流れで『父親になった』と言うた。ぼやぼやした話やった

わ。『父親になった』ってなんやねん、と思ったが、時効や。怒りも笑いもない」

縄文の流れで告白？　たしかに、なんやねん。父の気分はよくわかる。でも上村先生はいま、そんな人なのだ。

まあ、それも、上村先生と愛子おばあちゃんが再会を果たした後だったからかもしれない。

そうなのだ。

郁子さんが《ラブ》に来た次の日、ふたりは五十五年ぶりに会った。

思い出の本屋で待ち合わせしたのだ。

そしてそこはいま、私のいる場所でもある。

溜めて、溜めて、我慢して、我慢して、透明にまでなってしまった感情に満たされたという。

「乙女に戻ったわ」

おばあちゃんはそんなことを私に言ったのである。

父は戸籍上、上村先生の長男になった。「父」の欄に上村篤郎の名が入ったのだ。

上村家の戸籍にも認知の項が追加された。ひとり息子の良昭さんは父より年下なので、次男ということになるらしい。良昭さんには不安や不信感、猜疑心《さいぎしん》もあってしかるべきだ。上村家には上町の自宅を含め、それ相当の財産もある。

ところが、現状の人間関係は何も変わらないのである。逆に良昭さんは、すべてを聞かされた上で、兄ができたことを喜んだ。

そう、このふたりもはじめて、兄弟として顔を合わせたのだ。

大阪とテキサス。オンラインだったけれど、画面に現れた表情には喜びがあふれていたという。お互いそんなに縁はなかったけれど、年齢が近いこともあり、降って湧いたような勢いで打ち解けたらしい。

良昭さんはこうまで言った。

「財産があるなら均等に分けます。血縁ですから」

上村先生に借金はなかったので、幾分でも相続するなら結構な額になるそうだ。しかし父は「何も相続しない」と主張した。公正証書まで作成し、将来においても、一切の相続に関わらない、と法的にも明示した。

ただ、松丸の地下にあるものだけは引き受けることになった。良昭さんからも、

「いったい何のことか、さっぱりわかりませんので。そっちはお願いします」

「う～ん、だいたい上村先生の財産とも思われませんが。私に遺すと言われても」

父は返したが、

「とにかく、受け継いでやってください」

そう言われ、父は受けるしかなかったのである。

桜の咲く頃、父と佳代さんは晴れて夫婦になった。私は普段着の佳代さんと会うことが増えた。いまだ母と思ってしまうほど風貌は似ている。花街言葉を聞いて違いに気づくほどだ。

父はどう思っているのか。そこは訊ねないことにしていた。

戸籍の変更やら相続の確認やら、やらねばならない手順がひととおり済んだ。

おばあちゃんは肩の荷を降ろした感じがありありだったが、父と私に念を押すように言った。

「上村先生と、あるいは上村家と新しい交流がはじまる、というようなことはまったくない」

おばあちゃんが永く背負った人生、こだわり、意地。若輩の私でも気持ちはわかる。

ところが状況は楽しい方向へどんどん転がっていった。進むべき方向があったとしか思えない。一連の出来事をきっかけとして、西成の辻内家、上町の上村家、祇園の松丸家間の往来がはじまったのだ。

「ぜんぶ彩のせいや。寝た子を起こしよってからに」

「ぜんぶ、彩ちゃんが楽しそうにしているからよ」

おばあちゃんと上村先生に同じようなことを言われた。

ちゃうやろ、寝た子を起こしたのは私やない。みんな、自分らのせいやないの。

まあ、ええわ。たしかに楽しい。こんな家族関係は、なかなかない。

登場人物はまるで違った人たち、生活場所も生活様式もそれぞれが個性的。

上町の上村家は木造二階建ての、住まいが和風からモダンへ切り替わりつつあった昭和三十年代の建物。木づくりの外玄関には煉瓦《れんが》積みの柱、前栽があって、家の玄関はガラス扉、玄関を上がった隣には飾り出窓がある洋風応接間。一階は板敷きと畳敷きが交互。八畳の座敷は幅広の濡れ縁につながり、庭に植わる柿といちじくには季節の小鳥がやって来る。上村先生は一流の建築家だ。折に触れて手を入れ、いい感じの住まいを維持《いじ》している。

私はちょいちょい遊びに行くようになり、二階の六畳間に泊まってみたりした。先生も郁子さんも待ちかねていて、行けば手料理でもてなしてくれる。

おばあちゃんのSOSはあいかわらずで、週に一度は《ラブ》のヘルプに入る。警察が私の登場をリークし、常連がわんさかやって来る。東京から戻り、西成という街に異邦感を感じた私であったが、今また心境が変化した。星さんのような外の人の目を通した西成感にも触れた。そしてあらためて西成を見てみれば、そこにはやっぱり、他にないエネルギーが満ちている。それはこの街に、とても可能性があるということだ。

そして私にはもうひとつ素敵な場所ができた。松丸である。

父は寝室を事務所の簡易ベッドから、松丸の二階へ移していた。仕事が多忙で、週に一〜二度は事務所で寝てしまうのだが、夫婦の住処《すみか》は祇園の松丸家になった。間口は狭いが、いわゆる鰻の寝床で、実は百坪もある。座敷庭に沿って離れがひとつ。いまそこは私の別荘だ。私は祇園に隠れ家を持つ女なのだ。

十三のワンルームもある。ジョギングに最適な河川敷《かせんじき》は目の前。職場にはひと駅。麻里と飲み歩いても、タクシーであっさり帰れる。

いまや私には三つの別荘がある。

ああ、もうひとつあった。麻里の実家、芦屋山手の武野邸だ。史岳さんの件で友恵さんが、

「一生消せないような迷惑をかけた」

と恐縮し、なんやかんやと誘って来るようになった。ぜひにと声をかけられ、旅行気分でお泊まりさせてもらうと驚くなかれ、客室のベッドは四柱式で天蓋《てんがい》があった。麻里に訊

いてみれば、それは十八世紀後半、イギリス国王ジョージ三世時代のアンティークらしい。友恵さん、やり過ぎ、と思ったが、武野家に行けば、王女さまの気分を味わうことができるのである。史岳さんは正式に婚約した。友恵さんは私への詫びで天蓋ベッドを客間に置いたらしいのだが（何を詫びることがある。必要ない。金が余りすぎている）、私はもちろん、史岳さんの婚約を心から祝福した。友恵さんは言った。

「ここは彩ちゃんの別荘。いつでも来てね」

ね、いろいろ、あるでしょう。これが楽しくなくてなんとします？

私はあちこち訪ねた。そんな私の勢いのせいで、新しい家族たちもお互いの場所を往き来するようになった。

ぜんぶ、私が楽しそうにしているから。

たしかに、そうかもしれない。

そしておばあちゃんも上村家を訪ねるようになった。

郁子さんとはさらなる友情を深め、息子の良昭さんとも話をするようになった。

家族っていい。私は思う。

三人だけの暮らしが、いまや予想外に展開した。上村先生が祖父、美月がいとこ。ほんまかいな、であるが、いちばん意外な展開は、やっぱり田辺嘉右衛門さんだ。

ただ、これについては、少し話しておかなければならない。

松丸家の戸籍、いわゆる公的書類に田辺さんの名はない。佳代さんの母、佳つ代さんがいまわの際に告白したことと、本願寺の過去帳に書かれた一文はあるが、真実を確かめようがないのだ。祇園という花街には、複雑な事情の上での家族関係がある。

私は父に訊ねてみたことがある。

「DNAを調べてみるとかしないの?」

佳代さんは父に言ったという。

「血縁であろうと、何かの事情で父となっていただいたのであろうと、どちらでもかましまへん。お墓を掘り起こして、ええことありますやろか。和彦さんがよろしければ、うちはこのままでよろしおす」

それを聞いて父が、私が何をする?

もちろん、何もしない。

謎は謎のまま、伝説は伝説でいい。

そして、みんな家族だ。

ところが、そこにまた意外な動きがあった。

一連の「楽しい」動きを、どこで知ったか、佳代さんに田辺家から連絡があった。ぜひ、親子判定をしてほしい、というのである。

「下心、策略《さくりゃく》、そんなものは何もありません。祖父は本屋を作りました。日本の文化の一端をになったかもしれませんが、道楽が過ぎたことも間違いない。みなさまにどんな迷惑をかけたか、真実は明かされるべきです」

ご遺族の心象はともかく、検査は行われた。嘉右衛門さんは抜いた歯を残していた。佳代さんは血液サンプルを提出した。


そしてある日、佳代さんがみんなを集めた。

ＤＮＡ鑑定により、親子関係がパーセントで示されたという。

興味津々の話だ。上村夫妻や良昭さん、おばあちゃんさえ集まった。

佳代さんが茶封筒を持って現れた。封は切られていた。

「それでは、お知らせします。私はすでに中身を見ております」

一同、注目のなか佳代さんは用紙を取り出す。

おや、佳代さん、楽しそうではないか。

どんな結果であれ、親子の判定は人生の一大事。これが楽しい？

しかし佳代さんは笑みをこぼしている。さすがに私は訊ねた。

「佳代さん、どうしたんです？　なんでそんな楽しそうなんですか」

「そやかて、親子である確率が」

佳代さんがみんなの前に用紙をかかげた。私は覗き込んだ。

書き込まれていた数字は、

――一パーセント――

であった。

みんな、黙った。

一分間ほど、誰も喋らなかった。

佳代さんは言った。

「どういうことどっしゃろね」

上村先生が言った。

「検査機関も、嘉右衛門さんのしゃれにつきおうたんかな」

そこで麻里が解説をはじめたのである。

「それは、計算式で求めた数字だからです」

彼女は細胞を研究していた。しかも山中先生の弟子として。ここは自分の出番と思ったという。

「現状の親子鑑定は九九・九九九％の確率と精度で判定できます。特徴的な遺伝子多型を複数組み合わせ複雑なアルゴリズムに基づいて計算を行うのですが、不確定要素が重なったりすれば、計算結果として一パーセントという数値が出る可能性はゼロではありません」

全員、聴き入っている。

「親子鑑定で用いるのは遺伝子多型と呼ばれる遺伝子異常です。もともと私たちの先祖が有していた遺伝子異常ですが、異常は遠い祖先が受精卵であった時代に生じたものと推察されています。受精卵の時代に生じた遺伝子異常は、成長した成人が作る卵子や精子にも受け継がれます。だから判定ができるわけですが、この変異が複数生じた場合は、判定にずれが生じる恐れがあります。現実的にいちばんあり得るずれの原因は標本の精度です。他人の血液や唾液が混ざったサンプルは、実験段階で波形がぐちゃぐちゃにずれてしまいます」

むずかしい。私は訊ねた。

「で、どういうこと？」

私は全員を代表するかたちになった。続けて訊ねた。

「一パーセントはしゃれじゃない、ということ?」

麻里は答えた。

「これは計算結果そのまま。数字は数字」

佳代さんは言った。

「うちはそれで、結構どす」

麻里は黙っていた。佳代さんの返答に、科学者の出番はなくなったと思ったのだろう。

私は何が「それで結構どす」なのか微妙だったが、佳代さんは晴れやかな顔をしていた。

だから、そういうことなのだ。「それで結構どす」なのだ。


それからお酒になった。みんな、楽しそうだった。

私が乾杯の音頭をとった。

「みなさん、こっちに整列しましょう」

長押にかかる、田辺嘉右衛門の揮毫《きごう》。

「それでは、ご唱和《しょうわ》ください。一パーセントの父に、一パーセントのおじいちゃんに、かんぱーい!」

一パーセントの後日談である。

佳代さんは田辺家にももちろん報告した。

するとこんな会話になった、と佳代さんは私たちに報告してくれた。

「検査機関に持ち込んだ嘉右衛門の『歯』は、かれこれ一九七〇年代の半ば、新宿で呑んでいたとき、ころりと抜けた奥歯だそうです。呑み屋の女の子が面白がって、ウイスキーに浸けて遊んだりしたんですって。最後は持って帰ったそうですがポケットにいれたままクリーニングに出した。クリーニング屋さんが見つけて、ごたいそうに届けてくれたそうです。実は洗ってしまったあとで見つけた、とお詫びされたそうなんです。その話を嘉右衛門さんはまた呑み屋で披露した。そうしたらみんな面白がって『それは記念品だよ』って。それで引き出しの奥にしまっておいた。標本としては、かなり怪しいみたいです」

この話、佳代さんはとても気に入ったという。

三

季節は一周回り、また春になった。

年度始めの四月一日。エイプリルフール。そして私の誕生日。

「うそつき世にはばかる」

この日が来るたび、麻里は言う。

「はばかってないわ」

毎度の受け答え。

ちょうど日曜日だった。みんなで誕生会をしてくれた。どこでやる？　私にはとんでもな選択肢がある。上町、祇園、それとも芦屋？

とみんなが相談したところ結局、《ラブ》になった。いちばん楽しいという。うそやろ、と思う気持ちと、そうかもな、という気持ちが混じったが、そうなった。

警察は情報を回し、《ラブ》に人がどんどん来た。

倉岡さんが受付をしつらえてゲストをさばいた。ゴリラ顔は迫力満点だった。あなたではないでしょう、顔がこわいし。私は思ったままを言ったが、

「私は府警の広報官ですよ。どんな面倒くさい連中をさばいてるか、君らには想像もできまへんで。まかしとき」

サツ番記者の弓子ちゃんが気を利かせ隣に座ってくれた。倉岡さんは笑顔を作っていたが、笑顔さえなかなかの迫力だったからだ。

常連のおっちゃんたちはもちろん、商店街の人たち、サラリーマン、公園や動物園勤務の人たちなど、知った顔はもれなく（それ以上）来た。書店のお客さまでは、阪急百貨店さん、阪急阪神電鉄さん、北新地飲食組合の理事長はホステスさん連れ。美月が現れたとき店はいっとき花が咲いたようになった。そこへ漫才師の礼二さんが来た。彼は駆け出しのころ紀文堂の文房具売場でアルバイトをしていたのだ。電車ものまねで美人たちを大受けさせた。星さんは居間に座り込み、おばあちゃんと西成の未来について話した。

親族一同は台所に集まった。家族会議をするいつものテーブル。

上村先生と佳代さんが向かい合っている。先生は言った。

「佳代ちゃんとこんな縁でつながるとは、驚き桃の木山椒《さんしょう》の木だよ。因果《いんが》だよねえ」

私は訊ねた。

「因果って?」

「つながるべき糸は最初からつながっているということよ。細すぎたり、遠すぎたり、汚れたり、もつれたり、踏まれたり、じゃまされたりしてたけど、あるときほどけて、同じ一本の糸だとわかるんだね」

わかるようなわからないようなたとえだったが、佳代さんも言った。

「うちもそう思います。因果どすな」

上村先生は佳代さんの受け答えに、顔が明るくなった。

「現代人も縄文からの因果でつながっとるんです。日本人の歴史でいちばん永く続いた時代は縄文です。人の営みのすべてはそこにある。根っこだよ。そもそも根っこというのは」

上村先生は掌をすり合わせた。郁子さんがその手を押さえた。

「止めておきましょうね。彩ちゃんのお誕生日会なんですから」

「誕生日、いいではないか。誕生こそ根っこだ。大切なのはそこからつながる因果ということよ、因果とはね」

「だめです。やめましょう」

郁子さんは睨んだ。

「そうか、だめか」

慣れ親しんだ夫婦のかたち。

佳代さんは袖で口を隠して笑っていた。

四

元カレ拓也が店にやって来た。

「よう」

「久しぶりやん」

「ちょっと話できるか？」

お客さまの少ない時間だったので、持ち場をマコに頼んだ。

拓也は講文社入社後、関西支社勤務となり、紀文堂書店梅田本店はメインの担当だった。三年後東京に戻ると、ノンフィクションの編集部に異動した。その後は知らなかった。連絡もとり合っていなかった。

「また外回りになった。今度は営業企画って部署。分厚い雑誌の売り込みに走ってる。全国津々浦々」

「A4ワイドサイズのやつね」

「そうそう。付録の製造管理もやってる。アパレルや雑貨メーカーと」

「忙しいんや」

拓也はいまの仕事をかいつまんで説明した。

手短に、簡潔に、論理的整合性あり。

おや、どうしたのか。

かつてのチャラいお坊ちゃまはそこにいなかった。口調は静かで、

「私は発言に責任を持っております」

というような感じ。

そんな目で見てみると、スーツも靴も身に馴染んでいるように感じた。なんか大人になったような。

拓也のお子ちゃま加減を、よく麻里にこぼした。

麻里は言ったものだ。

「ヒトの二十代前半は女子の成熟晩年期。とくに精神生理学的にね。男子は三十歳手前で追いついてくる。待ってあげればいいの」

私は麻里の話を思い出した。ふうん。これがそうなのか。

レジを見やった。お客さんは少ない。マコが、大丈夫よ、と口パクで言った。

出版社の営業が書店に来ているのだ。これも職務の一環。

売場に課長がいたので、三十分だけ、と断って喫茶店へ向かった。

そこで私は「本屋で本をつくる」話をした。プロジェクトの名は「本つく部」。

「私がリーダーなんよ」

「へえ」

「夏の企画は織田作之助《おださくのすけ》の『夫婦善哉《めおとぜんざい》』を現代版で復刻させること。表紙だけ変えて再販するんじゃない。ストーリーを刷新《さっしん》する」

蝶子《ちょうこ》と柳吉《りゅうきち》という主人公はそのままに、時代を大正から現代へ移す。かつての大阪と今の大阪。インターネット、スマホ、ＡＩと進化した時代でも、男女の愛憎は同じ。どんな展開にしようか、平成生まれの蝶子と柳吉にどんな会話をさせようか、アイデアを出し合っている。ラストシーンだけは、いまも商売を続ける法善寺横町の《夫婦善哉》で、ふたりがぜんざいを食べる場面と決めている。

拓也は耳を傾けていた。昔の彼なら、話半分も理解しないうちに（自分勝手に）喋りはじめた。いまはまるで違う。

拓也は私の話をしみじみと嚙みしめている、ように見える。

おやま、どうしたのだ、こいつ。

「彩の考えてること、俺が目指してることと同じかもしれん」

「え」

拓也はアイスコーヒーの氷をストローでゆっくり回していたが、その手を止めた。

「実は、会社を辞めようと思ってる」

「へ」

私は拓也を見つめた。

「ほんまなん」

拓也も私を見つめ返した。

会社が嫌になって辞める、という表情ではなかった。拓也の瞳には、希望に満ちたような光さえ宿っていたのだ。

誘われるまま、勤務終わりで夕食に出かけた。チャラいままの拓也なら速攻断っていただろうが、話を続けたいと思わせる雰囲気があったからだ。

テーブルで向かい合うのは、本当に久しぶりだった。

私は激変した家族の景色を話した。お酒が進むにつれ、まぼろしに終わったお見合いのことも話した。拓也は「彩らしいなあ」と穏やかに笑いながらも、何度も訊ねてきたのは「本つく部」のことだった。

紀文堂書店が本を作るプロジェクトは三年目に入っていた。店内に「大阪ゆかりの本棚」を常設し、「ここでしか買えない希少本」（めったに売れない本でもあるが）も並べた。

取材も何度か受けて認知度は上がり、目指して来店されるお客さまもできてきた。

「どこの本屋も同じではつまらない。続けてくださいね」

といった声に励まされる。

プロジェクトの評判は予想を超え、個人出版やリトルプレスの活性化にもつながり、独自の本が大小さまざまな本屋に並ぶようになった。「本屋巡り」という、かつて盛んだった趣味が復活し、若者のＳＮＳにも上げられた。「本つく部」は店頭売上にも貢献し、テスト実施を超え、事業部に昇格する勢いとなっていた。

現代版夫婦善哉は「この本屋でしか買えない本」の第三弾となる。

「彩の本が売れたら事業化を上程しよう」

いちばんの応援者である部長は鼻息荒く、私にハッパをかける。

そんな私の話を、拓也はたくさん質問しながら聞いた。

私も拓也に訊ねた。

「ねえ、会社辞めてどうするの」

「だからよ」

「だから？」

「俺も本を作るのよ」

「え？」

「出版社を起こすんだよ。自分がつくりたい本をつくるために」

「起業するってこと？」

「その通り」

「講文社の社員として作ればいいやん。企画にも関わってるやんか」

「だからこそ」

また言ってる。

「だからこそわかった。いまやってる仕事とは違うってのが」

拓也は話した。

かつての雑誌はジャーナリズムだった。報道あるいは事実を深掘りして伝えた。編集者や記者にはジャーナリストとしての信念、執念、そして根性があった。専門雑誌も同じ。ファッション誌なら、独自の編集方針に基づく写真や記事に強いこだわりがあった。表紙や巻頭は聖域であり、誰に媚びることもなかった。ところがいまはどうか。巻頭特集は企業タイアップ、雑誌というより雑貨。

「俺は付録のエコバッグとか作ってる。ジャーナリズムの魂をなくしそうだ」

ジャーナリズムの魂って、そんな意識を持っていたのか？

拓也は文京区の一戸建てに暮らす上流家庭のひとり息子だ。就活はリスクより安定志向。総合商社に金融、広告代理店、大手のメーカーなんかを志望した。ステイタス重視。職種問わず。で、実家と同じ文京区にある大手の出版社に就職した。あとで聞けばコネもあったらしい。

「家から近いし車で通勤するか。会社の近所にパーキング借りてもいいし」

私は、そんな考えを持つ男を見限った。

ところが、

「自分の人生は自分で切り開く。これこそが人生」

そしてこんなことを私に言うのだ。

「俺は彩にめちゃめちゃ影響された。いま、痛いほどわかる」

「何よ、それ……」

ほめられるところなんてない。そんなことは私自身いちばんわかっているが、拓也の言葉には妙な力があった。

「彩はすごいよ。ほんとに。そんな新しい家族も、きっと彩が呼び込んだんだ」

「どうもおおきに。ほめられることなんか、あんまりないからね。うれしいですこと」

ビール瓶が空になっている。カウンタの向こうには馴染みの大将。次は何にいたしましょうって目。

「大将、じゃあお酒ください。ひやで一合」

「おちょこはふたつ」

「はい、それで」

「飲み助大丈夫か？　麻里ちゃんにいつも迷惑かけてるだろ」

「それは昔の話です」

おちょこにもお酒を注ぐ。

おちょこを合わせた。こん、と小さな音ひとつ。ふたり、ぐいと飲み干した。

「おいしい」

大将が笑顔を向けてくる。

拓也が私に注いでから言った。

「大将、おつくり最高です。もうちょっと切ってください」

「赤身？　白身？」

「大将の包丁で切ったやつなら、どっちも」

「かしこまり」

場慣れしたというか、こういうやりとりも自然体になっている。

まあ、そうだろうな。私も拓也も三十歳なのだ。

話は戻った。

「会社は大阪でつくろうと考えてる」

「うそやろ」

「大阪か京都と考えた上で大阪にした。先月から事務所を探してる。最初は住宅兼用」

出版業は圧倒的に東京だ。しかも拓也は東京に住んでいる。実家である御法川家の人脈だって利用できるはず。

「東京が優位には違いない。多種多様な組織はある、機能もある。でも相互の関係性が先入観に縛られて画一的になってんだよ。一部のエリートが大衆迎合を隠れ蓑《みの》に、都合の良い価値観を作って、ユニークな文化を排除してる。個性をよろこぶ価値観が東京から、特にメディアから消えてる」

拓也は話しながら自分の言葉にうなずく。自分の意見を持ち、臆することなく語る気概さえ身につけている。なんか、すごい。

「彩のプロジェクトや新しい家族の話を聞いて、間違いないと確信できた。大阪がいいよ。ここでやってみる」

会社の始動は秋以降。今の仕事を辞めるにも時間がかかるらしい。

酔いが心地よい。話の中身が濃くて、まじめで、なんかうれしい。

するど拓也は言ったのである。

「今日、大阪には出張で来たわけじゃない」

「新会社の準備でしょ。会社は有休？」

「有休とかはどうでもいい」

「どうでもいいって」

「一番大切なところをまず押さえるために来た」

「わかった。出資してくれる人が大阪にいるのね」

「お金じゃないよ」

「ほんなら、なんで来たんよ」

「彩に会いに来たんじゃないか」

拓也は感動的なことを言ったようだった。そして身構えた。

次のことを言いたいため、私に会いに来たという。

「新しい会社、いっしょにやってくれないか。できれば、これからの人生もいっしょに」

男はロマンチックを勘違いする生き物である。

かつての感情が残っていて、女にも残っていると信じる。

女は違う。後ろ手で閉めたドアの向こうへ去った景色は覚えていない。

でも、私は拓也の告白込みの誘い文句に心が動いた。閉めたドアのすき間が再び開いたというのではなかった。抜け出た先の新しい世界に新しい拓也がいた。そんな気がしたのである。

とはいえ私は「いっしょにやる」などと返事はしなかった。

ただ、一撃で退治もしなかった。

おもしろいなあ。人生はいろいろあるなあ、と心に湧いた感情を楽しんでみたのである。

私も大人になったのかもしれない。


十三の部屋に戻った。

父親が京都へ移ったので実家へ戻ってもいい。おばあちゃんのＳＯＳにいちいち応えるのもたいへんだし、ここの家賃だって負担だ。それに私にはすてきな別荘がいくつもある。

窓を開けた。背伸びをする。淀川の向こうには高層ビル群の夜景がある。

ここも捨てがたいなあ。

とそこへ拓也からラインが来た。

簡単なお礼のメッセージだった。長く、くどく、絵文字だらけだった昔とは違う。

私はしっかりと返信することにした。帰り道、考えたことがあったのだ。

拓也の話が刺激になったのかもしれない。プロジェクトをさらに活性化させるアイデアを思いついていた。

「本屋はその昔、出版社でもあったのです。そんな昔にちょっと戻ってみたい」

現代版「夫婦善哉」発売のタイミングで、このコンセプトを大々的にアピールできる、お店あげてのイベント案がひらめいたのだ。

私は拓也のメッセージにそのアイデアを書いた。結構な長文。

返信が来た。

「これは本屋の未来を変えるかも。彩はすごいよ」

お風呂に入り、髪を洗って乾かした。肌の手入れ。しっかり保湿。

三十路などあっという間である。美容は努力だ。

しかし心が撥ねていた。この心を大切にしよう。お肌も心の健康がいちばん。私はまだまだきれいになれる。
そんなことを思いながら、眠りについた。

彩の話　さいご

私の本つく部

一

令和版「夫婦善哉」が出来上がった。私のアイデアを書店のメンバーがふくらませ、小説家の＊＊＊さんが、ラストシーンまで書き下ろしてくれた。

七月末、天神祭の頃だった。

法善寺横町のぜんざい屋さんにはさっそく献本した。大阪も一年でいちばん暑い時節だったけれど、クーラーが効いたお店でぜんざいを食べた。

水かけ不動さんで成功祈願した。

もちろん、商売は祈願だけではダメだ。書店入口すぐの場所に本のピラミッドを作った。棚にも展開し、手描きポップを並べた。

そしてこれが私のひらめき。発売記念連動イベントとして、スペシャルな販促を仕込んだ。

タイトルは、

「本屋は何でも知っている」

サブタイトルは、

「勝負しましょう。お客さま」

ヒントは京都の法藏館書店にあった。高校生の頃、麻里と古書店巡りをした。そのときお目にかかった、十七代目当主である店長さんの話を思い出したのだ。

「創業四百年を迎えたいまも、本屋であり出版社であることを続けています」

京都の老舗というのは、積み上げられた重みがすごい。あらためて訪問し、話を聞かせてもらううち「本屋は何でも知っている」という謳《うた》い文句がひらめいた。

大書店である紀文堂にどうつなげるか、思案のしどころだったが、父が集めた資料のなかに別のヒントがあった。「大阪今昔《こんじゃく》写真展」開催に際して集めた絵図に、古い書店があり、その中に印象的な一枚を見つけたのだ。

　幕末の心斎橋筋商店街を写したものだ。前垂れを付け、片手にはたきを持った本屋の店主が、礼装のお客さんと話している。男性は燕尾服で女性はロングドレス。道往くひとは和装と洋装が入り交じり、人力車も見える。

　心斎橋筋は江戸時代からすでに「やつしてお出かけ」の街だったが本屋街でもあり、文化情報発信の中心地だったのだ。天保四年（一八三三）、心斎橋筋一丁目の書店「敦賀屋九兵衛」が出版した「百人一首一夕話」という本、いまなお名著として岩波文庫で売っている。なんというロングセラーであることか。国学者である尾崎雅嘉《おざきまさよし》によって書かれた百人一首の解説書で、百人一首を順番に並べ、歌の簡単な解釈と、作者をめぐる話題で構成されている。当時の町人階級が身につけるべき教養のありどころをコンパクトにまとめたという。

　当時、人は知らないことがあると本屋に来た。店主はもの知りで、町の人たちの質問に答えた。この絵図にも、お客さまと前垂れをつけた店主がなにやらやりとりをしている一景がある。

　私はキャンペーン案を思いついた。

「お客さまは質問し書店員が答える。いちばん答えられない質問を出したお客さまと、正答率のいちばん高かった書店員が優勝となる」

持ち寄られた質問と模範解答は店内に掲示する。

「表彰式を行います。優勝商品はなくていいと思います」

お客さまにどんなメリットがあるのか？　店長は質問したが、ちょっとした景品や多少の割引くらいで、いまのお客さまは喜ばない。知的好奇心をくすぐる遊びこそが上質。リアル店舗はメディアになる必要があるのだ。だから「大丈夫です」と答えた。店長は多少懐疑的な顔をしたが、たいした費用がかかるわけでもないので、そこは大阪らしく、

「やってみなはれ」

となった。

前垂れの復刻だけには予算をもらった。乾物屋や八百屋がつけていたような黒い前垂れで、厚手の綿生地に白地の屋号。屋号は備長炭を商った時代の「紀州紀文堂」の紋柄を使わせてもらった（拓也が手伝ってくれた。アパレルに原価すれすれで作ってもらった）。Tシャツに法被、足袋に雪駄、前垂れ姿の「昔書店員」。お客さんはそんな「昔書店員」に質問をする。答えを出す制限時間は十分。書店員同士で相談してもいい、スマホを使ってもいいとしたが、お客さんは頭をひねり、おいそれとはわからないような質問を持ち寄るだろう。

友恵さんにごはんを呼ばれながら、この話をした。丸ビル地下にある鮓屋《あや瀬》。店内に氷室のある上等なお店（さすが友恵さん）。

私は、ぜったい成功すると空見得を切ったが、不安がないわけはない。すると友恵さんは言った。

「ほんなら天神さんに願掛けね。船渡御《ふなとぎょ》しましょう」

船渡御は日本三大祭のひとつ天神祭に執り行われる神事だ。菅原道真公の神霊をのせた御鳳輦奉安船《ごほうれんほうあんせん》に、お囃子の船や供奉船《ぐぶせん》が従い、天神橋《てんじんばし》から出航して造幣局や中之島のある大川を巡る。

「花外楼さんの船は御文庫講よ」

私は思いだした。

「御文庫って、たしか、日本でいちばん古い民間の図書館ですよね」

麻里に教えてもらった知識。

「彩ちゃんの願掛けにぴったりね」

天神祭の本宮は前半が陸渡御《りくとぎょ》、後半が船渡御。陸渡御は三千人の大行列、太鼓、地車の講、獅子が舞う中を出門する。

友恵さんはスマホを取り出し、その場で船席を予約した。満員でも必ず席を取ってくれる友人がいる友恵さんなのであった。


天神祭。私は裃《かみしも》姿で参加した。気合いを道真公にしっかり伝えたいと思ったからだ（なんと友恵さんも裃。麻里は普段着だったけど）。

大阪天満宮御文庫講の当屋で飾った「文車」に、お酒を振る舞うところからはじまった。

天神橋北詰まで陸渡御。川縁《かわべり》へ降り、そこで「文車」を船に載せた。

船内は二百席ぎっしりだった。中ほどの席で麻里と友恵さん（裃姿）が手を上げている。

私は陸渡御の手伝いを終え席に合流した。

神鉾講、天神講、御錦蓋……御文庫講は二十八番めに出発。

堂島川に大阪手締めがかかる。

打ーちましょ　チョン　チョン
もひとつせえ　チョン　チョン
祝うて三度　チョチョンガ　チョン

天神祭は雨が降らない。

「今までに降ったのは一日だけや、それもすぐ止んだ」

なぜ降らないのか船頭さんに訊ねてみた。

「道真公はんががんばってくれとるんや。チョチョンガ　チョン」

料亭花外楼の御船は立派な懐石弁当がつく。バーコーナーもあって飲み放題。花火が上がった。三千発だという。

二

願掛けは効いた。

上級レベルの質問を携え、お客さまがたくさんやってきた。

書店員に挑みかかる。まさしく、

「何でも答えます。勝負しましょう、お客さま」

である。

文学作品では、

「川端康成《かわばたやすなり》の小説で十六歳の美女が登場する作品は何か」

「谷崎潤一郎《たにざきじゅんいちろう》『美食倶楽部』でふるまわれた謎すぎる食べ物は何か」

「三島由紀夫『音楽』で主人公が聴くものは何か」

「村上春樹がはじめて翻訳した作家は誰か」

「藤沢周平《ふじさわしゅうへい》が『なぜ時代小説を書くのか』と問われてどう答えたか」

「シェイクスピアの初版本のオークション最高値はいくらか」

「ハンフリー・ボガートが『運転手は結局どうなったんだ』と訊ねた、レイモンド・チャンドラーの作品は何か」

「日本の小説でもっとも長い作品は誰の何か」

書店員に対する知的勝負、大喜利のような考え落ち問題もあった。

ニッチすぎる難問も持ち込まれた。

「銀座で文壇バーと呼ばれる店、三つ答えよ」

「文学作品を教科書に載せる場合、クリアすべき文科省の基準、三つ答えよ」

「日本で最初に公衆の面前でまぐわった女流作家は誰か」

その日に出た質問は掲示板に貼りだした。それを見てまた次の日、お客さまは新しい質問を考えてきた。盛り上がりは連日続いた。質問総数は二千を超えた。

そして、優勝したお客さまは、百八十個もの質問を考えた永年の顧客さんだった。御年八十八歳、優雅な女性。

「素敵な催しをありがとうね。若返りました。やっぱり脳みそは使わないと」

と感謝された。

そして書店員のトップはなんと、二十一歳のアルバイト、沙也加《さやか》ちゃんだったのである。音大に通う三年生。バイオリンを専攻している。楽器の練習に忙しいが本の虫で、本屋のバイトが楽しくてしかたがない女子だ。沙也加ちゃんは百問以上正解した。たとえば、「日本で最初に公衆の面前でまぐわった女流作家は誰か」という難問。八十八歳にして色気のある質問。答えたのは色気も若輩の二十一歳。彼女だけが「和泉式部」と答えた。さらに表彰式で「和泉式部は日本最初のＡＶ女優ということです」と付け加えた。マイクを持ったまま。

優勝した女性が沙也加ちゃんをたしなめた。

「もの知りなのは良いけれど、発言も上品にね」

テレビクルーが入ってきた。ディレクターは店長を捕まえたが、店長は、

「彼女が答えますよ」

と私を指名した。

報道番組で顔を知るアナウンサー。私にマイクを突き出した。

私は言った。

「本は知性と知恵のかたまりです。知的な好奇心に触れる愉しさを、責任をもって、お伝えしていきたいと思います。愉しい文化は本屋から。みなさん、本屋へ行きましょう」

お客さまの拍手に包まれた。みんな笑顔。まだ喋ってよさそうだったので「令和版夫婦善哉」もちゃっかり宣伝した。

三

イベントの最終日。盛り上がりを聞きつけた本社の偉いさんも東京から来て私をほめた。打ち上げ用にと会長からは金一封をいただいた。あの会長が、と幹部はみな驚いていた。とにかく、よかった。

イベントの片付けは七時に終えたが、お店の営業は十時まで。参加者全員での打ち上げは後日に設定された。

で、その夜は、麻里、拓也と三人で打ち上げをすることになった。次の日は休みだったので朝まで飲んでもいい、そんなノリで芝田町の《カンナ・リリー》へ繰り出した。

この際、と、シャンパーニュを注文した。

「かんぱーい」

「空の彼方の道真公にも感謝！」

お腹ぺこぺこ。雄介くんにおまかせ料理をどんどん出してもらった。

そんなとき、麻里が言った。

「実は、来週から働くことになった」

iPS細胞研究所に戻るという。

「中村沙紀さんが縁なんよ」

「兄嫁の沙紀さん？」

「そう。沙紀さん、グラッドストーン研究所におるやん。そこで山中先生に私のことを伝えた。義理の妹になったって。山中先生はそこは驚かんと『麻里がエロ小説書いてる？』のほうに驚いて、『そんなことしてるなら、戻ってもらいたい』って。そんなことでもないけどね。エロも芸術やし」

「そんなことやで」

「山中先生から直接連絡あったのよ。『やること多すぎて忙しすぎる。働いてくれ』って」

「そやけど麻里、三年も離れてるやんか。iPSって最先端研究やろ。戻れるんか？」

「エロと生理学は一貫性があるし」

「なんやそれ」

「それはさておき、実験助手とかは無理。ちゃうねん。山中先生の話を聞いたらな、私こそ手伝える仕事があることがわかったんよ。あるというか研究所の弱点、あるいは日本の弱点」

麻里は事務官として知財を担当するという。

「再生医療は世界中でビジネス化が進んでいて、書類仕事がとてつもなくたいへん」

医療特許事務などは専門知識が必須で、法律やライセンス関連で人材の多いアメリカ、ヨーロッパ、あるいは中国に、販売の利権を握られてしまうことが多いという。

「ノーベル賞は日本が獲ったのに、お金を稼ぐのは海外企業。くやしいでしょ」

私はなるほどと思った。麻里の博学と作文能力は願ってもない戦力だ。複雑なエロ小説一作を三万円で売る商才さえある。

「準備もあって、いきなり忙しいのよ。そやから今日は帰るわ」

「あ、そう」

「当面は芦屋から京都へ通う。けど祇園にはぜひとも寄らせていただきますわ」

「来て来て。素敵な離れで呑みましょ」

「酔っ払ったら泊めてもらうかも」

「ふとんはふかふか。カバーは絹の手描き友禅どす」

私はまるで松丸を、自分の家のように自慢したのである。


はからずも、拓也とふたりになった。

拓也は講文社を辞め、大阪に事務所兼自宅マンションを借り、起業準備をはじめた。

「長屋に住むことにした。大阪はやっぱりおもしろい。驚異だよ」

「長屋？」

「豊崎《とよさき》長屋って知ってるか？　中津と中崎町の中間あたり。高層マンションに取り囲まれているのに、未だ土の路地が残る不思議空間。地元の人もあんまり知らないらしい」

うそやん。知らないどころやない。

豊崎長屋はうちの父がリーダーになっている「大阪長屋再生プロジェクト」のひとつではないか。麻里と完成前の長屋ツアーに参加したこともある。ここで古書店やるのいいかも、と話したものである。

「大阪の原風景を残す長屋。俺がこれから作る風景もそこではじめたい。借りるのを即決した」

拓也と父が一本の線でつながった。それは考えすぎか。もちろん拓也には話さなかった。

でも、私の物語がひとつところへおさまっていく。なかなか、おそろしい。

拓也は起業を何からはじめるか話した。

会社設立の書類仕事や資金集めも必須の準備だが、いちばんのコアは書き手の開拓。拓也「編集長」として作りたい本のアイデアが脳内にひしめいていて、毎日のように出かけ、人に会っているという。

「長屋の大家さんが紹介してくれたんだけど、すげえ掘り出しものを見つけた。元極道や元受刑者を社会復帰させている、うどん屋チェーンの経営者。なんと二十九歳の女性。同い年でこんなすごい人がいるって、震えてしまった」

拓也と同じなら、私も同じ歳ではないか。

「ドキドキする本を作りたい。最初の読者は自分自身。読みながら手が震えるような本を作りたい」

もちろん私も同じことを思い、あくせく動き回っている。

拓也は「令和版夫婦善哉」もほめてくれた。

「本屋を改革するぞ！」

ふたりで声を上げげた。

ビッグマン前広場に戻った。

「この場所には祈りがある」

私が就職するとき、父が説明してくれた。

父は私がまだ小さかった頃から、ふるさと大阪について話してくれた。生まれ育った西成のことも、父が仕事にしている梅田界隈のことも。

梅田を作ったのは小林一三さんだという。しかし故事をたどれば菅原道真に由来するらしい。太宰府への旅の途中、道真は咲き誇る梅花に魅入られ、祈りの素をこの地に落とした。人はこの地を梅田と名付け天満宮を作り、祈りを育てた。

私の祈りは何だろう。

この日の別れ際、拓也が告白めいたことを話す予感があった。私はほどよく酔っていたが、それを訊くだけの落ち着きを残していた。

そして拓也は、まるで予想通りのことを言ったのである。

「やっぱり、彩と新会社をいっしょにやりたい。きっと彩のやりたいことが、そこにはある」

拓也が独立するという話を聞いてから、私はいろいろ考えていた。

私が彼に影響を与えた？

もともと彼の根っこにそういう考えがあった？

確かに拓也は変わった。今の彼は、私がドアの向こうに捨て去った男ではない。

そんな思いを巡らせながら、私は投げかけられるであろう質問に対しての、最初の返答を決めていた。

「私は紀文堂書店でがんばる。だって、ここはおじいちゃんの店だから」

一パーセントかもしれないが、そういうのはあんまり関係ない。

ここでがんばることこそ私の使命。その思いこそが正解なのだ。

最初の答えは拓也にとっても予想できたはず。

次の問いかけこそ拓也の勝負、私もしっかりと返事をしなければならなかった。拓也は予想に違わず、真っ向勝負に来た。祈りさえ込めて。

「もう一度、俺と付き合ってほしい。結婚を前提として」

私は小高い丘のてっぺんに立ち、強い風に吹かれた気持ちになった。広場に風が吹いたかどうかはわからなかったが、祈りというものは風よりも強い。

だから私も祈りを込めた。

そして答えたのである。

エピローグ

すたこらさっささっさ

「小説では田辺嘉右衛門という名前になっていましたね」

田辺茂一が話している相手は彩の母、さくらであった。

「とんでもない人間だから。源氏名にしてくれたんでしょう。ありがたいことです」

「京都に種を残したことなんて、実名では書けませんからね」

「残してないですよ」

「一パーセントも？」

さくらは一冊の雑誌を取り出した。

「ここに一九六九年一月九日の《週刊大衆》があります」

「おやおや、天国にそんなのがあるのかい」

「ここには何でもあるんです」

　さくらはページを開いた。

「誌上対談で、田辺さんご自身、千人斬りじゃなくて五千人斬りと仰っています。四谷の検番に札が下がった二百六十人の芸者さんたちは全員、なんと申しますか、お手合わせした」

「あなた、きれいな顔で、はっきり仰いますね」

「だから、いろいろ否定できないかと思う次第です」

「どうなんだろうね。でも、僕の愛は一パーセントじゃないですよ。いつも百パーセント。いつも、すたこら、さっささっさ」

「まあ、愉快なご返答だこと」

　さくらは、ほんとうのところはどうなのか、などとは訊ねなかった。

　そういった関心は、雲上人《うんじょうびと》に、もはやないのである。

　茂一は言った。

「あなたは想像上の登場人物ですな」

「はい」

「こうやって、死んじまった人と物語の人が話してる。小説ってのは、おもしろいですなあ。僕も本屋をやってよかったよ」

「私、はじめて和彦さんに会った日、田辺さんのお店で本を買いました。《ねじまき鳥クロニクル》。本屋は青春の思い出を作ってくれる場所です」

「いいこと言ってくれるじゃない。うれしいね」

「愛子さんの青春は《豊穣の海》です。そして彩はなんと、自分で本を作りました。娘が一生を賭ける仕事に出会えたのも田辺さんのおかげです。感謝しておりますわ」

「それは、彩ちゃんが優秀なんだよ」

「田辺さんが蒔いた種です。これは一パーセントじゃなくて、百パーセント」

「ははは、うまいこと言うもんだ」

さくらは書店で働く彩を見おろした。古くさい前垂れをして、走り回っている。

「娘の喜んでいることが何よりうれしいんです」

茂一の目尻もゆるんでいる。

「彼女のアイデアは本の未来を変える」

「そうなんですか」

「見事だよ。ほら、お客さんが喜んでるだろ。あの景色が何よりの証拠さ。情報化社会とか、デジタル社会とか変わる中でね、彩ちゃんは昔ながらのやり方に目を付けた。人は人とふれあってこそ。大切なものは根っこにある。それはこれからも変わらない。日本全国、その本屋にしかない本が生まれる。これこそ文化だよ。彩ちゃんの世代はテクノロジーにも強いから、私なんかが想像もできない仕組みを作るよ、きっと」

「テクノロジーがなんだって？」

やって来たのは談志だった。

「むずかしい話をしてるじゃないかい、田辺亭」

談志はさくらに気づいた。

「こちらのきれいどころは、どちらさんですか？」

「はじめまして、辻内さくらと申します。田辺さんとは浅からぬご縁をいただいております」

談志はちょこっと会釈をした。

「談志です。お見知りおきを」

談志はさくらにあいさつしながら、茂一に訊ねた。

「浅からぬ関係だって？　田辺亭の女関係は全部浅いじゃない。深かったら五千人なんて斬れないだろうに」

「僕の愛はいつも、百パーセントだったよ」

「百パーセントも質が悪いや」

　さくらは言った。

「茂一さんにも青春があったんですよ」

　談志はしばしさくらを見入った。

「ひょっとしてあなたは京都の、祇園の、松丸の……」

　さくらは目に怪しげな光を溜めた。談志を見据え、ふふふと笑った。

「ああ、そうなんだ。京都なんだ」

「違うんです」

「え」

「私は松丸の佳つ代さんではありません。辻内さくらです。佳つ代さん、娘の佳代さん、そして私。生き写しといわれますが、私はニセモノです」

　談志は三歩下がり、さらに三歩下がって遠目にも見た。横からも後ろ姿も確認した。談志はまた近づいた。

「ニセモノだって?」

　茂一は言う。

「みんな本物よ」

談志は佳つ代と何度も会っていた。茂一が逝ったあとも京都へ出かけた折には、松丸に欠かさず寄っていた。

「世の不思議だねえ」

談志は感心してしまった。

「さくらさんは彩ちゃんの母で、佳つ代さんの娘の佳代さんが彩ちゃんの父親の妻で、彩ちゃんは田辺亭の孫娘。ほんとかい？　彩ちゃんは田辺亭の座敷わらしじゃなかったのかい」

さくらは言った。

「茂一さんは座敷わらしを残したんです。自分のやりきれなかったことを、彩にさせるために。そして祈りを込めた」

「いやあ、どうかなあ。本屋の未来を変えるなんてのは彩ちゃんが考えたんだ」

「そいつが、テクノロジーなんとかってやつなのか？」

茂一はそれ以上答えなかった。ものすごく気に入ってしまった彩の仕事ぶりを、談志に茶化されたくなかったからである。

座敷わらしが彩を選んで憑いた。そして彩はこれからも大切な仕事をする。

ほんとか？　ほんとのところはわからない。そして、わからなくていいのだ。

さくらは言った。

「田辺茂一さんがここに本屋を作ったのも、もともと決められていたことなんですね。この場所はほんとに不思議です。いろんな愛のかたちが、ここからはじまるんですもの」

地上では人びとが行き交っている。出会う人、待つ人、去る人。

高校生だったさくらが和彦と出会った。愛子も篤郎と待ち合わせた。茂一が佳つ代と最初に会ったのも本屋の開店パーティーだ。茂一は鬼籍に入るとき、この場所に座敷わらしを残した。彼もこの場所に惹かれたひとりだった。

談志は言う。

「新宿の方に残さなくてよかったのかい？」

「あっちにもいっぱいいるよ。用事があれば出張させればいい」

さくらは言った。

「そういえば、松丸にも出張させましたね」

「なんだ、ばれてたのか」

「座敷わらしが、佳代さんと和彦さんをつないだのかもしれません。ここと京都を行ったり来たりして。それも結局、田辺さんの意志だったんじゃないですか」

「いやいや、座敷わらしは勝手に動くんだよ。人の意志の向こう側というか、人の知見《ちけん》や知恵が及ばない謀《はかりごと》をする」

「でも、出張させたのは田辺さんでしょ」

「どうかなあ。微妙だねえ」

「京都といえば、これも訊ねておきたいんですけど、松丸の地下はどうなったのですか」

「知らないよ」

「そんなあっさり。悪人の一味だったんでしょ」

茂一は言った。

「まだ行方不明でいいじゃない。でも『ついに見つかりました』って発表するかもよ。あなたのご主人が」

「ほんとですか」

「ほんとかうそか、わかりませんけどね」

茂一は適当に返しながらも、さくらの目を見つめていた。

「しかし、あなたには寂しい思いをさせてしまった。つらかったでしょう。ご主人が佳代さんを好きになって」

さくらは言った。

「いえいえ。ぜんぜんそんなことはありません。それぞれの縁ということです。縁って不思議です」

　さくらは続けた。

「和彦さんは、人生で愛した女は私ひとり、二度と結婚などしない、とお墓に誓ってくれました。でも私が早く死んだのは寿命です。天命です。和彦さんにも天命がある。だから和彦さんは和彦さんの人生を生きてほしい。そう願っていたところに佳代さんが現れました」

「添い遂げたかった、とは思わないですか」

　さくらはちょっと目を伏せたが、すぐに顔を上げた。黒い瞳は澄んでいる。

「私、佳代さんがお嫁に来てくれて、ほんとうにうれしいんですよ。私とそっくりな佳代さんのおかげで、和彦さんは私を一生忘れないかもしれない。もちろん佳代さんと私は別の人間ですけれど。全部いいように考えておりますのよ」

「いいように考えればいいさ。こっちに来ちゃったんだしね」

「あの子がいてくれる限り、私はしあわせです。親の願いは、何をおいても子の幸せですから」

「そうですな」

茂一は言った。

「しかし彩ちゃんも渋いところを突いたもんだ。夫婦善哉とはね。オダサクは笑ってるかもしれないぞ。わからないけど」

「わからないなら、本人に訊ねてみればいいさ」

談志が口をはさむ。

「探せばいいってことよ。ここには誰でもいるじゃないか」

「そうだね、なるほど」

「なんなら、道真公に直々に訊ねてみりゃあどうだい。本屋の未来はどうですかって。テクノロジーも進歩しましたし、ってね」

談志はそんなことを言ったが、田辺とさくらは興味がないようだった。

ふたりは地上の彩を飽きることなく眺めている。談志は飽きてしまった。

談志は言った。

「それより、佳つ代さんに来てもらえないかね。さくらさんとのツーショット見てみたいよ。インスタ映え間違いなしだぜ。きっと」

談志は笑いを誘ったつもりだったが、まるで受けなかった。

「なんでえ、しけてやんの」

談志はどこかへ行ってしまった。


ふたりはまだ、彩を追っていた。

イベントが終わり、夜になった。麻里と拓也と彩が打ち上げをし、麻里が帰っていった。

彩と拓也はふたりになった。ふたりは広場にやって来た。

「映画のシーンみたいになってきたよ」

「ほんとですね」

そしてこの日の終わり、拓也が彩に思いを告げた。

彩は答えた。

茂一とさくらはそれを見つめていた。

「さくらさん、彩ちゃんはなんて答えたんだい」

「さあ、よく聞こえなかったですね。風が吹いたので」

さくらは嘘をついた。

さくらは彩の返事を、しっかりと聞いたのである。

新しいドアの向こうには、新しい世界がある。

そこにはきっと、あなたを待つ人がいる。

「彩、しあわせになってね」

母は祈った。

参考文献

すたこらさっさ　田辺茂一　流動
三つの出会い　私の履歴書　松原治　日本経済新聞社
酔人・田辺茂一伝　立川談志　講談社
逸翁自叙伝　阪急創業者・小林一三の回想　小林一三　講談社学術文庫
自分の中に毒を持て　岡本太郎　青春出版社
超絶記録！　西山夘三のすまい採集帖　西山夘三　LIXIL出版
住み方の記　西山夘三　筑摩叢書
ああ楼台の花に酔う　西山夘三　筑摩書房
安治川物語　西山夘三記念すまい・まちづくり文庫　日本経済評論社
米朝らくごの舞台裏　小佐田定雄　ちくま新書
枝雀らくごの舞台裏　小佐田定雄　ちくま新書
立川談志　落語の革命家　文藝別冊　河出書房新社

やぶれかぶれ青春記　大阪万博奮闘記　小松左京　新潮文庫
大阪　歴史を未来へ　大阪万博40年後の証言　梅棹忠夫、上田篤、小松左京　潮出版社
大阪辯第1集　大阪ことばの会　杉本書店
大阪辯第7集　大阪ことばの会　杉本書店
大阪春秋101号　特集なにわことば　大阪春秋社
大阪春秋73号　特集キタ　大阪春秋社
大阪キタと中之島　歴史の現場読み歩き。　松井宏員　140B
社報　喜多埜　綱敷天神社　御旅社
紀伊國屋書店　社内報　第31号　紀伊國屋書店
歌劇　機関紙　宝塚歌劇団

引用

村上春樹　ねじまき鳥クロニクル　第一部「泥棒かささぎ編」の一節
三島由紀夫　豊穣の海　第二部「奔馬」の一節

解説　一〇〇年後に残したい大阪が描かれた物語

新之介

あれがこうなったのか。なんと清々《すがすが》しい読後感なんだろう。一気に読み終えたあとに、とても幸せな気持ちになった。まさかこんな素敵な物語になるとは夢にも思っていなかった。愛すべき人がたくさん登場し、しかも、大阪が大好きな人ばかり。あれがこうなったのかの「あれ」を誰かに伝えたくて、この原稿を書き始めた。

この物語はすこし変わった場所で構想が練《ね》られた。その場所は、物語にもでてくる阪《はん》急《きゅう》ターミナルビルの一〇階にある紀文堂の事務所こと紀伊國屋《きのくにや》書店梅田《うめだ》本店の事務所の片隅、コピー機や自動販売機に囲まれた、一〇人も入ればいっぱいになるような狭《せま》い空間である。本題に入る前に、そもそも新之介《しんのすけ》とは何者なのかと思われている方も多いと思うので簡単に自己紹介をしておきたい。

新之介とは「十三《じゅうそう》のいま昔を歩こう」というブログのハンドルネームで、現在は会社員をしながら「大阪高低差学会」と「関西高低差大学」の代表として、地形と歴史との関係をひもときながらその面白さを伝える活動をしている。NHKの『ブラタモリ』では、「大阪」と「大坂城・真田丸スペシャル」の案内人に抜擢《ばってき》され、その後も「大阪ミナミ」や「大阪・梅田」の回の情報提供のお手伝いもさせていただいた。そんな活動をしていることもあってか出版にも携《たずさ》わり、紀伊國屋書店梅田本店の方々とも知り合うことになったのだ。

この物語が生まれる背景には、裏でいろいろと駆けずりまわり、根回しをし、汗をかきまくった人物がいる。あえてここではDさんとしておきたい。このDさんには私も大変お世話になっている。まだ『ブラタモリ』にも出演しておらず、ほとんど誰も知らないブロガーが書いた著書『凹凸を楽しむ 大阪「高低差」地形散歩』に目をつけ、紀伊國屋書店梅田本店の数ヶ所にその本を平積みして売りまくってくださったのだ。そのおかげで、出版社もびっくりするほど売れ、当時ベストセラーだった石原慎太郎《いしはらしんたろう》氏の『天才』をウイークリーのランキングで抜くという珍事《ちんじ》が起きたほどだ。そんなDさんが、「いまこんなプロジェクトを考えているんですよ」と言ってこっそり「ほんつく部」の話をしてくれた。大阪が大好きな私は深く共感し、私もぜひ参加したいとお願いしたのである。

「ほんつく部」とは書店と出版社、作家、若手が中心となった社内部活動員、マスコミ関係者などが集まり、出版業界や本に対する深い造詣《ぞうけい》と愛着を持つきっかけになる本、大阪を舞台にし、大阪の街や歴史や文化、万博などずっと大阪人に伝えていきたいと思える本をつくるためにつくられた集まりである。目指《めざ》すべきものは、一〇〇年後に残したい大阪の何かが描《えが》かれた物語。まずは物語のアイデアを持ち寄って話し合いを続けた。

その中で、舞台としてビッグマン前は、東京の東京タワーのようなものではないか。小説の象徴《しょうちょう》となるのではないかということになり、ビッグマン前のイメージや思い出、エピソード、小説の中で点となるようなアイデアを持ち寄って話し合った。当然いろんなアイデアや話題がランダムに集まってくる。カオス状態である。さらに、大阪人らしさとはなにか。外から見た大阪人のイメージや末永く読んでもらうためにはどうすればいいか。等々《とうとう》。数回にわたって話し合ってまとめたものを松宮さんにバサッとお渡しした。それが「あれ」である。あとは神頼みというか松宮さん頼みなのだが、松宮さんいわく、「九九％は事実、一％の嘘を入れると物語が生まれる」ということらしい。たしかに、物語を思い起こすとそのように感じる部分がいくつかあった。それらを探すのもこの物語の楽しみ方の一つかもしれない。

物語の中には梅田をはじめとして、萩之茶屋《はぎのちゃや》、四天王寺《してんのうじ》、上町《うえまち》、十三、芦屋《あしや》、祇園《ぎおん》など様々な地名がでてくるが、読者の中にはその場所についてあまりご存じない方もいると思うので、主《おも》な場所を簡単に解説しておきたい。

物語に出てくる喫茶《ラブ》は、西成区《にしなり》萩之茶屋にある。この辺《あた》りはあいりん地区と呼ばれ、日雇い労働者が各地から集まる場所であったが、高齢化や建設産業の不況などによって職につけない人が路上で寝泊まりする、いわゆるホームレスが多い場所でもあったのだ。治安《ちあん》も悪かったことから駅前の一等地は数年間ずっと空《あ》き地のままであった。その場所に目をつけたのが星野《ほしの》リゾートである。現在は町の治安もよくなり、周辺の宿泊施設も外国人バックパッカーに人気を集めている。

萩之茶屋から東へ五〇〇メートルほど進むと突然標高差一五メートルほどの崖《がけ》が現れる。縄文《じょうもん》時代の大阪は、その大部分が海の底で上町台地が半島のように存在していた。この崖は、その時に波によって浸食《しんしょく》された海食崖《かいしょくがい》の痕跡《こんせき》なのである。

崖の上には、聖徳太子《しょうとくたいし》によって建立《こんりゅう》された四天王寺がある。四天王寺の西門に立つ石鳥居をくぐった左手に、彩《あや》が通っていた四天王寺高校がある。この石鳥居は、春分と秋分の日に真西に沈む夕日を拝して極楽浄土を観想する日想観《じっそうかん》の法要が行われる場所で、古代から海に沈む夕日が美しく見える場所であったのだ。

彩が一人暮らしをしていた十三は、梅田から見ると淀川《よどがわ》を挟《はさ》んだ対岸にある。十三駅は、神戸本線、宝塚本線、京都本線の電車が集まり、ここから三方に分かれるハブ駅になっている。高度経済成長期に入ると、乗り換えに便利なこともあり十三駅周辺は歓楽街に発展していった。淀川の堤防の上に立つと、梅田のビル群が摩天楼《まてんろう》のように見えるビュースポットでもある。

この淀川は、明治時代に淀川改良工事が行われるまで、川幅が一〇〇メートル程度の中《なか》津《つ》川が流れ、能勢《のせ》街道や中国街道に通じる渡し場であった。十三の渡しと呼ばれる渡し場の両岸には茶店が並び、名物の焼き餅を競い合っていたのだ。中津川の北詰にあった今里《いまさと》屋久兵衛《やきゅうべえ》は、淀川が開削《かいさく》された後につくられた十三大橋のたもとに店を構え、小林一三氏もハイヤーを乗り付けてよく焼き餅を買いに来たようである。

彩の友人である麻里《あさり》は、大阪船場《せんば》の製薬会社社長の孫娘で、大阪近郊の高級住宅地である芦屋《あしや》の山手に住んでいる。麻里は地元の中学校に通っているが、麻里の親世代は、船場のぼん、いとさん、こいさんと呼ばれ、大阪近郊の高級住宅地に住み、大阪船場の愛珠《あいしゅ》幼稚園や愛日《あいじつ》小学校に越境《えっきょう》入学していた最後の世代だったのだろうと思われる。

さて、最後に梅田のビッグマン周辺について。阪急「大阪梅田」駅は、高架のターミナル駅で、一階中央部には広大な空間の広場がある。二階中央改札口と広場は階段とエスカレーターでつながり、その階段の両側には紀伊國屋書店の出入り口が、東側の階段横には大型ビジョン、通称ビッグマン（ＢＩＧＭＡＮ）が設置されている。広場は天井が高く全体を見渡せるため待ち合わせ場所には最適で、中でもビッグマン前は阪急電車を使っていない人にもわかりやすい定番の待ち合わせ場所だ。

ビッグマンができた一九八〇年代から二〇〇〇年頃までは周辺に映画館も多く、ここで待ち合わせをし、映画を観て、百貨店やファッションビルをぶらぶらし、川が流れる三番街でくつろぎ、紀伊國屋書店で本を見たり買ったりするのが、梅田を活動拠点にしていた人たちの行動パターンではないだろうか。

現在は、映画館は減り、百貨店は建て替えられて巨大なビルになり、町は東京と肩を並べるくらい立派になったが、古き良き昭和の風景はなくなってしまった。しかし、唯一《ゆいいつ》、昔と変わらず賑《にぎ》わっている場所がビッグマン前にある広場である。阪急電車を利用しなくなった人も、ここに来るとなぜかホッとする。町は変わったのにここは変わっていない。だから歳を重《かさ》ねた人も、若い人も、ビッグマン前で待ち合わせをし、三番街でくつろぎ、紀伊國屋書店で本を買う。昔の賑わいがそのまま残っている奇跡の場所。それがビッグマン前なのだ。

紀伊國屋書店梅田本店の北側に阪急かっぱ横丁という高架下の飲食店街があるが、道を挟んだ向かい側に鳥居がある。背後の鉄筋コンクリート造の社殿が綱敷天神社御旅社《つなしきてんじんしゃおたびしゃ》だ。その裏側に街路樹が植えられ整備された通りがあるが、そこに立つとくねくねと蛇行していることに気づくだろう。この道がかつての能勢街道であり中国街道。鉄道が敷設されるまでは、大阪と能勢方面や西国を結ぶメインルートであった。

現在のJR大阪駅がつくられる前、明治初期までこの辺りは、春になると菜の花畑が広がり、花見や野摘みを楽しむ人が集まる憩《いこ》いの場、今でいうピクニックをするような場所で、街道筋に鶴乃茶屋や萩乃茶屋、車乃茶屋といった料亭があったことから茶屋町《ちゃやまち》という地名になった。

この街道を都心部の方に進むと、綱敷天神社、太融寺《たいゆうじ》、大阪天満宮と続き、大川にたどり着く。平安時代から戦国時代まで川向いを含む一帯には渡辺津《わたなべのつ》という大きな港があった。現在の大川はかつての淀川本流で、秀吉の時代に大坂城に近い八軒家浜《はちけんやはま》に港が移されるまでは、瀬戸内海と京都を結ぶ水運交通の拠点。その旧港を中心としたエリアが、天神祭の神事・船渡御《ふなとぎょ》が行われる場所である。

綱敷天神社や太融寺がある辺りは、古くから紅梅樹が美しい場所で、仁徳《にんとく》天皇はこの地を行幸《ぎょうこう》して紅梅樹に難波《なにわ》の梅と命名し、梅塚をおいたと伝わる。『源氏物語』の主人公・光源氏のモデルといわれる源　融《みなもとのとおる》もこの地を訪れて寺と神社を整備した。寺は融の名をつけて太融寺となる。菅原道真公《すがわらのみちざね》は大宰府へ向かう途中に太融寺を詣《もう》で、梅花をめでるために船の綱を敷いて座り休憩をしたことから綱敷の名が起こった。この地にあった神社がのちに綱敷天神社を名のるのである。

このように梅田周辺は、大阪天満宮や太融寺、綱敷天神社、近くにはお初天神の名で知られる露天神社《つゆのてんじんじゃ》など菅原道真公にゆかりのある場所が多く、梅花や菜の花が美しい土地であったのだ。

二〇二五年、大阪・関西万博が開催される。七〇年大阪万博から半世紀経《た》ったタイミングでこの物語は生まれた。いろんな大阪の町、大阪近郊の町、そこに住む素敵な人々、大阪ってやっぱりいいなと改めて思える物語である。『すたこらさっさっさっ』を読むと元気になれる。読み終わった後の余韻《よいん》に浸《ひた》ることができ、もう一度読み返したくなる、そんな奇跡の物語である。

二〇二四年三月

この作品は徳間文庫のために書下されました。
なお本作品はフィクションであり実在の個人・団体などとは一切関係がありません。

徳間文庫

すたこらさっさっさ

2024年5月15日 初刷

著者 松《まつ》宮《みや》宏《ひろし》

発行者 小宮英行

発行所 株式会社徳間書店

東京都品川区上大崎三―一―一
目黒セントラルスクエア 〒141―8202

電話 編集〇三(五四〇三)四三四九
販売〇四九(二九三)五五二一

振替 〇〇一四〇―〇―四四三九二

印刷
製本 大日本印刷株式会社

ISBN978-4-19-894943-3 (乱丁、落丁本はお取りかえいたします)